高等学校计算机专业教材精选·计算机原理

普通高等教育"十一五"国家级规划教材

计算机选配与维修案例剖析

张杰 闵东 刘金河 主编

U0116156

清华大学出版社

北京

内 容 简 介

本书共 8 章,可分为四大部分。第一部分(第 1 章)是微型计算机的概述,内容涉及微型计算机的产生、发展和应用,微处理器、微型计算机和微型计算机系统等基本概念以及微型计算机的主要性能指标。第二部分(第 2 章~第 4 章)按照微型计算机系统的组成依次介绍了微型计算机最小硬件系统及其组装、常用外部设备及其组装、CMOS 和 BIOS 设置,内容涉及构成微型计算机最小系统的核心部件和常用外部设备的工作原理、技术参数、接口以及主流产品。第三部分(第 5 章和第 6 章)主要介绍了操作系统和常用软件的安装与使用方法,包括 Windows 7 操作系统、Ubuntu 9.10 操作系统、系统备份还原工具、压缩软件和杀毒软件的安装与使用。第四部分(第 7 章和第 8 章)主要介绍了微型计算机日常维护、故障处理、网络接入及常见网络故障排除的方法,内容涉及用户日常使用计算机的方方面面,并以实例的形式讲述了常见故障的具体处理步骤。

本书的特点是结构严谨、层次分明、叙述准确、内容新颖。在文字叙述上力求简洁易懂,突出基本技能的阐述,力求实用。在内容的编排上,依据微型计算机组装和维护的顺序,用典型的实例体现微型计算机具体的组装、维护和维修方法。本书可供高等院校计算机专业、电子信息以及电类相关专业本、专科生作为计算机组装与维修课程的教材使用,同时也可供计算机维护人员和计算机普通用户使用。

图书在版编目(CIP)数据

计算机选配与维修案例剖析/张杰,闵东,刘金河主编. —北京:清华大学出版社,2011.6
(高等学校计算机专业教材精选·计算机原理)
ISBN 978-7-302-25691-5

Ⅰ. ①计… Ⅱ. ①张… ②闵… ③刘… Ⅲ. ①电子计算机－组装－高等学校－教材
②电子计算机－维修－高等学校－教材 Ⅳ. ①TP30

中国版本图书馆 CIP 数据核字(2011)第 103138 号

责任编辑:汪汉友
责任校对:焦丽丽
责任印制:李红英

出版发行:	清华大学出版社	地　　址:	北京清华大学学研大厦 A 座
	http://www.tup.com.cn	邮　　编:	100084
社　总　机:	010-62770175	邮　　购:	010-62786544
投稿与读者服务:	010-62795954,jsjjc@tup.tsinghua.edu.cn		
质 量 反 馈:	010-62772015,zhiliang@tup.tsinghua.edu.cn		
印　装　者:	清华大学印刷厂		
经　　销:	全国新华书店		
开　　本:	185×260　印　张:11.75	字　　数:	283 千字
版　　次:	2011 年 6 月第 1 版	印　　次:	2011 年 6 月第 1 次印刷
印　　数:	1~3000		
定　　价:	19.50 元		

产品编号:030005-01

出 版 说 明

我国高等学校计算机教育近年来迅猛发展,应用所学计算机知识解决实际问题,已经成为当代大学生的必备能力。

时代的进步与社会的发展对高等学校计算机教育的质量提出了更高、更新的要求。现在,很多高等学校都在积极探索符合自身特点的教学模式,涌现出一大批非常优秀的精品课程。

为了适应社会的需求,满足计算机教育的发展需要,清华大学出版社在进行大量调查研究的基础上,组织编写了《高等学校计算机专业教材精选》。本套教材从全国各高校的优秀计算机教材中精挑细选了一批很有代表性且特色鲜明的计算机精品教材,把作者们对各自所授计算机课程的独特理解和先进经验推荐给全国师生。

本系列教材特点如下。

(1) 编写目的明确。本套教材主要面向广大高校的计算机专业学生,使学生通过本套教材,学习计算机科学与技术方面的基本理论和基本知识,接受应用计算机解决实际问题的基本训练。

(2) 注重编写理念。本套教材作者群为各高校相应课程的主讲,有一定经验积累,且编写思路清晰,有独特的教学思路和指导思想,其教学经验具有推广价值。本套教材中不乏各类精品课配套教材,并努力把不同学校的教学特点反映到每本教材中。

(3) 理论知识与实践相结合。本套教材贯彻从实践中来到实践中去的原则,书中的许多必须掌握的理论都将结合实例来讲,同时注重培养学生分析问题、解决问题的能力,满足社会用人要求。

(4) 易教易用,合理适当。本套教材编写时注意结合教学实际的课时数,把握教材的篇幅。同时,对一些知识点按教育部教学指导委员会的最新精神进行合理取舍与难易控制。

(5) 注重教材的立体化配套。大多数教材都将配套教师用课件、习题及其解答,学生上机实验指导、教学网站等辅助教学资源,方便教学。

随着本套教材陆续出版,我们相信它能够得到广大读者的认可和支持,为我国计算机教材建设及计算机教学水平的提高,为计算机教育事业的发展做出应有的贡献。

清华大学出版社

前　　言

随着微型计算机价格的降低和应用的广泛普及,微型计算机已经成为普通家庭的家用电器,广大用户也越来越关注微型计算机系统内部的软硬件体系、常用软硬件的安装与使用以及该系统的日常维护和常见故障的维修。

本书注重实用,力求深入浅出、通俗易懂。围绕微型计算机系统的组装和日常维护,重点阐述目前主流的软硬件及其安装使用方法。硬件包括 CPU、内存、主流的主板、机箱、电源、硬盘、显示器、鼠标、键盘以及常用的适配器等;结合图示和实例展示了微型计算机系统的组装、日常维护和常见故障维修。软件包括现在主流操作系统和常用软件的安装与使用方法,如 Windows 7 操作系统、Ubuntu 9.10 操作系统、系统备份还原工具、压缩软件和杀毒等软件的安装与使用。本书可供高等院校计算机专业、电子信息以及电类相关专业本、专科生作为计算机组装与维护课程的教材使用,同时也可供计算机维护人员和计算机普通用户作为技术参考书使用。

本书共 8 章,第 1 章是微型计算机的概述,内容涉及微型计算机的产生、发展和应用,微处理器、微型计算机和微型计算机系统等基本概念,以及微型计算机的主要性能指标。第 2 章主要讲述构成微型计算机的最小系统的核心部件,包括 CPU 和内存的种类及其主要技术参数、主流的主板及其结构、机箱和电源等;同时结合图示展示了最小系统的组装过程。第 3 章主要阐述微型计算机常用外部设备的工作原理、技术参数、接口和主流产品,以及这些外部设备的选购与组装。第 4 章介绍计算机启动的过程,BIOS 的相关概念、设置方法和各个参数的含义,以及通过高级 BIOS 设置优化计算机硬件系统的性能。第 5 章讲述操作系统的概念和安装,包括 Windows 7 和 Ubuntu 9.10 的安装过程以及双操作系统安装设置等。第 6 章是常用软件的安装与使用,涉及 Ghost、WinRAR、360 杀毒等软件的具体安装与使用方法。第 7 章探讨计算机日常维护和计算机常见故障的处理,重点介绍了一些常见故障的现象和处理方法。第 8 章介绍了几种最常用的 Internet 网络接入方法和终端用户常见的网络故障处理。

本书由张杰、闵东、刘金河主编,第 1 章由张杰编写,第 2 章、第 3 章由胡东华、王治国编写,第 4 章由胡东华、李继侠编写,第 5 章由王捷、赵进超编写,第 6 章由王捷、李继侠编写,第 7 章由王捷、赵进超编写,第 8 章由赵进超、李继侠编写,附录由李继侠编写。张杰负责本书的统稿和组织工作。在本书的编写和出版过程中,得到了编者所在单位和清华大学出版社的大力支持,在此由衷地表示感谢!

由于微型计算机技术发展非常迅速,涉及的知识面广,加之作者水平有限,虽经编者艰苦努力,但书中难免错漏之处,欢迎广大读者批评指正。

编　者

2011 年 3 月

目　　录

第1章　微型计算机系统概述

1.1　微型计算机的产生

随着微型计算机的广泛普及和应用,人们对计算机的认识也越来越深入。其中,计算机今后的应用和发展趋势是广大用户所关心的问题之一。

1.1.1　计算机的产生与发展

1946 年世界上第一台电子计算机 ENIAC(Electronic Numegrical Intergrator And Calculator)在美国设计并研制成功。几十年来计算机经历了电子管、晶体管、大规模和超大规模集成电路的时代,当前计算机的发展趋势是向巨型化、微型化、网络化和智能化方向发展。

巨型化是指其高速运算、大存储容量和强功能的巨型计算机。其运算能力一般在每秒百亿次以上,内存容量在几百兆字节以上。随着微电子技术的发展,微型计算机也发展迅速,近年来随着微处理器迅速的更新换代,微型计算机的价格连年下降,软件和外部设备不断丰富,而且操作越来越简单易用,使微型计算机得到普及,笔记本型、掌上计算机等微型计算机也已走进了普通家庭。

网络化是指,把分布在不同地点的计算机利用计算机网络互联起来,按照网络协议相互通信,以实现用户软、硬件资源以及数据共享的目的。智能化是指计算机能模拟人的感觉和思维能力进行智能计算、判断和控制等行为,是新一代计算机要实现的目标。最有代表性是专家系统和机器人。

从目前的发展趋势来看,未来的计算机将是微电子技术、光学技术、超导技术和电子仿生技术相互结合的产物。第一台超高速全光数字计算机,已由欧盟的多个国家合作研制成功,在不久的将来,超导计算机、神经网络计算机等全新的计算机也会诞生。

1.1.2　微型计算机的发展与应用

1971 年美国 Intel 公司 4004 微处理器的诞生开创了微型计算机的新时代,以微处理器为核心的微型计算机的发展经过了 4 位机、8 位机、16 位机至高性能的 32 位机和正在广泛应用的 64 位机。目前使用的微型计算机是以大规模和超大规模集成电路为主要特征的第四代计算机。微型计算机由于其体积小、重量轻、功耗低、结构简单、可靠性高、使用方便、性能价格比高等特点,而得到了广泛的应用,其主要应用领域有:科学计算、信息处理、工业控制、辅助设计和辅助制造、人工智能等。

4 位微处理器 Intel 4004 诞生后,Intel 公司经过改进又生产了 Intel 4040,在 1972 年又生产了 8 位微处理器 Intel 8008,通常将 Intel 4040 和 Intel 8008 称为第一代微处理器。从 1973 年到 1977 年有很多厂家生产微处理器,其中设计最成功、应用最广泛的有 Intel 公司的 8080/8085、Zilog 公司的 Z80、Motorola 公司的 6800/6802、Rockwell 公司的 6502,这些是第二代微处理器的典型代表。1978 年和 1979 年,性能可与过去中档小型计算机相媲美的 16 位微处理器出现,其代表有 Intel 公司的 8086/8088、Zilog 公司的 Z8000、Motorola 公司的 68000 等,它们是第一代超大规模集成电路微处理器。

1980 年以后,相继出现了 Intel 80286、Motorola 68010 等高性能微处理器,1983 年又生产出了 Intel 80386、Motorola 68020 等 32 位微处理器,从 1989 年至今,Intel 先后推出了 Intel 80486 和现在流行的 Pentium X 微处理器。这些高性能微处理器的出现,使微型计算机在性能上可以取代过去的中、小型计算机,同时也将微型计算机的应用推广到了千家万户。

1.2　微型计算机系统

微型计算机系统包括硬件系统和软件系统两大部分,计算机的普通用户一般使用的都是微型计算机系统,本书也主要是围绕微型计算机系统的组装和维护进行讲述。

1.2.1　微处理器结构

微型计算机的内部结构包括微处理器、存储器、输入输出设备、总线系统。微处理器是微型计算机的核心部件。图 1.1 是微型计算机的结构示意图,除去存储器和总线部分,就是微处理器的组成结构。

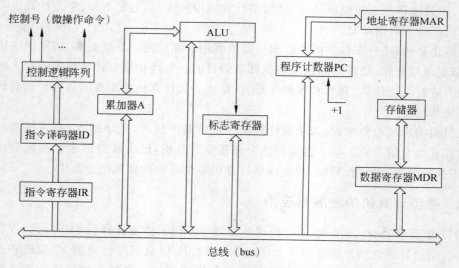

图 1.1　微型计算机结构

微处理器是利用超大规模集成电路技术把运算器和控制器集成在一块硅片上而形成的处理器,即 MPU(也称 μCPU,即微型计算机的中央处理器 CPU)。MPU 是微型计算机的核心部件,具有一般 CPU 的功能:

(1) 进行算术和逻辑运算;

(2) 暂存少量数据;

(3) 对指令译码并执行指令所规定的操作;

（4）与存储器和外部设备进行数据交换；

（5）提供整个系统所需要的定时和控制信号；

（6）响应其他部件发出的中断请求。

微处理器一般由算术逻辑单元 ALU、累加器 AC 和通用寄存器组、程序计数器 PC、数据地址锁存器/缓冲器、时序和控制逻辑部件及内部总线等组成。

算术逻辑单元 ALU 主要进行各种算术运算和逻辑运算。不同计算机系统的 ALU 功能差别很大，低档的 MPU 没有乘除运算指令。

累加器和通用寄存器组用来保存参加运算的数据和运算的中间结果。累加器是特殊的寄存器，它是 ALU 的一个工作区，既向 ALU 提供操作数，又接收 ALU 的运算结果。

除通用寄存器外，MPU 还有一些专用寄存器，如程序计数器 PC、堆栈指针 SP 和标志寄存器 FR 等，这些寄存器的作用是固定的。

程序计数器 PC 用来存放下一条要执行的指令地址。它控制着程序执行的顺序。如果程序顺序执行时，每取出一条指令后，PC 的内容自动加 1。如果程序发生转移时（如主程序调用子程序，执行转移指令等），必须把新的目的地址装入 PC，使 PC 指向转移的目标地址。

堆栈指针 SP 用来存放栈顶地址。堆栈是一种特殊的存储区域，按照"先进后出"的原则存取数据。

标志寄存器存放指令执行结果的特征和处理器的状态。

指令译码器对指令进行译码，产生相应的控制信号送至时序和控制逻辑电路，组合成外部电路工作所需要的时序和控制信号。这些时序和控制信号送到微型计算机的相应部件，控制这些部件协调工作。

指令执行的基本过程。

（1）程序存储在内存单元中，开始执行程序时，程序计数器中保存第一条指令的地址，指明当前将要执行的指令存放在存储器的哪个单元。

（2）控制器将程序计数器中的地址送至地址寄存器 MAR，发出读命令。存储器根据此地址取出一条指令，经过数据总线送入指令寄存器 IR。

（3）指令译码器对 IR 中的指令进行译码，并由控制逻辑阵列向存储器、运算器等部件发操作命令，执行指令操作码规定的操作。操作可以是读写内存、算术/逻辑运算或输入输出操作等。

（4）修改程序计数器的内容，为取下一条指令做准备。

至此，一条指令执行结束。MPU 在执行指令过程中，提供表示状态的状态信号（如运算结果的正负，结果是否溢出等），提供相应的系统控制信号和时序信号，由此来协调计算机系统的工作。

1.2.2 微型计算机

微处理器本身不能构成独立的工作系统，必须配上存储器、输入输出接口及相应的外部设备构成完整的计算机后才能工作。微型计算机的组成如图 1.2 所示，由微处理器 MPU、存储器、输入输出接口及系统总线组成。

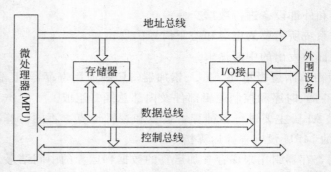

图 1.2　微型计算机组成

1. 总线和存储器

总线是计算机系统各功能模块间传递信息的公共通道,一般由总线控制器、总线发送器、总线接收器以及一组导线组成,微型计算机在结构上采用总线结构。在微型计算机中,根据总线所处的位置和应用场合,将总线分为片内总线、片总线(局部总线)、内总线(系统总线)和外总线(通信总线)。

系统总线包括数据总线 DB、地址总线 AB 和控制总线 CB。地址总线用来传送地址信息,是由 MPU 送出的单向总线,地址总线的位数决定了 MPU 可以直接寻址的内存空间。数据总线用来传送数据,数据既可从 MPU 送往其他部件,也可以从其他部件送往 MPU,数据总线是双向的,数据总线的位数和微处理器的位数相对应,是微型计算机的一个重要指标。控制总线传输控制信号,包括 MPU 送往其他部件的控制信号,如读信号、写信号等,也包括其他部件送往 MPU 的,如中断请求信号,总线请求信号等。

微型计算机的各功能部件通过系统总线相连,各功能部件之间的相互关系转变为各部件面向系统总线的单一关系,一个部件只要符合总线标准,就可以连接到采用该总线标准的微型计算机系统中,为系统功能的扩展、更新和产品的标准化、通用性提供了良好的基础。在微型计算机中,使用的标准总线有 PC 总线、ISA 总线、EISA 总线和 PCI 总线等。

存储器是用来存储数据、程序的部件。存储器分类方法很多,按照存储器与 CPU 的关系,分为内存储器(主存)和外存储器(辅存)。内存储器是由 CPU 直接随机存取的存储器。与外存储器相比,具有存取速度快,体积小,集成度高,外部电路简单等优点,但其容量小,每位成本高、断电后信息丢失(易失性)等缺点,一般由半导体存储器组成。外存储器不能由 CPU 直接访问,它具有存储容量大,每位成本低,数据能长期保存(非易失性)等优点,但速度慢。目前主要外存有软盘、硬盘等磁介质存储体,还有光盘以及 U 盘等。

随着计算机系统的不断发展,其应用领域的不断扩大,要求存储器的容量大、存取速度快、成本价格低。但这种要求是相互矛盾、相互制约的,要同时满足这三方面是很困难的。为协调速度、容量、成本之间的关系,目前各类计算机系统广泛采用由高速缓冲存储器、内存储器和外存储器组成的三级存储结构。

2. 输入输出设备和接口

计算机中除主机(CPU 和内存)以外的其他机电或电子设备统称外部设备,简称外设。外部设备包括输入设备、输出设备和外存储器。用户的程序和数据通过输入设备输入计算机。计算机的处理结果通过输出设备送出去。计算机通过输入设备接收二进制代码信息,对于非二进制信息,计算机无法直接处理,需要经过输入设备把它转换成相应的二进制代码后才能进行处理。如通过键盘输入的汉字,键盘把它转换在计算机能够接受的二进制代码。常用的输入设备有键盘、鼠标、扫描仪等。输出设备将计算机的输出信息转换成外部可接受的形式。常用的输出设备有显示器、打印机、触摸屏、绘图仪等。由于外部设备的结构、工作原理、速度、信号形式等各不相同,所以,它们不能直接挂接到系统总线上。为适应不同外部设备的需要必须在 CPU 和外部设备之间增加 I/O 适配器,即 I/O 接口,所以 I/O 接口是微型计算机的重要组成部件。

3. 微型计算机的分类

从微型计算机的结构形式来分,可将其分为单片微型计算机(简称单片机)、单板微型计算机(简称单板机)和多板微型计算机(简称系统机)。

单片微型计算机是把微型计算机的主要部件 CPU、一定容量的存储器、I/O 接口及时钟发生器集成在一块芯片上的单芯片式微型计算机。单片机具有体积小、指令系统简单、性价比高等优点,广泛应用于工业控制、智能仪器仪表等领域。

单板微型计算机是将微处理器、一定容量的存储器、输入输出接口、简单的外部设备(键盘、LED 显示器)、辅助设备通过总线装配在一块印刷电路板上的微型计算机。主要用于实验室以及简单的控制场合。

多板微型计算机是将单板机模块、存储器模块和 I/O 接口等模块组装在一块主机板上,通过主机板上的系统总线和各种外部设备适配器连接键盘、显示器、打印机、光驱、软/硬盘驱动器,再配上电源,并将主机板、软盘驱动器、硬盘驱动器等安装同一个机箱内,适配器、适配卡插在总线扩展槽上,通过总线相互连接,就构成多板微型计算机,配上系统软件即构成微型计算机系统。个人计算机就是多板微型计算机系统。

按照微型计算机数据总线的宽度,也就是按照在一次操作中所能传送的二进制位数的最大值来进行划分,可分为 4 位、8 位、32 位、64 位机。按照微型计算机的应用,又可将微型计算机分为通用机和专用机。通用和专用是根据计算机的效率、速度、价格、运行的经济性和适应性划分的,专用微型计算机的逻辑结构是根据具体算法特点进行设计的,以满足快速响应的要求,所以其是最有效、最经济、快速的,通用机配置有完善的系统软件和外部设备,一般用于信息处理和科学计算,其适应性强。

1.2.3 微型计算机系统

以微型计算机为主体,配上系统软件和外部设备以后,就构成了完整的微型计算机系统,微型计算机系统由硬件系统和软件系统两部分组成,如图 1.3 所示。

硬件系统包括组成微型计算机的微处理器、存储器、总线,以及外围设备和电源等。软件系统包括系统软件和应用软件。系统软件包括操作系统和一系列系统实用程序,如编辑程序、编译程序、汇编程序、解释程序、计算机调试程序、诊断程序等。应用软件是用户可以使用的各种程序设计语言,以及用各种程序设计语言编制的应用程序的集合,是为满足不同领域用户、解决特定问题而编制的软件,分为应用软件包和用户程序,应用软件包是利用计算机解决某类问题而设计的程序的集合,供多用户使用。

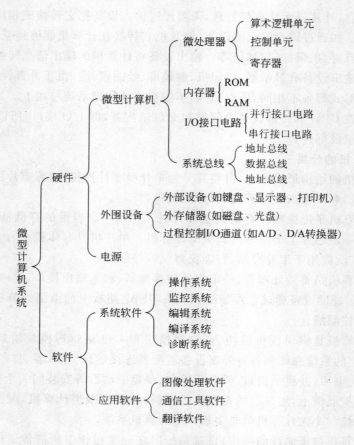

图 1.3　微型计算机系统的组成

1.2.4　微型计算机的性能指标

一台微型计算机的基本性能通常用下列指标衡量。

1. 字长

字是 CPU 与存储器或输入输出设备之间传送数据的基本单位。字的二进制代码位数称为计算机字长,即 CPU 与存储器或输入输出设备一次能传送的二进制代码的长度。字长反映了一台计算机的计算精度。字长越长,代表的数值就越大,能表示的数值的有效位数越多,计算机精度也就越高,但是计算机结构较为复杂。微型计算机字长有 1 位、4 位、8 位、16 位、32 位。目前微型计算机的字长已达 64 位。

2. 主存容量

主存储器所能存储的信息总量为主存容量,它是衡量微型计算机处理能力大小的一个重要指标。主存容量越大,能储存的信息就越多,处理能力就越强。表示主存容量有两种方法。

(1) 用字节数表示(常用单位:KB、MB、GB、TB):

$1B=8b$　$1KB=2^{10}B=1024B$　$1MB=2^{10}KB$　$1GB=2^{10}MB$　$1TB=2^{10}GB$

(2) 用单元数×字长表示。

3. 主频

计算机内部有一个按某一频率产生的时钟脉冲信号,称为主时钟信号。主时钟信号的频率称为计算机的主频,它是用于协调计算机操作的时钟信号。主频决定了计算机的处理速度,频率越高,处理速度越快。

4. 运算速度

运算速度是指计算机每秒运算的次数。计算机执行不同的操作,所需的时间不同,所以对运算速度存在不同的计算方法。早期以加法操作所需的时间为准,后来又以进行加法、乘法、除法的平均时间为准,现在普遍采用的方法是根据指令使用的频度和每一种指令的执行时间来计算得出平均速度,以此来衡量计算机的运算速度。

5. 系统可靠性

系统可靠性是指计算机系统在规定的时间和工作条件下正常工作而不发生故障的概率,通常用平均无故障时间来衡量。它是一个统计量,平均无故障时间越大,计算机的可靠性越高。计算机系统的可靠性还包含系统的可维护性和可用性,三者构成计算机系统的可靠性指标。

6. 系统的兼容性

系统的兼容性是指一种计算机中的设备和程序可以用于其他多种系统中的性能,分硬件兼容和软件兼容。兼容一般为单向兼容,既一种计算机上的程序可以在另一种计算机上运行,反之则不行。单向兼容可分为向上兼容和向下兼容。

7. 性能价格比

性能价格比即性能与价格的比,是计算机产品性能优劣的综合性指标,包括计算机硬件和软件的各种性能。性能与价格比越大,计算机系统越好。

小　　结

本章介绍了微型计算机的产生、发展和应用,叙述了微型计算机一些基本概念,包括微处理器、微型计算机和微型计算机系统,说明了微型计算机的主要性能指标。

习　题　1

1. 微型计算机包括哪几个主要组成部分? 各部分的基本功能是什么?
2. 微处理器、微型计算机和微型计算机系统之间有什么关系?

第2章　微型计算机最小硬件系统及其组装

2.1　中央处理器

中央处理器(Central Processing Unit,CPU)又称为微处理器。作为微型计算机的核心部件,其功能主要是完成对计算机中数据的运算处理,同时控制计算机中多个部件的协调工作,因此CPU性能的高低直接决定着微型计算机系统整机的性能,可以说CPU的每次更新换代都推动了微型计算机的发展,同时也扩大了微型计算机的应用范围。

2.1.1　CPU的外部结构

从外形结构上看,CPU是一个经过封装的长方形或正方形的陶瓷芯片。在陶瓷芯片内部集成了上亿个晶体管。CPU的正面,标识了CPU的生产厂商、产品编号、生产日期等信息,目前微型计算机中主流CPU的生产厂商是美国的Intel(英特尔)公司和AMD公司,由于每个生产厂商的产品类型较多,正面的标识都不尽相同,图2.1和图2.2分别是Intel和AMD公司经典的CPU产品的正面图。

图2.1　Intel的CPU产品

图2.2　AMD的CPU产品

在CPU的背面,是用于连接CPU和主板的接口。CPU的种类不同,其接口有所不同。目前主要的CPU接口有两种:英特尔采用的LGA架构和AMD采用的PGA架构。

LGA(Land Grid Array,触点阵列)接口的封装方式是在CPU的背面排列着一排排的金属触点,通过这些金属触点和主板上的金属弹片连接来导通电流和传送信号。目前LGA接口主要有LGA 775、LGA 1155、LGA 1156和LGA 1366几种类型,分别对应于Intel不同的型号的CPU,LGA后面的数字表示触点的数量,如LGA 775就表示该CPU有775个触点。目前Intel的主流CPU均采用了LGA 1155/1156接口。图2.3是LGA接口的CPU。

PGA(Pin Grid Array,插针阵列封装)接口是传统的CPU接口方式,CPU的背面排列着一排排的金属引脚,将金属引脚插入主板CPU插槽的针孔中完成电流和信号的传递。目前PGA接口主要有Socket AM2/AM2＋和Socket AM3,其中采用Socket AM2/AM2＋接口的CPU有940个引脚,采用Socket AM3接口的CPU有938个引脚,目前AMD的主流CPU均采用了AM3接口,图2.4是AM3接口的CPU。

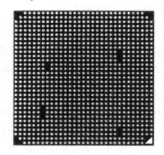

图 2.3　LGA 接口的 CPU　　　　　　　图 2.4　AM3 接口的 CPU

2.1.2　CPU 的主要技术指标

CPU 的技术指标往往直接决定着一台微型计算机的性能好坏,下面从 CPU 的制作原理上介绍影响 CPU 性能的主要技术指标。

1. 核心数

核心数就是在一个 CPU 芯片内封装的物理内核的数量,核心数越高,CPU 能够同时并行处理的任务越多,速度越快。目前主流 CPU 的核心数有双核、三核、四核和六核。

2. 超线程技术

超线程技术是 Intel 的专利技术,在 Intel 的 CPU 中已经广泛使用。超线程技术就是利用特殊的硬件指令,把 CPU 内的一个物理内核模拟成两个逻辑芯片来提升处理器执行资源的使用率。使用这项技术,处理器的资源利用率理论上平均可以提升 40%。

3. 主频

主频又称为 CPU 的时钟频率,是 CPU 内核电路的实际工作频率,它反映 CPU 的运算速率,单位是吉赫(GHz)。一般来说,相同结构的 CPU,主频越高,该 CPU 的性能就越强。目前主流 CPU 的主频一般为 2~4GHz。

4. 外频

外频又称为外部频率,是系统总线的工作频率(系统时钟频率),它反映了 CPU 与周边设备传输数据的频率,单位是兆赫(MHz)。目前,主流 CPU 的外频一般在 133~333MHz。

5. 倍频

倍频是指 CPU 主频与外频的倍数。主频、外频以及倍频三者间的关系为:主频=外频×倍频。

6. 前端总线频率

前端总线(Front Side Bus,FSB)频率是 CPU 与主板北桥芯片间的数据传输的速率。CPU 通过 FSB 连接到北桥芯片,再通过北桥芯片和内存交换数据,其频率高低直接影响 CPU 访问内存的速率。FSB 越大,CPU 与北桥芯片之间的数据传输能力越大,越能充分发挥 CPU 的功能。目前,主流 CPU 的 FSB 频率有 800MHz、1066 MHz、1333MHz 等。

需要进行说明的是,为了进一步提高 CPU 和内存交换数据的速率,充分发挥 CPU 的性能,在 Intel 最新的 CPU 中,将内存控制器集成到 CPU 中,取消了主板中负责在 CPU 和内存之间交换数据的北桥芯片,所以 FSB 频率将不再成为 CPU 的一项技术指标。

7. 高速缓冲存储器

高速缓冲存储器又称 Cache,是一种速率比内存更快的存储芯片,但由于其结构比较复杂,容量不大。随着 CPU 的性能不断提高,为了减少 CPU 因等待内存或者低速设备的数据与指令所导致的延迟,提高系统的性能,在 CPU 芯片内部都集成了一定容量的 Cache,用于暂时存储 CPU 运算时需要的部分指令和数据。在 CPU 读取指令和数据的过程中,首先访问 Cache,如果 Cache 没有命中,则读取内存中的指令和数据。

Cache 主要分为 L1 Cache(一级高速缓存)和 L2 Cache(二级高速缓存),在目前高端的 CPU 中又加入了 L3 Cache(三级高速缓存)。Cache 的容量和工作速率对提高计算机速度起关键作用,是 CPU 一项关键的技术指标。

8. 制作工艺

制作工艺也称为 CPU 的制程,是指在 CPU 内部电路与电路的距离,提高处理器的制造工艺具有重大的意义,越先进的制造工艺就意味着在相同的 CPU 核心面积能够集成更多的晶体管电路,提高 CPU 的功能;更先进的制造工艺还会减少处理器的功耗,从而减少其发热量,提高 CPU 的性能;更先进的制造工艺使相同面积的晶圆材料能够制造出更多的 CPU 产品,降低了 CPU 的产品成本。处理器自身的发展历史也充分的证明了,先进的制造工艺使 CPU 的性能和功能一直增强,而价格则一直下滑,目前 CPU 的制作工艺有 45nm 和 32nm 两种,22nm 制造工艺将是下一代 CPU 的发展目标。

9. 指令集

指令集就是 CPU 能够执行的指令的集合,也称为指令系统。指令系统的强弱是 CPU 的一个重要指标,指令系统的改进和扩展是提高 CPU 效率的有效工具之一。从具体应用来看,Intel 的 MMX、SSE、SSE2、SSE3、SSSE3、SSE4.1、SSE4.2 指令集和 AMD 公司的 3DNow、AMD64 指令集都是 CPU 的重要指令集。

随着处理器市场的竞争加剧,各个处理器生产厂商不断推出处理器的新技术,影响处理器的技术指标不只上面所叙述的内容,同时处理器的性能是一个综合指标,不能用某一个技术指标来单独衡量其性能的好坏。

2.1.3 主流 CPU

CPU 作为计算机中的核心部件,代表了计算机领域的先进技术,目前能够生产 CPU 的厂商是少数几家国际跨国公司,面向民用领域的主流 CPU 是 Intel 公司和 AMD 公司的产品。要说明的是,我国具有自主知识产权的龙芯 CPU 于 2002 年 9 月正式发布,虽然和世界先进水平还有差距,但是经过多年的发展,很多技术已经取得了关键性突破,目前龙芯 CPU 还主要应用在军事、科研等领域。

Intel 公司是全球最大的半导体芯片制造商。1971 年,Intel 正式推出了全球第一款微处理器,在此后的 40 年中,该公司一直引领着微处理器的发展方向,成功的推出了多款微处理器产品。

2006 年 5 月,Intel 公司宣布推出采用 Core(酷睿)微架构的 CPU。Core 微体系结构,是一款领先节能的新型微处理器架构,先推出的 Core 处理器用于移动计算机,上市不久便被 Core 2 取代,Core 2 处理器全线产品均为双核或者四核,L2 Cache 提升到最高 12MB,前端总线提升至 1333MHz,制造工艺为 65nm 或 45nm,性能提升约 40%,能耗降低约 40%,

采用 LGA 775 接口。

2010 年 1 月,Intel 公司面向全球正式发布了全新一代的 Core i 产品,基于 32nm 制作工艺的 i7、i5、i3 处理器产品,其中 i7 系列用于高端用户,i5 系列用于中端用户,i3 系列用于低端入门级用户,该系列产品具备睿频加速技术,整合图形核心,智能高速缓存技术与整合内存控制器等多项新技术。

1. 睿频加速

Turbo Mode,中文名为睿频加速技术,该技术可以充分提升处理器工作效率,它允许内核运行动态加速,在散热设计功耗(TDP)设定的范围内,用户开启该技术可以提升 CPU 在某些应用中的时钟频率。例如在大型 3D 游戏中,CPU 可以对某颗或某几颗内核进行动态超频来提升性能;如果一个任务是单线程的,则可以关闭其他内核的运行,同时把工作内核的运行主频提高,这样动态的调整可以提高系统整体的能效比率。

2. 整合图形核心

Core i5 和 Core i3 两大系列全部自带图形核心,全球首个整合图形处理器(GPU)的处理器的问世。该系列 CPU 产品,除了 CPU 主频不同之外,GPU 频率也有所不同,因此 GPU 频率也成为了处理器性能划分的一个新的标准。整合的图形处理器在性能上完全能够满足中低端用户的需求,同时减少了用户的购机成本。

3. 智能高速缓存技术

Core i 产品采用了三级高速缓存技术,L1 Cache 和 L2 Cache 为每一个核心独立拥有,L1 Cache 为 64KB,L2 Cache 为 256KB,新加入的 L3 缓存采用共享式设计,由多核心完全共享,它几乎可以处理所有的一致性流量问题。

4. 整合内存控制器

由于 Core i 产品核心数的增加,CPU 和内存之间的数据传输速率会在很大程度上限制 CPU 的性能发挥,将内存控制器集成到 CPU 中,取消了主板中传统意义的北桥芯片,令数据读取的延迟大大降低,在运行大型软件时的数据加载时间大大减少。由于整合了内存控制器 CPU 需要更多的引脚,所以 Core i 产品没有使用 LGA 775 接口,整合了三通道内存控制器的 Core i7 使用 LGA 1366 接口标准,整合了双通道内存控制器的 Core i7/i5/i3 处理器使用了 LGA 1155、LGA 1156 接口标准。

Intel 公司将 Core i7/i5/i3 处理器又依据不同的技术指标将一个系列划分为多个型号,每个型号的处理器都用一组数字标识,一般来说,数字越大,处理器性能越好。表 2.1 列出了部分型号的 Core i7/i5/i3 处理器产品以及它们的技术指标。

表 2.1　Intel Core 系列 CPU 技术指标

	Core i3 530	Core i3 540	Core i5 650	Core i5 750	Core i7 860	Core i7 975
核心数	2	2	2	4	4	4
超线程	支持	支持	支持	不支持	支持	支持
线程数	4	4	4	4	8	8
主频/GHz	2.93	3.06	3.2	2.66	2.8	3.33
外频/MHz	133	133	133	133	133	133
倍频	22	23	24	20	21	25
睿频加速	不支持	不支持	支持	支持	支持	支持

	Core i3 530	Core i3 540	Core i5 650	Core i5 750	Core i7 860	Core i7 975
Turbo 频率/GHz	—	—	3.46	3.2	3.46	3.6
制程/nm	32	32	32	45	45	45
三级 Cache/MB	4	4	4	8	8	8
GPU 集成	是	是	是	否	否	否
GPU 频率/MHz	733	733	733	—	—	—
内存规格	1066/1333	1066/1333	1066/1333	1066/1333	1066/1333	800/1066
内存通道	双通道	双通道	双通道	双通道	双通道	三通道

AMD 是一家专注于微处理器设计和生产的跨国公司,旗下的产品众多,性能出众,在 CPU 市场上,一直是 Intel 公司最有力的竞争对手。AMD 公司于 2007 下半年发布了 K10 微体系结构,成功推出了第一款基于 65nm 制作工艺的单芯片四核心处理器,虽然 Intel 公司同期也推出了四核心处理器,不同之处是 Intel 公司的四核心处理器是将两个双核封装在一起。

目前 AMD 的 CPU 分为速龙和羿龙两大系列,速龙主要用于低端入门级用户,以两核心和三核心为主,羿龙主要面向中高端用户,以四核心和六核心为主。AMD 的 CPU 在高端产品上还与 Intel 公司有一定的差距,但是其中低端产品在性能上非常出众,对于一般用户来说也是理想的选择。表 2.2 给出了 AMD 主流 CPU 的技术参数。

表 2.2　AMD 主流 CPU 技术参数

	速龙Ⅱ X2 250	速龙Ⅱ X3 445	羿龙Ⅱ X4 955	羿龙Ⅱ X6 1090
核心数	2	3	4	6
主频/GHz	3.0	3.1	3.2	3.2
外频/MHz	200	200	200	200
倍频	15	15.5	16	16
制程/nm	45	45	45	45
二级 Cache/ KB	2×1024	3×512	4×512	6×512
三级 Cache/ MB			6	6

2.1.4　CPU 的散热系统

由于 CPU 运行速率越来越快,集成度越来越高,CPU 工作时产生的热量也越来越多。为了及时散发 CPU 工作时产生的热量,一款散热性能优良的 CPU 散热系统是必备的。常用的 CPU 的散热系统主要有风冷,水冷,半导体制冷。由于后两种方式安装麻烦,成本较高,目前 CPU 还是以风冷作为主要散热系统。一个完整的风冷系统主要有风扇和散热器构成,如图 2.5 所示。

一个好的风扇是散热系统的核心,衡量一个风扇的主要指标有风扇功率、风扇转速、风扇口径等参数。风扇功率越大、转速越高、口径越大,风扇风力越强劲,散热效果越好,目前主流的 CPU 都给出了散热设计功耗 TDP,散热器必须保证在处理器 TDP 最

图 2.5　CPU 散热系统

大的时候,处理器的温度仍然在设计范围之内,该指标可以作为选择风扇的指标。

在散热系统中,散热器的主要作用是扩大 CPU 的表面积,提高 CPU 的散热率,可以选用铜、铝等导热性能高的材料制作的散热器。另外,散热器和 CPU 接触的表面是否光滑也直接影响散热效果,为了使散热器和 CPU 表面接触的更加良好,增加导热效果,应该在散热器安装在 CPU 之前,在其表面涂抹一层很薄的导热硅脂。

2.2　内部存储器

存储器的种类很多,按存储器的读写功能可以分为只读存储器(ROM)和随机读写存储器(RAM),只读存储器存储的信息能读出而不能写入,多用于存放系统程序和监控程序等很少更改的内容;随机读写存储器的存储信息既能读出又能写入。

按信息的可保存性可以分为非永久记忆的存储器和永久记忆性存储器,非永久记忆的存储器指断电后信息即消失的存储器,通常为半导体存储器;永久记忆性存储器指断电后仍能保存信息的存储器,通常为磁盘和光盘。

按照其在计算机中的用途可以分为外部存储器和内部存储器,内部存储器也称为内存,是 CPU 可以直接访问的大容量存储器,其作用主要是用于存储 CPU 运行时需要的指令和数据和运算的结果。平常使用的程序,如 Windows 操作系统、办公软件、游戏软件等,一般都是安装在硬盘、U 盘等外部存储器上,要使其运行必须加载到内存中,所以内存是计算机系统中不可缺少的关键部件,内存的性能直接关系到计算机系统的运行速率、稳定性和兼容性。

本节仅讨论内部存储器。外部存储器将在下一章进行说明。

2.2.1　存储器的外部结构

内部存储器主要是由半导体器件构成,将多个半导体器件封装在一起构成一个内存芯片,在实际使用中,一个内存芯片在容量上无法满足计算机系统的需要,由若干个芯片组成的模块做成电路插件板,称为内存条。在电路插件板的下面是一排金属触点,用来插接到主板上,通过主板的引线和 CPU 之间传递各种信号,俗称金手指,在金手指的中间有一个小的缺口,作为插接内存条的参考点。一个典型的内存条结构如图 2.6 所示。

图 2.6　内存条

目前广泛使用的内存是双倍速率同步动态随机存储器,简称为 DDR,该规格的内存已经有三代产品,分别称为 DDR1、DDR2 和 DDR3,其中 DDR3 是目前的主流产品。不同规格的内存缺口的位置不一样,不同规格的内存其核心电压不一样,原则上不能混合使用,一般由 CPU 和主板的类型来决定使用的内存的种类,这一点需要特别留意。它们缺口的位置如下所述：

DDR1：单面 92 个触点，缺口在左边 52 触点，右面 40 触点。

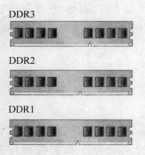

DDR2：单面 120 个触点，缺口在左边 64 触点，右面 56 触点。

DDR3：单面 120 个触点，缺口在左边 72 触点，右面 48 触点。

图 2.7 给出了 3 种不同 DDR 内存的缺口示意图。

图 2.7　内存条缺口

2.2.2　存储器的主要技术指标

存储器作为计算机系统的重要的部件，对其的基本要求是存储容量大，存取时间短，衡量一个存储器性能的主要指标有如下几种。

1. 存储容量

存储容量是指内存条所能存放的信息总量。计算机中采用二进制表示信息，构成存储芯片的基本电路半导体触发器有两个稳定状态，分别用来表示 1 和 0，这样一个半导体触发器就可以保存一个二进制数，称为 1 位（1b），8 个触发器可以保存 8 个二进制数，称为 1 字节（1B）。位是计算机中最小的存储单位，字节是衡量存储容量的基本单位。随着存储器容量越来越大，表示存储容量的单位还有：

$$1KB = 1024B$$
$$1MB = 1024KB = 1024 \times 1024B$$
$$1GB = 1024MB = 1024 \times 1024 \times 1024B$$

目前个人计算机的内存容量以 2GB、4GB 为主，内存容量越大，计算机性能越好。

2. 存取时间

存取时间表示内存芯片读取或者写入数据所需要的时间，它反映了内存速率的快慢，以纳秒为单位，该数值越小越好。目前大多数内存条的存取时间都小于 5ns。

3. 数据传输频率

数据传输频率表示内存稳定运行的最大数据传输速度，如 DDR3 1066、DDR3 1333 等，它们分别表示对应的内存能以 1066MHz 和 1333MHz 的频率稳定的进行数据传送。数据传输频率越大，内存的数据吞吐量越大，单位时间能够传送的信息量越大。目前主流内存的数据传输速率是 1333MHz 和 1600MHz。

4. 等待时间

等待时间（CAS Latency，CL）是内存存取数据所需的延迟时间，简单说就是内存接到 CPU 指令后的反应速度。作为衡量内存品质的重要指标，CL 延迟越小越好。目前主流的内存的 CL 的值为 7～9。

5. ECC 校验

内存是一种电子器件，在其工作过程中数据难免会出现错误，而对于稳定性要求高的用户来说，内存数据错误会引起致命性的问题。ECC 是一种能够对数据进行错误检查和纠正的技术，ECC 内存就是应用了这种技术的内存，一般多应用在服务器及图形工作站上，使整个计算机系统在工作时更趋于安全稳定。

2.2.3 主流存储器

1. 金士顿

内存芯片标识为 Kingston,作为世界第一大内存生产厂商,其金士顿内存产品在进入中国市场以来,就凭借优秀的产品质量,在内存领域中有着不俗的表现。

2. 宇瞻

内存芯片标识为 Apacer,在内存市场,Apacer 一直以来都有着较好的声誉,宇瞻科技隶属宏基集团,实力非常雄厚,并已经成为全球前四大内存供应商之一。

3. 金邦

内存芯片标识是 GEIL,金邦科技股份有限公司是专业的内存模块制造商之一。全球第一家也是唯一一家以汉字注册的内存品牌,在过去几年中,金邦内存多次被国内权威杂志评为读者首选品牌,稳夺国内存储器市场占有率三强。

4. 威刚

内存芯片标识是 ADATA,威刚科技成立时间不长,但是目前威刚的主要产品线,已经涵盖内存及 U 盘等存储器应用领域,且分别在应用产品上取得全球领先地位。

5. 胜创

内存芯片标识为 Kingmax,公司以不断创新的设计工艺和追求完美的信念生产出了高性能的尖端科技产品,其性价比和其他厂家的同类产品相比有一定优势。

6. 海盗船

内存芯片标识是 Corsair,是一家较有特点的内存品牌,主要是针对高端市场和发烧友级别的内存条,其做工非常精细,内存颗粒的材质一般都比同级别的高。

2.3 主 板

主板,又称为主机板,它是主机中最大的一块电路板,在它上面安装了各种电子零件并且布满了大量的电子线路,其主要作用是为 CPU、内存、显卡、声卡、硬盘及光驱等设备提供稳定的运行平台,是各个设备交换数据的平台,是微型计算机硬件系统的灵魂,微型计算机系统的性能及稳定性与兼容性在很大程度上取决于它。

2.3.1 主板的结构

目前在常见的主板中都是 ATX 结构的主板,主板上集成有主板芯片组、基本输入输出系统(BIOS)芯片、输入输出(I/O)控制芯片、CPU 插座、内存插槽、PCI-E 插槽、PCI 插槽、驱动器接口、面板控制开关接口、面板指示灯接口、电源接口等。当主机加电时,通过主板上的各种插槽和接口,电流会在瞬间流经 CPU、主板芯片组、内存条、显示适配器、PCI 设备、磁盘驱动器以及通过 I/O 接口连接的外部设备,然后主板会根据 BIOS 来识别硬件,完成各种硬件设备的初始化工作,同时启动操作系统,驱动相应的设备发挥其功能。图 2.8 为微星公司生产的某种型号的主板。

主板的结构虽然复杂,但是均包含扩展槽部分、电源接口、芯片部分、跳线部分和 I/O接口等几部分。

图 2.8 主板

1. 扩展槽部分

扩展槽部分的主要作用是便于计算机其他板卡能够方便地在主板上进行安装,或通过排线能方便和主板连接,主要包含以下几类。

(1) CPU 插座。CPU 插座是用来安装 CPU 的接口。只有将 CPU 正确地安装在 CPU 插座上,才可以使其正常工作。需要注意的是不同型号的 CPU 插座的类型不一致。目前 Intel 公司的 CPU 主要使用 LGA 1155、LGA 1156 和 LGA 1366 接口标准的插座,如图 2.9 所示;AMD 公司的 CPU 主要使用 AM3 接口标准的插座,如图 2.10 所示。

图 2.9 LGA 接口主板

图 2.10 AM3 接口主板

(2) 内存插槽。内存插槽是在主板上一个狭长的条状槽口,通常有 2 个或者 4 个,内存插槽一般在 CPU 插座下方,如图 2.11 所示,图中的是 DDR3 内存插槽,这种插槽为 240 线。

(3) PCI-E 插槽。PCI-E 的全称是 PCI Express,是新一代的总线接口,用于连接显卡,一般位于 CPU 插座的左边,PCI Express 插槽根据总线位宽分为 X1、X2、X4、X8 和 X16,如图 2.12 所示。

(4) PCI 插槽。PCI 插槽用来安装使用 PCI 接口的声卡、网卡等设备,是目前微型计算机中用的最广泛的一种插槽,不同生产厂商不同型号的主板上 PCI 插槽的数量也不相同。扩展性能好的主板一般有 5-6 根 PCI 插槽;有些尺寸较小的主板提供了 2-3 个 PCI 插槽,PCI 插槽一般为白色或乳白色,也有的 PCI 插槽的颜色是蓝色。主板上的 PCI 插槽如

图 2.13 所示。

(5) SATA 插槽。SATA 的全称是 Serial ATA,是串行 ATA 标准接口,主要用于通过排线连接硬盘、光驱等存储设备。SATA 接口是一个 7 引脚的插槽,一般位于主板的左下角,南桥芯片附近,一般的主板上会有 4～6 个 SATA 插槽,如图 2.14 所示。

图 2.11　内存插槽

图 2.12　显卡插槽

图 2.13　PCI 插槽

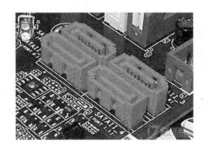
图 2.14　SATA 插槽

(6) 前置 USB 插槽。为了方便使用,一般主板上会有 2 个前置 USB 插槽,如图 2.15 所示,通常在主板的左侧,通过排线可以方便的将其延伸至机箱前置 USB 接口上。

2. 电源接口部分

电源接口部分主要用于连接电源为主板供电,同时为连接在主板上的其他部件供电,主要包含以下几类。

(1) 主板电源接口。主板电源接口一般在主板的下方,是一个 24 引脚的接口,用于连接电源排线,为计算机各个部件提供所需要的电压,如图 2.16 所示。

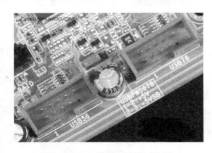
图 2.15　前置 USB 插槽

图 2.16　主板电源接口

(2) CPU 电源接口。CPU 的性能越来越强大的同时,其功耗也越来越大,为了 CPU 能够稳定运行,在主板上专门有一个 4 针接口用来连接电源,为 CPU 进行单独供电,通常位于

CPU 附近,如图 2.17 所示

（3）CPU 风扇电源接口。主要为 CPU 散热系统的风扇提供电源,为 4 针接口,如图 2.18 所示。

图 2.17　CPU 电源接口

图 2.18　CPU 风扇电源接口

（4）前置控制面板接口。该组插针用来连接机箱面板上的电源指示灯、硬盘工作指示灯、电源开关、复位开关和机箱扬声器等,为它们提供电源。该接口插针比较多,不同生产厂商不同型号的主板对引脚连接的定义一般都不同,需要查阅对应的主板说明书,连接时需要注意引脚的位置以及引脚的正负极。一般在主板的左下角,如图 2.19 所示。

3. 芯片部分

（1）BIOS 芯片和 CMOS 电池。BIOS(Basic Input Output System,基本输入输出系统)芯片是一块方块状的存储器,它里面有与主板搭配的输入输出程序、开机自检程序、CMOS设置程序等非常重要的程序。通过这些程序,计算机在加电启动时,识别各种硬件,对计算机的硬件进行初始化,目前常用的 BIOS 主要有 AWARD BIOS 和 AMI BIOS,如图 2.20 所示。

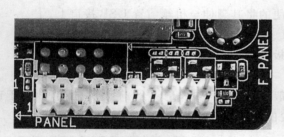

图 2.19　前置面板接口

图 2.20　BOIS 芯片

通过 BIOS 中的 CMOS 设置程序,可将当前系统中的硬件配置信息保存在 CMOS RAM 芯片中以备下次启动计算机时完成硬件自检。由于 CMOS RAM 芯片具有掉电后存储内容丢失的特点,为保证存在 CMOS RAM 芯片中的有关参数保持不变,目前的主板在关机之后一般采用锂电池为其供电,通常 CMOS 电池在 BIOS 芯片旁边,如图 2.21 所示。

（2）主板芯片组。主板芯片组又称为控制芯片,根据芯片作用的不同,芯片可分为北桥芯片和南桥芯片。

一般来说,主板上横跨 PCI-E 显卡插槽左右两边的两

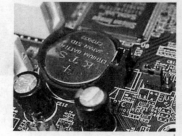

图 2.21　CMOS 电池

块芯片就是北桥芯片和南桥芯片。北桥芯片在 CPU 插槽旁边,由于其发热量比较大,通常有一个散热片覆盖;南桥芯片在 PCI 插槽下面。它们是一个主板的中枢,对主板的性能起决定性的作用,如图 2.22 和图 2.23 所示。

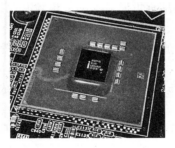

图 2.22　北桥芯片

图 2.23　南桥芯片

4. 跳线部分

跳线从外观上看就是镶嵌在主板、声卡、硬盘等设备上的小金属棍,称为跳线柱,以及套在这些金属棍上的塑料夹,称为跳线帽。一般来说,当跳线帽同时套上两根跳线柱的时候,表明将这两根跳线柱连通了,如果只套上一根或没有套上,就说明是断开的。

跳线的作用是通过调整板卡上电信号的通断关系来确定对应部件的工作状态,如确定主板电压、驱动器的主从关系等等。计算机的主板上一般都会有多个这样的跳线,每个跳线在连通状态和断开状态下所表示的含义一定要仔细阅读对应主板的说明书,核对跳线名称、跳线柱编号和通断关系。如果跳线出现错误,可能会导致死机,甚至烧毁设备。

图 2.24 就是一个主板上常见的跳线,左侧圆环内的文字说明该跳线是对 CMOS 电池进行状态设定的一组跳线,如果 1 和 2 跳线柱连通,CMOS 电池正常供电,CMOS RAM 芯片中的有关参数保持不变;如果 2 和 3 跳线柱连通,CMOS 电池停止供电,CMOS RAM 芯片中的有关参数被清除,恢复默认值。右侧圆圈中的跳线帽显示目前 1 和 2 跳线柱连通,CMOS 电池处于正常供电状态下。

5. I/O 接口部分

计算机的外围设备种类非常多,有键盘、鼠标、显示器、打印机、扫描仪等,为了这些设备能够方便的接入计算机系统,一般在主板上都有丰富的输入输出接口,这些接口都位于主板的顶部,如图 2.25 所示。

图 2.24　跳线

图 2.25　主板 I/O 接口部分

（1）PS/2 接口。PS/2 接口的功能比较单一,仅用于连接键盘和鼠标。一般情况下鼠标接口为绿色、键盘接口为紫色。虽然现在大多数主板还配备该 PS/2 接口,但该接口的鼠标和键盘已经越来越少,推出更多的是 USB 接口的键盘和鼠标。

（2）显示器接口。该接口的功能是用来连接显示器,只有集成显卡的主板才有此接口。

（3）USB 接口。由于 USB 设备应用的越来越广泛,大部分的主板都给出了 6～8 个 USB 接口,这些通过 I/O 接口引出的 USB 接口都在机箱的后部,要想使用机箱的前置 USB 口,必须通过 USB 排线从主板的前置 USB 插槽引出。

（4）网卡接口。该接口的功能是用来连接使用 RJ-45 接头的网线,只有主板集成网卡的主板才有此接口。

（5）音频接口。该接口从上到下依次为音频输入接口、音频输出接口、麦克风接口。一般来说,蓝色的是音频输入接口,用来将音频信号传输到计算机中;绿色的是音频输出接口,用来连接音箱或耳机,将计算机中的音频信号送出;红色的是传声器(俗称麦克风)接口。

2.3.2　主板的主控芯片组

主板的主控芯片组是北桥芯片和南桥芯片的统称,直接决定着一个主板的性能,是一个主板的灵魂。

其中北桥芯片在主板的主控芯片组中起主导作用,也称为主桥,它的主要作用是负责管理 CPU、内存、显卡等高速的设备之间的数据传送。一个主板支持的 CPU 类型、内存类型及最大容量、显卡的 PCI-E 的版本等都是由北桥芯片决定的,由于北桥芯片的数据通信量比较大,一般都有散热器覆盖。

南桥芯片主要负责主板上的 SATA 接口、USB 接口、PCI 插槽、键盘接口、实时时钟等相对低速的部件的数据通信,相对于北桥芯片来说,其数据处理量并不算大,所以南桥芯片通常不覆盖散热片,但现在高档主板的南桥也覆盖散热片。南桥芯片一般不和 CPU 直接通信,而是使用某种方法和北桥芯片相连。

由于 CPU 和内存技术的不断更新升级,而其他设备尤其是外部设备更新速度较慢,因此北桥芯片的变化比较频繁,所以不同芯片组中北桥芯片是肯定不同的,南桥芯片可能相同。

图 2.26 给出了计算机中各个部件通过芯片组的连接模式。

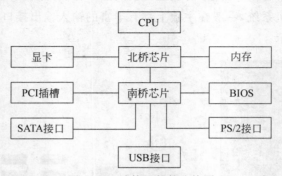

图 2.26　计算机部件连接图

由于 AMD 公司从 K8 核心的 CPU 开始已经将内存控制器集成在了 CPU 内部,于是支持 K8 芯片组的北桥芯片变得简化多了,Intel 公司的 Core i 系列 CPU 产品已将显卡核心和内存控制器都集成在 CPU 内,北桥芯片已经取消了,以后主流的芯片组很有可能都变成南北桥合一的单芯片形式。

目前生产芯片组的厂商主要有 Intel、AMD、NVIDIA、VIA 和 SIS 等公司。

2.3.3 常见主板实例

主板作为计算机各个部件之间交换数据的信息高速公路,它直接影响计算机的稳定性和扩展性,虽然能够生产主控芯片组的厂家不多,但是主板生产厂商却不少,而且对于每一种主控芯片组,主板生产厂商为了满足不同人群的需求,又会推出针对某一个主控芯片组的系列产品,市场上主板产品可谓琳琅满目,一般来说,对于主板有以下选购的原则。

(1) 根据选定的 CPU 确定主控芯片组的类型。主控芯片组决定着能够使用的 CPU 的类型,目前主流的 CPU 有 Intel 和 AMD 公司的,主控芯片组分为支持 Intel 和支持 AMD 的两大类。

(2) 根据需求选择主控芯片组的型号。为了适应 CPU、显卡、内存技术的不断进步,主控芯片组,尤其是北桥芯片,不断会推出适应新技术的新产品,通常情况下,一个主板如果使用新的主控芯片组,就意味着能够支持新型号的 CPU、支持性能更好的显卡,支持速度更快的内存,支持容量更大的硬盘等等。

(3) 根据扩展性能选择主板的类型。目前常见的主板根据尺寸可以分为两大类:ATX 主板和 Micro ATX 主板,通俗地说就是大板和小板,它们在外观尺寸大小上有明显的区别,ATX 主板尺寸较大,因此扩展槽和 I/O 接口数量比较多,扩展性能较好;Micro ATX 主板尺寸较小,相对扩展槽和 I/O 接口数量比较少,扩展性能一般。

(4) 最后,主板的布局是否合理,PCB 印刷电路板的厚度,是否有完善的售后也是选择时需要考虑的问题。

目前,主要的主板生产厂商有华硕、技嘉、微星等很多品牌,下面通过两个主板的实例,让读者对主板的参数有一个更具体的了解。

(1) 图 2.27 是技嘉公司型号为 GA-H55M-S2 的主板。

图 2.27　技嘉 GA-H55M-S2 主板

该主板的主要技术参数如下。

① 主板参数。

主控芯片组：Intel H55。

集成芯片：网卡、声卡。

集成网卡芯片：Realtek RTL8111E 吉比特网卡。

集成声卡芯片：Realtek ALC888B 8 声道音效芯片。

BIOS 芯片类型：AWARD BIOS。

BIOS 芯片数量：2 个。

主板类型：Micro ATX。

主板尺寸：24.4×21.0cm。

② 处理器参数。

支持 CPU 平台：Intel。

支持 CPU 类型：Core i7/i5/i3 处理器。

CPU 插槽类型：LGA 1156。

支持处理器数量：1 个。

③ 内存参数。

支持内存类型：DDR3。

内存插槽数量：2×DDR3 DIMM。

最大内存容量：16GB。

内存数据传输速率：DDR3 1333/1066/800MHz。

④ 扩展槽参数。

PCI-E 插槽：1×PCI-E X16 显卡插槽，1×PCI-E X1 插槽。

PCI 插槽：2×PCI。

SATA 插槽：6×SATAII。

⑤ I/O 接口参数。

USB 接口：12×USB2.0。

视频接口：1×VGA。

PS/2 接口：PS/2 键盘、PS/2 鼠标。

其他接口：1×RJ-45 网络接口、音频接口。

⑥ 其他参数。

电源接口：一个 4 针，一个 24 针电源接口。

硬件监控：系统电压检测、CPU/系统温度检测、CPU/系统/电源风扇转速检测、CPU 过温警告、CPU/系统/电源风扇故障警告、CPU/系统智能风扇控制。

（2）图 2.28 是华硕公司型号为 M4A88TD-M 的主板。

该主板的主要技术参数如下。

① 主板参数。

主控芯片组：AMD 880G 北桥＋SB850 南桥芯片组。

集成芯片：显卡、网卡、声卡。

集成显卡芯片：ATI Radeon HD4250 显示核心。

图 2.28　华硕 M4A88TD-M 主板

集成网卡芯片：Realtek RTL8111E 吉比特网卡。

集成声卡芯片：集成 Realtek ALC892 8 声道音效芯片。

BIOS 芯片类型：AMI BIOS。

BIOS 芯片数量：1 个。

主板类型：Micro ATX。

主板尺寸：24.4×24.4cm。

② 处理器参数。

支持 CPU 平台：AMD。

支持 CPU 类型：羿龙 Ⅱ/速龙 Ⅱ。

CPU 插槽类型：AM3。

支持处理器数量：1 个。

③ 内存参数。

支持内存类型：DDR3。

内存插槽数量：4×DDR3 DIMM。

最大内存容量：16GB。

内存数据传输速率：DDR3 1333/1066/800MHz。

④ 扩展槽参数。

PCI-E 插槽：1×PCI-E X16 显卡插槽，2×PCI-E X1 插槽。

PCI 插槽：1×PCI。

IDE 插槽：1×IDE。

SATA 插槽：6×SATAⅢ。

⑤ I/O 接口参数。

USB 接口：14×USB 2.0。

HDMI 接口：1×HDMI。

视频接口：1×VGA、1×DVI 接口。

PS/2 接口：PS/2 键盘。

其他接口：1×RJ-45 网络接口、1×光纤接口、音频接口。

⑥ 其他参数。

电源接口：一个 4 针，一个 24 针电源接口。

2.4　机箱和电源

2.4.1　电源

电源又称为开关电源，是一种安装在计算机机箱内的封闭式部件，它的作用是将 220V 的交流电通过一个电源变压器转换成为 5V，−5V，+12V，−12V，+3.3V 等稳定的直流电，以供应主机箱内的主板、CPU、内存、硬盘等部件可靠安全的运行，图 2.29 为常见的计算机电源。

电源担负着整个计算机系统的各个部件的能量供应，其好坏直接影响计算机的稳定性和使用寿命，选购电源时应该注意。

图 2.29　电源

1. 认证

一个电源在其元器件的选择、材料的绝缘性以及节能环保方面有严格的国家标准，电源的认证主要有两种：安全认证和性能认证。安全认证最重要的就是我国的 3C 认证，所谓 3C 认证，就是中国强制性产品认证制度，英文名称 China Compulsory Certification，英文缩写 CCC，3C 标志只是一种最基础的安全认证。目前市面基本上所有在中国销售的电源都具有 3C 认证，如图 2.30 所示。

性能认证是为了加速节能环保的发展而制定的，80 PLUS 是电源转换效率的一个标志。其认证要求电源供应器在 20%、50% 及 100% 等负载点下能达到 80% 以上的电源使用效率。能够获得 80 PLUS 认证的电源暂时不是很多，而且这些电源中全部都是相当高端的产品。其认证标志如图 2.31 所示。

图 2.30　3C 认证

图 2.31　80 PLUS 认证

2. 输出功率

电源的输出功率必须大于机箱内所有部件的功率之和，而且要留有一定的余地，目前电源的功率都在 300W。如果功率过小，计算机无法启动或者运行不稳定，选择电源功率的大小要根据计算机内的部件决定,CPU 类型、显卡类型、驱动器的个数等都会影响电源功率。

3. 电磁干扰规格

计算机在工作时会产生强烈的电磁干扰,如果没有一个良好的屏蔽,将会对其他部件造成一定的影响,一般的计算机电源外面都有一个铁盒来屏蔽电磁干扰,目前电磁干扰规格有国际的 FCC A 和 FCC B 标准,应尽量选择符合 B 级标准的电源。

4. 安全保护

由于使用的市电经常出现电压或者电流不稳定的情况,或者由于人为的原因使计算机的部件出现短路情况,这都会造成计算机运行不稳定,甚至部件的损毁,必须选择具有过流、过压和短路保护的电源。

2.4.2 机箱

机箱用来安装和固定计算机的各个部件,同时也起到电磁屏蔽的作用。目前市场中常见的机箱有 ATX 和 Micro ATX 两种机箱,其尺寸规格有很大差别,ATX 机箱可以安装 ATX 主板和 Micro ATX 主板,一般为立式;Micro ATX 机箱尺寸较小,不能安装 ATX 主板,有立式和卧式两种。图 2.32 为标准的 ATX 立式机箱。

图 2.32　机箱

2.5　最小硬件系统的组装

对于一台计算机,能够使其正常启动的基本部件构成的系统称为最小系统,包括电源、CPU、内存、主板和显卡,最小系统在计算机的组装和维护中占有很重要的位置,经常用于计算机硬件系统故障的排除,鉴于目前主流的 CPU 已经部分集成了显示核心,而且在未来的一段时间内会成为主流,所以已经介绍的硬件可以构成一个最小硬件系统。

2.5.1 组装工具

随着计算机各个配件的模块化,在计算机的组装和维护的过程中,使用到的工具相对较少,一般最常用的工具有十字形旋具(俗称螺丝刀),多孔电源插座,塑料盒等,另外还有防静电手链,故障诊断卡等比较专业的工具。

十字形旋具主要用于螺丝的安装和拆卸,由于计算机的部件大多使用十字形旋具进行固定,因此它是组装计算机的必备工具,另外为了安装螺丝时方便地进行定位操作以及拆卸时避免松动的螺丝掉入机箱内部,尽量选择有磁性的旋具。

在安装和拆卸计算机的过程中,需要随时使用螺丝,跳线帽等小零件,为了避免其丢失,应该提前准备一个塑料盒来盛放这些小的部件。

在一些比较专业的场合,还会使用到防静电手链,如图 2.33 所示,计算机的核心部件都是精密的集成电路芯片,它们一般工作电压是 3V、5V 或 12V,甚至更低,人体的静电远远超出其能够承受的电压范围,为了避免在组装和拆卸计算机部件的过程中,由于人体的静电而导致计算机部件的毁坏,将防静电手链的一端套在手腕上,一端用夹子固定在金属物体上,它会将人体携带的静电进行有效释放,起到保护的作用。

每次启动计算机时,BIOS 都会对系统的各个组件进行严格测试,对它们进行必要的初始化设置,该过程称为计算机自检,如果所有的部件一切正常,再引导操作系统,否则计算机失败。故障诊断卡的基本工作原理是将 BIOS 自检程序的检测结果通过代码依次显示出来,结合代码含义速查表就能很快地知道计算机故障所在。该工具对计算机不能正常启动、黑屏等能够进行快速定位,在计算机维护方面有着很重要的用途,如图 2.34 所示。

图 2.33　防静电手链

图 2.34　故障诊断卡

2.5.2　组装

一般用户购买的计算机主要有两种类型:品牌机和兼容机。品牌机由于计算机的生产厂商已经把机箱内的部件组装完毕,用户仅仅需要连接外部设备就可以使用,所以很简单,但是其配件往往固定,不能根据用户的需求来进行组合,缺少灵活性;兼容机就是根据用户的需要自己选择部件进行组装,也称为 DIY,即 Do It Yourself,这种方式比较灵活,但是要求用户了解计算机的硬件知识和组装技巧。

对于计算机知识不多的人,也许觉得计算机组装是一件很困难的事情,通过前面的介绍,已经了解了计算机 CPU、内存、主板等硬件的基本知识,接下来将进入计算机的组装阶段,计算机部件的安装没有严格的顺序,主要以方便为主,其基本步骤如下。

- 安装电源:将电源安装在打开的空机箱上。
- 安装 CPU:将 CPU 固定在主板的 CPU 插槽中。
- 安装 CPU 散热系统:将散热装置固定在 CPU 上。
- 安装内存条:将内存条固定在主板的内存插槽中。
- 安装主板:将主板固定在机箱中。
- 安装主板连线:包括连接主板电源线、面板开关线、指示灯线和前置面板 USB 线。
- 安装显卡:根据显卡的总线类型将显卡安装在主板的 PCI-E 插槽中。
- 安装网卡、声卡:将网卡和声卡安装在主板的 PCI 插槽中。
- 安装驱动器:固定硬盘、光驱并连接它们的电源线和数据线。
- 安装输入设备:连接主机和鼠标、键盘。
- 安装输出设备:连接主机和显示器。

- 检查连线。
- 加电测试：如果计算机能正常启动,安装完毕。
- BIOS 设置：进入 BIOS,对系统进行初始化。

本部分内容包括基本步骤的前 6 部分,其余部分将在下一章讨论。由于计算机的部件由精密的集成电路和其他元件构成,因此在组装的过程中还需要注意以下事项。

- 要安装或移除计算机的任何硬件设备之前请务必先关闭电源,并且将电源线自插座中拔除。
- 拿取 CPU、内存、主板等部件时尽量不要触碰金属引线部分以避免线路发生短路。
- 拿取主板、CPU 或内存条时,最好戴上防静电手链。如果没有防静电手链,请确保双手干燥,并先碰触其他金属物以消除静电。
- 安装其他硬件设备至主板内的插槽时,请确认接头和插槽已紧密结合。
- 安装使用螺丝固定的部件时,不要强行固定安装位置不到位的设备。
- 安装完毕后,请确定没有遗留螺丝或金属制品在主板上或计算机机箱内。
- 在开启电源前请确定所有硬件设备的排线及电源线都已正确地连接。
- 在安装的过程中要注意使用正确的方法,遇到不懂或者不会的地方首先要查阅对应设备的说明书,或者请教其他有经验的人,不能粗暴安装。

1. 安装电源

有些机箱本身已经安装了电源,但是大部分电源和机箱是分开的。安装电源前,首先将机箱的固定螺丝拆除,卸下机箱的两个挡板。一般安装电源的地方在机箱的顶部后面,将电源放在机箱的电源托架上,用 4 个螺丝将电源固定在机箱中,如图 2.35 所示。

由于机箱内空间比较狭窄,为了方便 CPU 和内存的安装,一般先将 CPU 和内存在主板上安装好,然后一起安装在机箱中固定。

2. 安装 CPU

本书以安装 Intel 的 LGA 1156 接口的 Core i3 处理器为例来介绍 CPU 的安装过程。

(1) 将主板放置在绝缘的海绵垫或者泡沫塑料上,对照主板说明书找到 CPU 的位置,如图 2.36 所示。

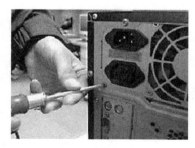

图 2.35 安装电源

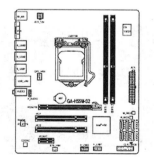

图 2.36 主板上 CPU 的位置

(2) 确认主板上的 CPU 插槽凸角位置,如图 2.37 所示。

(3) 确认 CPU 的凹角位置,如图 2.38 所示。

(4) 手指轻轻按压 CPU 插槽拉杆的扳手,将它向外侧推开一点,使拉杆和定位的卡槽脱离。接着再将 CPU 插槽拉杆向上完全拉起,然后将 CPU 插槽上的金属保护盖向另一侧翻起,如图 2.39 和图 2.40 所示。

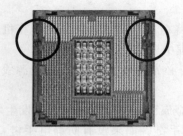

图 2.37 CPU 插槽凸角

图 2.38 CPU 凹角

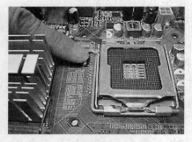

图 2.39 拉起 CPU 拉杆

图 2.40 打开金属盖

(5)移除 CPU 插槽的保护盖。为了保护主板的 CPU 插槽,一般新主板的 CPU 插槽中会有一个保护盖,将保护盖移除,注意在移除保护盖后,为了避免损坏 CPU 插槽中的触点,不要用手去触摸 CPU 插槽的接触点。

(6)安装 CPU。将 CPU 的凹角对准主板上 CPU 插槽的凸角,将 CPU 插入插槽中,如图 2.41 所示。

(7)扣回金属盖。在 CPU 安装完毕之后,将金属盖扣回原位置,如果金属盖前端的凹处卡入了主板上固定杆,则表明已经到位。将手柄压下,扣回原位置,固定 CPU,如图 2.42 所示。

图 2.41 将 CPU 插入 LGA 插槽

图 2.42 固定 CPU

3. 安装 CPU 散热系统

到此为止,CPU 已经固定在主板上了,为了保证 CPU 工作在规定的温度下,下面要为 CPU 安装散热系统,这里选取最常见的风冷。不同规格的 CPU,其散热风扇也有所不同,安装方式也有所相同,本书以 Core 系列 CPU 的盒装散热风扇来简单叙述安装过程。

（1）涂抹导热硅脂。为了使 CPU 能够和散热器良好的接触,一般要在 CPU 上涂抹导热硅脂,需要注意的是不要涂抹的太多,以均匀覆盖 CPU 表面一层为标准,如图 2.43 所示。

（2）安装散热系统固定底座,将散热系统的固定底座 4 个沉头螺母插入主板背面版的 4 个定位孔,如图 2.44 所示。

图 2.43　涂抹导热硅脂

图 2.44　安装散热系统固定底座

（3）安装风扇。将散热风扇的 4 个螺栓对准主板上的散热系统固定底座的 4 个沉头螺母,并将螺栓固定,如图 2.45 所示。

（4）安装风扇电源。对照主板说明书,找到 CPU FAN 的接口,将风扇电源线插入即完成了 CPU 风扇的安装,如图 2.46 所示。

图 2.45　安装风扇

图 2.46　安装风扇电源

在移除风扇的时候需要注意,由于涂抹在 CPU 表面的导热硅脂具有较强的粘合力,移除风扇时不可用力过猛,防止损坏 CPU。

4. 安装内存

目前常用的内存有 DDR3 和 DDR2 两种,不兼容,它们区别是金手指的缺口的位置不同,其安装方法完全一样。另外如果需要在系统中安装多个内存条,为了保持系统的稳定性和兼容性,建议使用的多个内存条为同一厂家,同一速度和同一种内存芯片的。

（1）对照主板说明书,找到内存插槽位置,查看内存插槽的凸起位置是否和内存插槽的缺口位置吻合,如果不吻合不能强行安装,否则会造成内存或主板的毁坏,如图 2.47 所示。

（2）安装内存。将内存插槽两端的白色塑料卡扣向两边搬动,将内存条的缺口位置对准内存插槽的凸起位置,均匀用力,将内存插入主板的内存插槽,如图 2.48 所示。

（3）检查安装。如果内存已经压入到内存插槽内,两旁的白色塑料卡扣便会自动向内卡住内存条,并予以固定,如图 2.49 所示。

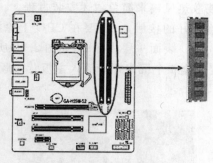

图 2.47　内存和主板兼容

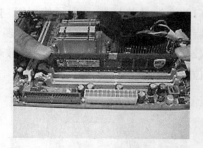

图 2.48　安装内存

5．安装主板

在安装完 CPU，内存之后，下面把主板固定在机箱内，在安装主板之前一定要将机箱内散落的螺丝等异物清除，否则固定主板后，残留的螺丝等金属小部件会在加电后导致主板的短路，毁坏主板；另外在固定主板时，不要将主板的螺丝上的过紧，防止主板变形。通常安装主板需要下面的几个步骤。

（1）将机箱背面的后挡板去掉，将主板自带的后挡板安装在对应位置。

（2）将固定主板用的铜柱旋入机箱底板对应的位置。

（3）将主板的 I/O 接口对准机箱背面的后挡板，将各个接口与挡板的插孔对齐。

（4）将主板的定位孔与铜柱对齐，使用螺丝固定。

将主板安装到机箱完毕后如图 2.50 所示。

图 2.49　检查内存安装

图 2.50　安装主板

6．安装主板连线

安装主板连线主要包括连接主板的电源线和连接主板与前面板连线（安装驱动器的数据线将在下一章进行描述）。

（1）安装主板电源线。找到电源输出插头的 24 针电源线和主板上的电源接口，如图 2.51 所示，将电源线插入主板的电源接口，注意电源上的塑料卡子和电源接口的塑料卡扣互相卡紧，防止电源脱落。

（2）前面板连线，计算机的前面板包括电源开关、重启开关、电源指示灯、硬盘指示灯和前置 USB 口等，要让它们能够正常的工作，必须将机箱上相应的连线插头连接到主板的对应接口上，前面板连线插头如图 2.52 所

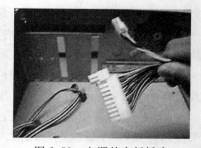

图 2.51　电源的主板插头

示,主板的对应接口如图 2.53 所示。

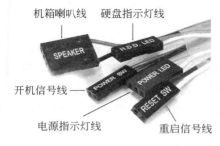

机箱喇叭线　硬盘指示灯线

开机信号线——

电源指示灯线

重启信号线

图 2.52　前面板连线插头(换)

电源灯

硬盘灯

Speaker

开关

重启

图 2.53　主板前面板连线接口(换)

识别这些连线的方法是查看插头或者主板上的英文标识,详见表 2.3。

表 2.3　连线插头英文含义

英文标识	对应部件	作　用
POWER SW	电源开关	计算机的总电源开关
RESTE SW	重启开关	产生复位信号,计算机重启
POWER LED	电源指示灯	计算机加电后点亮,指示电源接通
HDD LED	硬盘指示灯	读写硬盘指示灯亮,表示硬盘工作
SPEAKER	扬声器	计算机发出声音的部件

所有的插头的连线除了 POWER SW 和 RESTE SW 外,都有正负极之分,一般来说,彩色线是正极,白色线是负极,不能接反,否则对应的部件不工作。

主板的接口上通常有英文标识,指示应该接入的插头类型,但不同的主板位置不一样,如果主板上没有标识,必须查看主板说明书,插头和接口必须对应一一连接。

现在几乎所有的机箱前面板都有 USB 插口,为了是前置 USB 插口有效,应该将对应的连线插头连接到主板的前置 USB 接口上,前置 USB 线如图 2.54 所示。

图 2.54　前置 USB 插头

2.5.3　加电测试

到此为止,最小系统的硬件连接已经全部完成,如果组装所使用的 CPU 为集成显示芯片的处理器,同时主板支持,则可以加电测试最小系统是否工作正常。在测试前应该仔细检查连线是否正确,接触是否良好,尤其是电源线。

如果一切正常,大约 3 秒以后,会听到机箱的扬声器发出"嘀"的一声,说明已经连接的设备通过自检,当然如果要启动计算机,还要进行必要的 BIOS 设置,连接硬盘和光盘等存储设备,要想看到计算机运行的状态,还要连接显示器,所以要想组装一台完整的计算机,还要下一章的继续学习。

小 结

本章主要介绍了构成微型计算机的最小系统的核心部件,包括 CPU 和内存的种类及其主要技术参数、主流的主板及其结构、机箱和电源;在此基础上,介绍了微型计算机组装的相关知识,同时结合图示展示了最小系统的组装过程。通过本章的学习,应该对微型计算机的 CPU、内存、主板等部件的外部结构、技术参数有一个全面的了解,同时应该熟练的完成微型计算机核心部件的组装。

习 题 2

1. 什么是 CPU 的主频、外频、倍频? 它们之间的关系是什么?
2. 什么是 Cache? 它在微型计算机中的作用是什么?
3. DDR 内存有几种类型,从外部结构上如何区别它们?
4. 主板上跳线的主要作用是什么?
5. 主板的 I/O 接口通常有哪几种? 它们分别用来连接什么设备?
6. 什么是主板的主控芯片组? 它的作用是什么?
7. 计算机组成的基本过程是什么?
8. 计算机的前面板连线有几根? 它们的英文标识和作用分别是什么?

第 3 章　微型计算机常用外部设备与组装

3.1　外部存储器

外储存器是指除计算机内存及 CPU 缓存以外的储存器,此类储存器一般断电后仍然能保存数据。常见的外储存器有硬盘、软盘、光盘、U 盘等。外存储器特点:单位价格低,容量大,速度慢,断电后数据不会丢失。

3.1.1　硬盘驱动器

硬盘驱动器(Hard Disc Drive,HDD)是计算机主要的存储媒介之一。目前的硬盘都是采用温彻斯特(Winchester)技术,即盘片与磁头密封在盘壳内,表面覆盖磁性材料镀膜的盘片固定在轴上,并高速旋转,磁头沿盘片径向移动且悬浮在高速转动的盘片上方,而不与盘片接触。故又称为温彻斯特式硬盘。硬盘的特点是存储容量大,当前,微型计算机中硬盘的容量已达 2TB 以上。

1. 硬盘结构和工作原理

硬盘的物理结构如图 3.1 所示。

图 3.1　硬盘的物理结构

(1) 磁盘盘片。硬盘盘片是将磁粉附着在铝合金(新材料也有用玻璃)圆盘片的表面上。这些磁粉被划分成称为磁道的若干个同心圆,在每个同心圆的磁道上就好像有无数的任意排列的小磁铁,当这些小磁铁受到来自磁头的磁力影响时,其排列的方向(磁场极性)会随之改变,两种不同的方向分别代表"0"和"1",利用磁头的磁力控制指定的一些小磁铁方向,使每个小磁铁都可以用来储存信息。

(2) 盘体。硬盘的盘体由多个盘片组成,这些盘片重叠在一起放在一个密封的盒中,它们在主轴电动机的带动下以很高的速度旋转,其转速达 3600rpm、4500rpm、5400rpm、7200rpm,甚至更高。

(3) 磁头。硬盘的磁头用来读取或者修改盘片上磁性物质的状态,一般说来,每一个磁面都会有一个磁头,从最上面开始,从 0 开始编号。磁头采取在盘片的着陆区接触式启停的方式,着陆区不存放任何数据,磁头在此区域启停,不存在损伤任何数据的问题,即磁头在停止工作时,与磁盘是接触的。但是读写数据时,盘片高速旋转,磁头处于离盘面数据区 0.2～0.5μm 高度的"飞行状态",既不与盘面接触造成磨损,又能可靠的读写数据。

(4) 电动机。硬盘内的电动机都为无刷电动机,在高速轴承支撑下机械磨损很小,可以长时间连续工作。由于高速旋转的盘体会产生陀螺效应,所以工作中的硬盘不宜运动,否则将加重轴承的工作负荷。硬盘磁头的寻道伺服电动机多采用音圈式旋转或者直线运动步进电动机,在伺服跟踪的调节下精确地跟踪盘片的磁道。注意:在硬盘工作时不要有冲击碰撞(例如移动机箱)。

硬盘按尺寸可以分为 5.25in、3.5in、2.5in 和 1.8in 等几种。5.25in 硬盘早期用于台式机,已退出历史舞台。台式机计算机主要使用 3.5in 硬盘,而 2.5in 和 1.8in 的硬盘主要用于笔记本计算机、桌面一体机、移动硬盘或者便携式硬盘播放器。

硬盘的工作原理是利用特定的磁粒子的极性来记录数据。磁头在读取数据时,将磁粒子的不同极性转换成不同的电脉冲信号,再利用数据转换器将这些原始信号变成计算机可以使用的数据,写的操作正好与此相反。另外,硬盘中还有一个存储缓冲区,这是为了协调硬盘与主机在数据处理速度上的差异而设置的。由于硬盘的结构比软盘复杂得多,所以它的格式化工作也比软盘要复杂,分为低级格式化、硬盘分区、高级格式化并建立文件管理系统。

硬盘驱动器加电正常工作后,利用控制电路中的单片机初始化模块进行初始化工作,此时磁头置于盘片中心位置,初始化完成后主轴电动机将启动并以高速旋转,装载磁头的小车机构移动,将浮动磁头置于盘片表面的 00 道,处于等待指令的启动状态。当接口电路接收到微型计算机系统传来的指令信号,通过前置放大控制电路,驱动音圈电动机发出磁信号,根据感应阻值变化的磁头对盘片数据信息进行正确定位,并将接收后的数据信息解码,通过放大控制电路传输到接口电路,反馈给主机系统完成指令操作。结束硬盘操作的断电状态,在反力矩弹簧的作用下浮动磁头驻留到盘面中心。

2. 硬盘接口

硬盘接口有 IDE、SATA 和 SCSI 这 3 种类型接口。IDE 接口硬盘多用于家用产品中,部分应用于服务器;SCSI 接口硬盘主要应用于服务器,价格昂贵;SATA 接口硬盘主要应用于家用市场,有 SATA、SATAII、SATAIII 是现在的主流。在 IDE 和 SCSI 的大类别下,又可以分出多种具体的接口类型,又各自拥有不同的技术规范,具备不同的传输速度,比如ATA100 和 SATA;Ultra160 SCSI 和 Ultra320 SCSI 都代表着一种具体的硬盘接口,各自的速度差异也较大。

IDE(Integrated Drive Electronics,电子集成驱动器)的本意是指把"硬盘控制器"与"盘体"集成在一起的硬盘驱动器。这种集成能减少硬盘接口的电缆数目与长度,增强数据传输的可靠性,使硬盘制造变得更容易。另外,对用户而言,硬盘安装起来也更为方便。IDE 这一接口技术从诞生至今就一直在不断发展,性能也不断的提高,具有价格低廉、兼容性强等特点,如图 3.2 所示。

IDE 代表着硬盘的一种类型,但在实际的应用中,人们也习惯用 IDE 来称呼最早出现IDE 类型硬盘 ATA-1,这种类型的接口已经被淘汰,其后发展分支出更多类型的硬盘接口,

SATA接口硬盘

IDE接口硬盘

图 3.2　硬盘接口

比如 ATA、Ultra ATA、DMA、Ultra DMA 等接口都属于 IDE 硬盘。

SCSI(Small Computer System Interface,小型计算机系统接口)是同 IDE 完全不同的接口,IDE 接口是普通 PC 的标准接口,而 SCSI 并不是专门为硬盘设计的接口,而是一种广泛应用于小型计算机上的高速数据传输技术。SCSI 接口具有应用范围广、多任务、带宽大、CPU 占用率低,以及支持热插拔等优点,但较高的价格使得它很难如 IDE 硬盘般普及,因此 SCSI 硬盘主要应用于中、高端服务器和高档工作站中。

使用 SATA(Serial ATA)接口的硬盘又叫串口硬盘,采用串行方式传输数据,是未来 PC 硬盘的趋势,如图 3.2 所示。2001 年,由 Intel、APT、Dell、IBM、希捷、迈拓这几大厂商组成的 Serial ATA 委员会正式确立了 Serial ATA 1.0 规范,2002 年,虽然 SATA 的相关设备还未正式上市,但 Serial ATA 委员会已抢先确立了 Serial ATA 2.0 规范。Serial ATA 采用串行连接方式,串行 ATA 总线使用嵌入式时钟信号,具备了更强的纠错能力,与以往相比其最大的区别在于能对传输指令(不仅仅是数据)进行检查,如果发现错误会自动矫正,这在很大程度上提高了数据传输的可靠性。串行接口还具有结构简单、支持热插拔的优点。

串口硬盘是一种完全不同于并行 ATA 的新型硬盘接口类型,相对于并行 ATA,具有明显的优势。首先,Serial ATA 以连续串行的方式传送数据,一次只会传送 1 位数据。这样能减少 SATA 接口的引脚数目,使连接电缆数目变少,效率也会更高。实际上,Serial ATA 仅用 4 支引脚就能完成所有的工作,分别用于连接电缆、连接地线、发送数据和接收数据,同时这样的架构还能降低系统能耗和减小系统复杂性。其次,Serial ATA 的起点更高、发展潜力更大,Serial ATA 1.0 定义的数据传输率可达 150Mbps,这比目前最新的并行 ATA(即 ATA/133)所能达到 133Mbps 的最高数据传输率还高,而在 Serial ATA 2.0 的数据传输率将达到 300Mbps,最终 SATA 将实现 600Mbps 的最高数据传输率。

3. 硬盘的主要技术指标

(1) 容量。通常所说的容量是指硬盘的总容量,一般硬盘厂商定义的单位 1GB＝1000MB,而系统定义的 1GB＝1024MB,所以会出现硬盘上的标称值小于格式化容量的情况,这算业界惯例,属于正常情况。

(2) 单碟容量。单碟容量是指一张碟片所能存储的字节数,现在硬盘的单碟容量一般都在 20GB 以上。而随着硬盘单碟容量的增大,硬盘的总容量已经可以实现上百甚至上千吉字节(GB)了,目前市场上所售的硬盘容量大都在 80GB 或 160GB 以上。

(3) 转速。转速是指硬盘内电动机主轴的转动速度,单位是 rpm(每分钟旋转次数)。转速是决定硬盘内部传输率的决定因素之一,它的快慢在很大程度上决定了硬盘的速度,同时也是区别硬盘档次的重要标识。目前一般的硬盘转速为 5400rpm 和 7200rpm,最高的转速则可达到 10000rpm 以上。

（4）最高内部传输速率。最高内部传输速率是指磁头和高速数据缓存之间的最高数据传输速率，单位为 Mbps。最高内部传输速率的性能与硬盘转速以及盘片存储密度（单碟容量）有直接的关系。

（5）平均寻道时间。平均寻道时间是指硬盘磁头寻找到数据所在的磁道所花费的平均时间，单位为毫秒（ms），现在硬盘的平均寻道时间一般低于 9ms。平均寻道时间越短，硬盘的读取数据能力就越高。

（6）缓存。缓存（Cache memory）是硬盘控制器上的一块内存芯片，具有极快的存取速度，它是硬盘内部存储和外界接口之间的缓冲器。由于硬盘的内部数据传输速度和外界界面传输速度不同，缓存在其中起到一个缓冲的作用。缓存的大小与速度是直接关系到硬盘的传输速度的重要因素，影响硬盘的整体性能。当硬盘存取零碎数据时需要不断地在硬盘与内存之间交换数据，如果有较大缓存，则可以将那些零碎数据暂存在缓存中，由硬盘与内存一次交换完成传输，提高了数据的传输速度。

硬盘的缓存主要起 3 种作用：一是预读取。当硬盘受到 CPU 指令控制开始读取数据时，硬盘上的控制芯片会控制磁头把正在读取的簇的下一个或者几个簇中的数据读到缓存中（由于硬盘上数据存储时是比较连续的，所以读取命中率较高），当需要读取下一个或者几个簇中的数据的时候，硬盘则不需要再次读取数据，直接把缓存中的数据传输到内存中就可以了，由于缓存的速度远远高于磁头读写的速度，所以能够达到明显改善性能的目的；二是对写入动作进行缓存。当硬盘接到写入数据的指令之后，并不会马上将数据写入到盘片上，而是先暂时存储在缓存里，然后发送一个"数据已写入"的信号给系统，这时系统就会认为数据已经写入，并继续执行下面的工作，而硬盘则在空闲（不进行读取或写入的时候）时再将缓存中的数据写入到盘片上。

不同品牌、不同型号的硬盘缓存容量的大小各不相同，早期的硬盘缓存只有几百千字节，现今主流硬盘所采用缓存容量一般是 16MB 和 32MB。大容量的缓存虽然可以在硬盘进行读写工作状态下，让更多的数据存储在缓存中，以提高硬盘的访问速度，但并不意味着缓存越大就越出众。缓存的应用存在一个算法的问题，即便缓存容量很大，而没有一个高效率的算法，那将导致应用中缓存数据的命中率偏低，无法有效发挥出大容量缓存的优势。算法是和缓存容量相辅相成，大容量的缓存需要更为有效率的算法，否则性能会大打折扣，从技术角度上说，高容量缓存的算法是直接影响到硬盘性能发挥的重要因素。更大容量缓存是未来硬盘发展的必然趋势。

4. 主流产品

目前硬盘的主流产品是希捷、西部数据、日立硬盘。

希捷科技公司（Seagate Technology）是世界上最大的磁盘驱动器、磁盘和读写磁头生产厂家，该公司一直是 IBM、COMPAQ、SONY 等业界大户的硬盘供应商。3D 防护技术和 SoftSonic 降噪技术是希捷产品的特色技术，用于提高产品的安全性和降低工作噪声。在主流桌面市场，希捷酷鱼系列较受关注，此系列产品拥有平稳的整体性能，市场认知度较高。由于希捷采用了多家代理并行的扁平化销售渠道，零售价格也较有优势。总体而言，希捷硬盘的性价比不错，在硬盘零售市场的出货量也很大。

自从日立（HITACHI）合并了 IBM 的硬盘部门后，日立便承继了 IBM 的硬盘技术。众所周知的是 IBM 公司算是全球存储器的龙头老大,历史上的许多项突破性存储器技术全是出于 IBM 公司,如最典型的现代硬盘(即"温氏"硬盘)的雏形就是 IBM 公司研发的,当然后来得到广泛使用的"MR(磁阻)","GMR(巨磁阻)"磁头,还有其著名的"Pixie Dust(仙尘)"技术也是 IBM 公司研发的。虽然目前在国内市场表现一般但其强大的背景与实力,任谁也不容忽视。日立硬盘有 180GXP 和 7K250 两个系列。

西部数据(Western Digital)早期专注于 OEM 市场,主要为一些大型公司供货,在零售市场的影响力要小一些,在国内也一直处于不温不火的平稳状态。但随着我们国内消费的增长,西数开始重视中国市场,并努力在我国拓展业务。其主要产品有鱼子酱(Caviar)、Protege 和表演者(Performer)三大系列,鱼子酱为桌面市场的主打产品,产品性能中规中矩,价格较有优势。

5. 硬盘选购

选购硬盘需要注意如下几个方面。

(1) 容量。首先要考虑的就是容量的大小,它直接决定了用户所使用系统平台存储空间的大小,所以在硬盘的容量选择上主要看用途而定。如果是一般学习工作使用,那么 500GB 以下容量就已经足够用了;如果是用来存储大型 3D 游戏和各种 720P/1080P 高清电影,那么 1TB 以上的大容量硬盘是必不可少的。

(2) 转速。转速是决定硬盘内部传输率的关键因素之一,在很大程度上直接影响到硬盘的速度。目前硬盘的转速多为 5400rpm 与 7200rpm,7200rpm 硬盘是市场的主流产品。笔记本硬盘多为 5400rpm,但仍将被 7200rpm 硬盘所替代。

(3) 缓存。硬盘的缓存大小与速度也是直接关系到硬盘的传输速度的重要因素。硬盘存取零碎数据时需要不断地在硬盘与内存之间交换数据,如果有大缓存,则可以将那些零碎数据暂存在缓存中,减小外系统的负荷,也提高了数据的传输速度,从而提高整个平台的整体传输性能。目前市面上硬盘的最大缓存容量可以达到 64MB,不过大部分主流的硬盘产品缓存容量保持在 32MB,另外还有一些中低端的产品采用 16MB 缓存,大家选购时在价格相差不大的情况下应该注意应该尽量选购大容量缓存硬盘产品。

(4) 接口。硬盘接口是硬盘与主机系统间的连接部件,作用是在硬盘缓存和主机内存之间传输数据。不同的硬盘接口决定着硬盘与计算机之间的连接速度,在整个系统中,硬盘接口的优劣直接影响着程序运行快慢和系统性能好坏。硬盘接口主要分为 IDE、SATA(SATAII)两种规格,而 SATA 接口是当前的主流,IDE 接口的硬盘逐渐会被淘汰。用户在升级旧有配置的时候一定要看清楚自己硬盘的接口,两者是不能相互兼容的。

(5) 品牌。目前市场上比较常见的就是希捷、西部数据、日立这三大硬盘品牌,在这几家中很难一下子判断谁好谁差,因为各品牌均有自家独特的技术,同时在售后服务上也都是三年保修,大家还是根据自己的需求来选择当中性价比较为优秀的产品。

3.1.2　光盘驱动器

光盘驱动器(光驱),是一种读取光盘信息的设备,如图 3.3 所示。因为光盘具有存储容量大、价格便宜、保存信息时间长等特点,适宜保存大量的数据(如声音、图像、动画、视频信息、电影等多媒体信息)。光驱是多媒体计算机不可缺少的硬件配置。

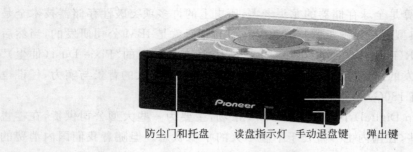

防尘门和托盘　读盘指示灯　手动退盘键　弹出键

图 3.3　光盘驱动器

1. 光驱的结构

光驱的正面一般包含弹出键、读盘指示灯、手动退盘孔、防尘门和托盘等部件。按一下弹出键,光盘会自动弹出。当光盘由于某种原因不能退出时,可以用小硬棒插入手动退盘孔把光盘退出。

2. 光驱的分类

随着多媒体的应用越来越广泛,使得光驱已经成为台式机诸多配件中的标准配置。目前,光驱可分为 CD-ROM、DVD-ROM、COMBO 和刻录机等。

(1) CD-ROM:是一种只读的光存储介质。它是在原本用于音频 CD 的 CD-DA (Digital Audio)格式基础上发展起来的。

(2) DVD-ROM:是一种可以读取 DVD(数字多功能光盘 Digital Versatile Disc)碟片的光驱,除了兼容 DVD-ROM、DVD-VIDEO、DVD-R、CD-ROM 等常见的格式外,同时支持 CD-R/RW、CD-I、VIDEO-CD、CD-G 等格式。

(3) COMBO:COMBO 英文意思为"结合物","康宝"光驱是人们对 COMBO 光驱的俗称。而 COMBO 光驱是一种集合了 CD 刻录、CD-ROM 和 DVD-ROM 为一体的多功能光存储产品。

(4) 刻录光驱:包括了 CD-R、CD-RW 和 DVD 刻录机等,其中 DVD 刻录机又分 DVD +R、DVD-R、DVD+RW、DVD-RW(W 代表可反复擦写)和 DVD-RAM。刻录机的外观和普通光驱差不多,只是其前置面板上通常都清楚地标识着写入、复写和读取 3 种速度。

3. 光驱的工作原理

激光头是光驱的心脏,也是最精密的部分,它主要负责数据的读取工作。光驱在读取信息时,激光头会向光盘发出激光束,当激光束照射到光盘的凹面或非凹面(光盘的凹面和非凹面分别表示"0"和"1")时,反射光束的强弱会发生变化,光驱就根据反射光束的强弱,把光盘上的信息还原成为数字信息,即"0"或"1",再通过相应的控制系统,把数据传给计算机。

4. 光驱的技术指标

数据传输率(DataTransferRate),即倍速,它是衡量光驱性能的最基本指标。CD-ROM 光驱的单倍速是指每秒可从光驱存取 150KB 数据的光驱,目前 CD-ROM 所能达到的最大 CD 读取速度是 56 倍速。而 DVD-ROM 的单倍速是 1350KBps,目前主流的 DVD-ROM 为 24 倍速。

平均寻道时间(Average Access Time)是指激光头从原来位置移到要读取数据的位置,并开始读取数据所花费的平均时间。显然,平均寻道时间越短,光驱的性能就越好。

CPU 占用时间(CPU Loading)是指光驱在维持一定的转速和数据传输率时所占用

CPU 的时间，它也是衡量光驱性能好坏的一个重要指标。CPU 占用时间越少，其整体性能就越好。

数据缓冲区(Buffer)是指光驱内部的存储区。它能减少读盘次数，提高数据传输率。现在大多数光驱的缓冲区为 198KB 或 256KB，但 DVD 刻录机的缓冲区为 2MB 或 4MB。

5. 光驱的选购

目前市场的主流是 DVD-ROM，CD-ROM 光驱正在慢慢退出历史舞台。所以现在购买的光驱主要是 DVD-ROM 或者是 DVD 刻录机，选购 DVD 光驱时，应该从以下几方面考虑。

(1) 接口类型。光驱常见接口有 IDE、EIDE 和 SATA 这 3 种。和硬盘的选购相同，IDE 和 EIDE 接口的光驱正在被 SATA 接口的光驱替代，建议您选购 SATA 接口光驱。

(2) 数据传输率。光驱的数据传输率越高越好。目前在市面上流行的是 16 倍速和 24 倍速光驱。

(3) 数据缓冲区容量。缓冲区通常为 198KB 或 256KB，一般建议选择缓冲区不少于 198KB 的光驱。如果购买 DVD 刻录机，缓冲区应不低于 2MB。

(4) 兼容性。由于产地不同，各种光驱的兼容性的差别很大，有些光驱在读取一些质量不太好的光盘时很容易出错，这会带来很大的麻烦，所以，一定要选兼容性好的光驱。

(5) 性价比。正所谓一分钱一分货，价钱高的其性能通常要好一点。DVD 光驱和 DVD 刻录机之间的价格差距一直在缩小，有的也就差三四十元，如果有刻录需要，可以购买 DVD 刻录机。

3.2 显示适配器和显示器

显示适配器(Video adapter)又称为显示接口卡(Video card，Graphics card)，简称为显卡，是个人计算机最基本组成部分之一。显卡的用途是将计算机系统所需要的显示信息进行转换驱动，并向显示器提供行扫描信号，控制显示器的正确显示，是连接显示器和个人计算机主板的重要元件，是"人机对话"的重要设备之一。显卡承担输出显示图形的任务，对于从事专业图形设计的人来说显卡非常重要。民用显卡图形芯片供应商主要包括 AMD(ATI)和 Nvidia(英伟达)两家。

显示器是属于计算机的输入输出(I/O)设备，它可以分为 CRT、LCD 等多种。它是一种将一定的电子文件通过特定的传输设备显示到屏幕上再反射到人眼的显示工具。

3.2.1 显卡

1. 显卡的工作原理

对于不同的显卡，其工作原理基本相同，都是 CPU 与软件应用程序协同工作，将所要显示的图像的相关信息发送到显卡，显卡则根据信息来决定如何使用屏幕上的像素来生成图像，然后，再通过线缆将这些信息发送到监视器，如图 3.4 所示。数据一旦离开了 CPU，就必须顺序通过从总线进入 GPU、从 video chipset(显卡芯片组)进入 video RAM(显存)、从显存进入 RAM DAC、从 DAC 进入显示器，最后才能到达显示屏。从总线进入 GPU (Graphics Processing Unit，图形处理器)完成将 CPU 送来的数据送到北桥(主桥)再送到

GPU里面进行处理,从 video chipset(显卡芯片组)进入 video RAM(显存)完成将芯片处理完以后的数据送到显存,从显存进入 RAM DAC(Random Access Memory Digital Analog Converter,随机存取存储器数模转换器)完成从显存读取出数据后再送到 RAM DAC 进行数据转换工作(将数字信号转换成模拟信号),从 DAC 进入显示器(Monitor)完成将转换后的模拟信号送到显示屏。

图 3.4　七彩虹 iGame450 显卡

　　显示效能是系统效能的一部分,其效能的高低是由以上 4 步所决定的,它与显卡的效能(video performance)还不太一样,如要严格区分的话,显示卡的效能应该是由中间两步所决定的,因为这两步中的资料传输都是在显示卡的内部进行的。第一步是将数据由 CPU 送到显卡里,最后一步是由显示卡直接将数据送到显示屏上。

　　根据二进制数据生成图像是一个很复杂很费力的过程。为了生成三维图像,显卡首先要用直线创建一个线框。然后,再对图像进行光栅化处理(填充剩余的像素)。此外,显卡还需要添加明暗光线、纹理和颜色。对于快节奏的游戏,计算机每秒必须执行此过程约 60 次。如果没有显卡来执行必要的计算,那么计算机将无法承担如此大的工作负荷。

2. 显卡的主要技术指标

　　显卡的主要技术指标有显存参数、分辨率、色深和刷新率等。

　　(1) 显存参数。显存的类型有 SDRAM(Synchronous Dynamic Random Access Memory,同步动态随机存储器)和 DDR SDRAM(Double Data Rate SDRAM,双倍速率同步动态随机存储器)两种。显存的速度一般以纳秒(ns)为单位,常见的显存速度有 7ns、6ns、5.5ns、5ns、4ns,甚至有 3.8ns 的显存。其对应的额定工作频率分别是 143MHz、166MHz、183MHz、200MHz 和 250MHz。显存的容量一般为 64MB、128MB、256MB,有的容量可达 512MB。

　　(2) 分辨率。也叫解析度,指显示卡在显示器屏幕上所描绘的点的数量,用"横向点数×纵向点数"的方式来表示。比如 1024×768 就表示在横向上有 1024 个点,纵向上有 768 个点。

　　(3) 色深。指在某一分辨率下,描述每一个像素点的色彩所使用的数据的宽度,单位是"位"(bit)。它决定了每个像素点可以有的色彩的种类。比如 8 位色深,像素点所能使用的颜色就有 2 的 8 次方即 256 种。不过,通常都直接把乘方的结果称为颜色数,来代替色深作为挑选显示卡的指标,比如 256 色,增强色(16 位色深,65536 颜色数,也叫 64K 色),真彩色(24 位色深,16777216 颜色数,也称 16 兆色)和 32 位色等。颜色数越多,所描述的颜色就越接近于真实的颜色。

（4）刷新率。指图像在显示器上的更新速度，也就是图像每秒钟在屏幕上出现的帧数，刷新率越高，屏幕上的图像闪烁感就越小，图像越稳定，视觉效果越好。当刷新率超过75Hz以上，人眼就不会感到有闪烁感。

3. 显卡的基本结构

显卡主要由图形处理器（GPU）、显存、BIOS 和 PCB 板等组成。

（1）图形处理器 GPU（Graphic Processing Unit）。类似于主板的 CPU，是 NVIDIA 公司在发布 GeForce 256 图形处理芯片时首先提出的概念。GPU 使显卡减少了对 CPU 的依赖，并完成部分原本由 CPU 完成的工作，尤其是在处理 3D 图形的时候。GPU 所采用的核心技术有硬件 T&L（几何转换和光照处理）、立方环境材质贴图和顶点混合、纹理压缩和凹凸映射贴图、双重纹理四像素 256 位渲染引擎等，而其中硬件 T&L 技术可以说是 GPU 的标志。GPU 的生产厂商主要有 NVIDIA 与 ATI 两家。

（2）显存。显存是显示内存的简称，类似于主板的内存，其主要功能就是暂时储存显示芯片将要处理的数据或处理完毕的数据。图形核心的性能愈强，需要的显存也就越多。以前的显存主要是 SDRAM 的，容量也不大。市面上的显卡大部分采用的是 GDDR3 显存，现在最新的显卡则采用了性能更为出色的 GDDR4 或 GDDR5 显存。显存主要由传统的内存制造商提供，比如三星、现代、Kingston 等。

（3）BIOS。类似于主板的 BIOS，显卡 BIOS 主要用于存放显示芯片与驱动程序之间的控制程序，另外还存有显示卡的型号、规格、生产厂家及出厂时间等信息。打开计算机时，通过显示 BIOS 内的一段控制程序，将这些信息反馈到屏幕上。早期显卡 BIOS 是固化在 ROM 中的，不可以修改，而多数显示卡则采用了大容量的 EPROM，即所谓的 Flash BIOS，可以通过专用的程序进行改写或升级。

（4）PCB 板。相当于是显卡的电路板，类似于主板的 PCB 板，它把显卡上的其他部件连接起来。

4. 显卡的分类

目前，个人计算机所使用的显卡按电路结构分主要有集成显卡和独立显卡两类。

集成显卡是将显示芯片、显存及其相关电路都做在主板上，与主板融为一体；集成显卡的显示芯片有单独的，但大部分都集成在主板的北桥芯片中。集成显卡一般不带有显存，使用系统的一部分内存作为显存，具体的容量一般是系统根据需要可以自动动态调整。部分集成显卡也在主板上单独安装了显存，但其容量较小，集成显卡的显示效果与处理性能相对较弱，不能对显卡进行硬件升级，但可以通过 CMOS 调节频率或刷入新 BIOS 文件实现软件升级来挖掘显示芯片的潜能。

集成显卡又分为独立显存集成显卡、内存划分集成显卡和混合式集成显卡。独立显存集成显卡就是在主板上有独立的显存芯片，不需要划分系统内存来支持，可以独立运作；内存划分集成显卡就是从主机系统内存当中划分出来一部分作为显存供集成显卡调用；混合式集成显卡就是既有主板上的独立显存又有从内存中划分的显存同时使用。

集成显卡的优点是功耗低、发热量小，部分集成显卡的性能已经可以媲美入门级的独立显卡，所以不用花费额外的资金购买显卡。缺点是不能更换新显卡。

独立显卡是指将显示芯片、显存及其相关电路单独做在一块电路板上，自成一体而作为一块独立的板卡存在,它需占用主板的扩展插槽(ISA、PCI、AGP 或 PCI-E)。

独立显卡的优点是单独安装、有显存、一般不占用系统内存、在技术上较集成显卡先进、显示效果和性能更好、容易进行显卡的硬件升级。缺点是系统功耗有所加大、发热量较大、需额外花费购买显卡的成本。

显然,如果使用集成显卡运行需要大量占用显存的程序,对整个系统的影响会比较明显,此外系统内存的频率通常比独立显卡的显存低很多,因此集成显卡的性能比独立显卡要逊色一些。

另外,从不同角度可以将显卡划分为不同的类别,例如从用途来分可以分为三类:最低端主要负责基础视频功能的集显;主要应对目前大型 3D 游戏的游戏显卡;应用于游戏开发、广告设计等等的专业显卡。由于分类方法较多,这里不再详细介绍。

5. 显卡接口类型

接口类型是指显卡与主板连接所采用的接口种类。显卡的接口决定着显卡与系统之间数据传输的最大带宽,也就是一次传输所能传输的最大数据量。不同的接口决定着主板是否能够使用此显卡,只有在主板上有相应接口的情况下,显卡才能使用,并且不同的接口能为显卡带来不同的性能。

目前各种 3D 游戏和软件对显卡的要求越来越高,主板和显卡之间需要交换的数据量也越来越大,过去的显卡接口早已不能满足这样大量的数据交换,因此通常主板上都带有专门插显卡的插槽。假如显卡接口的传输速度不能满足显卡的需求,显卡的性能就会受到巨大的限制,再好的显卡也无法发挥。显卡发展至今主要出现过 ISA、PCI、AGP、PCI-E 等几种接口,所能提供的数据带宽依次增加,其中 2004 年推出的 PCI-E 接口已经成为主流,以解决显卡与系统数据传输的瓶颈问题,而 ISA、PCI 接口的显卡已经基本被淘汰。目前市场上显卡一般是 AGP 和 PCI-E 这两种显卡接口。

AGP(Accelerate Graphical Port,加速图像处理端口)接口是 Intel 公司为解决计算机处理(主要是显示)3D 图形能力差的问题而开发的一个视频接口技术标准,它是显示卡的专用扩展插槽,是在 PCI 图形接口的基础上发展而来的。它通过将图形卡与系统内存连接起来,在 CPU 和图形处理器之间直接开辟了一路更快的总线。

随着 3D 游戏做得越来越复杂,使用了大量的 3D 特效和纹理,使原来传输速率为 133Mbps 的 PCI 总线越来越不堪重负。AGP 接口拥有高带宽,与 PCI 总线迥然不同,它完全独立于 PCI 总线之外,直接把显卡与主板控制芯片连在一起,使得 3D 图形数据省略了通过 PCI 总线的过程,很好地解决了低带宽 PCI 接口造成的系统瓶颈问题。

AGP 的发展经历了 AGP 1.0(AGP 1X/2X)、AGP 2.0(AGP 4X)、AGP 3.0(AGP 8X)。最新的 AGP 8X 其理论带宽为 2.1Gbps。到 2009 年,已经被 PCI-E 接口基本取代(2006 年大部分厂家已经停止生产)。AGP 参数对比如表 3.1 所示。

PCI Express(简称 PCI-E)是新一代的总线接口,而采用此类接口的显卡产品,已经在2004 年正式面世。早在 2001 年的春季"英特尔开发者论坛"上,英特尔公司就提出了要用新一代的技术取代 PCI 总线和多种芯片的内部连接,并称之为第三代 I/O 总线技术。随后在 2001 年底,包括 Intel、AMD、Dell、IBM 在内的 20 多家业界主导公司开始起草新技术的规范,并在 2002 年完成,对其正式命名为 PCI Express。

表 3.1 AGP 参数对比

	AGP 1.0		AGP 2.0	AGP 3.0
	AGP 1X	AGP 2X	(AGP 4X)	(AGP 8X)
工作频率/MHz	66	66	66	66
传输带宽/Mbps	266	533	1066	2132
工作电压/V	3.3	3.3	1.5	1.5
单信号触发次数	1	2	4	4
数据传输位宽/位	32	32	32	32
解发信号频率/MHz	66	66	133	266

PCI-E 采用了目前业内流行的点对点串行连接,比起 PCI 以及更早期的计算机总线的共享并行架构,每个设备都有自己的专用连接,不需要向整个总线请求带宽,而且可以把数据传输率提高到一个很高的频率,达到 PCI 所不能提供的高带宽。相对于传统 PCI 总线在单一时间周期内只能实现单向传输,PCI-E 的双单工(在接收一个方向信号的同时,接收来自另一方向的信号,可以实现双倍的整体有效带宽或吞吐量)连接能提供更高的传输速率和质量,它们之间的差异跟半双工和全双工类似。

PCI-E 的接口根据总线位宽不同而有所差异,包括 X1(带宽为 500Mbps)、X4、X8 以及 X16(带宽为 16X 500Mbps),而 X2 模式将用于内部接口而非插槽模式。PCI-E 规格从 1 条通道连接到 32 条通道连接,有非常强的伸缩性,以满足不同系统设备对数据传输带宽不同的需求。此外,较短的 PCI-E 卡可以插入较长的 PCI-E 插槽中使用,PCI-E 接口还能够支持热拔插,这也是个不小的飞跃。PCI-E X1 的 250Mbps 传输速度已经可以满足主流声效芯片、网卡芯片和存储设备对数据传输带宽的需求,但是远远无法满足图形芯片对数据传输带宽的需求。因此,用于取代 AGP 接口的 PCI-E 接口位宽为 X16,能够提供 5GBps 的带宽,即便有编码上的损耗但仍能够提供约为 4GBps 左右的实际带宽,远远超过 AGP 8X 的 2.1GBps 的带宽。

尽管 PCI-E 技术规格允许实现 X1、X2、X4、X8、X12、X16 和 X32 通道规格,但是依目前形式来看,PCI-E X1 和 PCI-E X16 已成为 PCI-E 主流规格,同时很多芯片组厂商在南桥芯片当中添加对 PCI-E X1 的支持,在北桥芯片当中添加对 PCI-E X16 的支持。除去提供极高数据传输带宽之外,PCI-E 因为采用串行数据包方式传递数据,所以 PCI-E 接口每个引脚可以获得比传统 I/O 标准更多的带宽,这样就可以降低 PCI-E 设备生产成本和体积。另外,PCI-E 也支持高阶电源管理,支持热插拔,支持数据同步传输,为优先传输数据进行带宽优化。

在兼容性方面,PCI-E 在软件层面上兼容目前的 PCI 技术和设备,支持 PCI 设备和内存模组的初始化,也就是说过去的驱动程序、操作系统无需推倒重来,就可以支持 PCI-E 设备。目前 PCI-E 已经成为显卡的接口的主流,不过早期有些芯片组虽然提供了 PCI-E 作为显卡接口,但是其速度是 4X 的,而不是 16X 的,例如 VIA PT880 Pro 和 VIA PT880 Ultra,当然这种情况极为罕见。

6. 双显卡技术

扫描线交错 SLI(Scan Line Interlace)技术和 CrossFire(交叉火力,简称交火)分别是

NVIDIA 和 ATI 两家的双卡或多卡互连工作组模式,其本质是差不多的,只是叫法不同。SLI 是 3dfx 公司应用于 Voodoo 上的技术,它通过把两块 Voodoo 卡用 SLI 线物理连接起来,工作的时候一块 Voodoo 卡负责渲染屏幕奇数行扫描,另一块负责渲染偶数行扫描,从而达到将两块显卡"连接"在一起获得"双倍"的性能。SLI 中文音译为速力,到 2009 年 SLI 工作模式与早期 Voodoo 有所不同,改为屏幕分区渲染。

CrossFire 是 ATI 的一款多重 GPU 技术,可让多张显示卡同时在一部计算机上并排使用,增加运算效能,与 NVIDIA 的 SLI 技术竞争。CrossFire 技术于 2005 年 6 月 1 日,在 Computex Taipei 2005 正式发布,比 SLI 迟一年。从首度公开截至 2009 年,CrossFire 经过了一次修订。

使用 SLI 和 CrossFire 技术,需要注意 4 个方面。

(1) 2 个以上 PCI-E 显卡,显卡核心不要求相同。

(2) 主板支持,SLI 授权已开放,支持 SLI 的主板有 NV 自家的主板和 Intel 的主板,如 570 SLI(AMD)、680i SLI(Intel)。CrossFire 开放授权 Intel 平台较高芯片组,如 Intel 的 945、965、P35、P31、P43、P45、X38、X48 等,以及 AMD 的 770X、790X、790FX、790GX 等均可进行 CrossFire。

(3) 系统和驱动支持。并行工作无论是 Nvidia 还是 ATI,均可用自己最新的集成显卡和独立显卡进行混合并行使用,但是由于驱动原因,Nvidia 的 MCP78 只能和低端的 8400GS,8500GT 混合 SLI,ATI 的 780G,790GX 只能和低端的 2400PRO/XT,3450 进行混合 CrossFire。

(4) 不同型号显卡之间进行 CrossFire,ATI 部分新产品支持不同型号显卡之间进行 CrossFire,比如 HD3870X2 与 HD3870 组建 CrossFire 系统,或者 HD4870 与 HD4850 之间组建 CrossFire 系统。这种 CrossFire 需要硬件以及驱动的支持。

注意: 并不是所有型号之间都可以使用 SLI 或 CrossFire 技术。

7. 显卡的主流产品

经过多年的竞争,现在主流的显卡芯片主要也是来自 ATI 和 NVIDIA 两大厂商。

(1) 高端产品有以下两种:

ATI RADEON 9800 系列;

NVIDIA GeForce FX 5900 系列。

(2) 中低端产品有以下两种:

NVIDIA GeForce FX 5200、5600、5900;

ATI RADEON 9200、9600、9800。

8. 显卡的选购

选购显卡需要注意如下几个方面。

(1) 容量。显存担负着系统与显卡之间数据交换以及显示芯片运算 3D 图形时的数据缓存,因此显存容量自然决定了显示芯片能处理的数据量。理论上讲,显存越大,显卡性能就越好。不过这只是理论上的计算而已,实际显卡性能要受到很多因素的约束,如显示芯片速度、显存位宽、显存速度等。

(2) 频率。时钟周期和显存工作频率是显存非常重要的性能指标,它指的是显存每处理一次数据要经过的时间。显存速度越快,单位时间交换的数据量也就越大,在同等情况下显卡性能将会得到明显提升。显存的时钟周期一般以纳秒(ns)为单位,工作频率以兆赫兹(MHz)为单位。显存时钟周期跟工作频率一一对应,它们之间的关系为:工作频率＝1/时钟周期×1000。

(3) 显存位宽。显存位宽是显存也是显卡的一个很重要的参数。可以理解成为数据进出通道的大小,显然,在显存速度(工作频率)一样的情况下,位宽越大,数据的吞吐量可以越大,性能越好。就现在显卡比较常见是128位和256位而言,很明显的,在频率相同的情况下,256位显存的数据吞量是128位的两倍(实际使用中达不到),性能定会增强不少。

(4) 品牌。目前市场上比较常见的就是NVIDIA和ATI两大品牌的显卡,选择哪一个就要看你的实际用途。如果一切配置都是为了游戏,推荐使用NVIDIA的产品。因为毕竟它的3D加速性能比ATI略胜一筹,现在已经有越来越多需要图形加速的3D游戏以NVIDIA的芯片规范作为游戏的基准显示平台了。如果除了游戏还要将计算机用于设计用途或多媒体(例如视频回放)应用,建议使用ATI的产品,它的2D/3D画质比NVIDIA的产品更细腻,色彩还原也更艳丽逼真,而在视频回放方面更是得心应手。

3.2.2 阴极射线管显示器

1. 阴极射线管显示器的工作原理

阴极射线管(Cathode Ray Tube,CRT)显示器,如图3.5所示。其功能就是将显卡的图形图像信号转换成图像反映在显示屏幕上。CRT显示器中最重要的部分是阴极射线显像管,阴极射线显像管(CRT)主要由电子枪(Electron Gun)、偏转线圈(Deflection coils)、荫罩(Shadow mask)、荧光粉层(Phosphor)和玻璃外壳五部分组成。显像管内部的电子枪发射出高速的3束电子束,以极高的速度去轰击荧光粉层。它们分别受显卡R、G、B 3个基色视频信号电压的控制,经过偏转线圈的作用穿越荫罩的小孔或栅栏,去轰击荧光粉层。受到高速电子束的激发,荧光粉分别发出强弱不同的红、绿、蓝3种光,根据空间混色法(将3个基色光同时照射同一表面相邻很近的3个点上进行混色的方法)

图3.5　CRT显示器

产生丰富的色彩,这种方法利用人们眼睛在超过一定距离后分辨力不高的特性,产生与直接混色法相同的效果。用这种方法可以产生不同色彩的像素,而大量不同色彩的像素可以组成一帧漂亮的画面,不断变换的画面就构成了活动的图像。

CRT纯平显示器具有可视角度大、无坏点、色彩还原度高、色度均匀、可调节的多分辨率模式、响应时间极短等LCD显示器难以超过的优点,而且CRT显示器价格要比LCD显示器便宜。

2. CRT显示器的主要性能指标

点距:点距(Dot Pitch)一般指的是显像管水平方向上相邻同色荧光粉像素间的距离。点距越小意味着单位显示区内显示像素点越多,显示的界面越精细,显示的图像也就越清晰。用显示区域的宽和高分别除以点距,即得到显示器在垂直和水平方向最高可以显示的像素点数。目前高清晰大屏幕显示器通常采用 0.28mm、0.27mm、0.26mm、0.25mm 的点距,有的产品甚至达到 0.21mm。

(1) 分辨率。分辨率是指屏幕上可以容纳像素点的总和,分辨率越高,屏幕上能显示的像素也就越多,图像也就更加精细,但所得到的图像或文字就越小。显示器的分辨率等于水平方向的像素点个数和垂直方向的像素点个数的乘积。例如,一个显示器的分辨率设置为 800×600,其中 800 表示屏幕上水平方向显示的像素点个数,600 则表示垂直方向显示的像素点个数。一般显示器可支持多种不同的分辨率。

(2) 显示区域尺寸。尺寸是衡量一台显示器显示屏幕大小的重要技术指标,其度量单位一般为 in(英寸)。目前市场上常见显示器有 17in、19in、21in、29in 等。尺寸大小是指显像管对角尺寸,不是可视对角尺寸,例如 17in 的显示器的可视对角尺寸实际一般只有 16in 左右;19in 的显示器,其可视对角尺寸一般为 18in。

(3) 扫描频率。扫描频率是指行频(Horizontal Scan Frequency)和场频(Vertical scan Rate)。一般电子束打在一点上,它的发光亮度只维持几十毫秒就消失了。为了使图像能够更稳定的显示,电子束必须重复扫描整个屏幕,这就是屏幕刷新(refresh)。行频又称水平刷新率,它表示显示器从左到右绘制一条水平线所用的时间,以千赫兹(kHz)为单位。场频也称垂直刷新率或帧频,它表示屏幕的图像每秒钟屏幕刷新的次数,以赫兹(Hz)为单位。垂直刷新率数值的大小对人的眼睛很重要,当刷新率低于 60Hz 时,屏幕就会有明显闪动,而当刷新率达到 75Hz 以上时,就没有闪烁感,85Hz 是国际上规定的无闪烁标准。

(4) 扫描方式。显示器的扫描方式主要分为隔行扫描和逐行扫描两种。隔行扫描是指每隔一行扫描一行,到底部后再返回扫描刚才未扫描的行。因此,在隔行扫描方式中,一帧屏幕通常会被分为奇数场和偶数场。奇数场的扫描线和偶数场的扫描线相互交叉,均匀的分布在屏幕上,组成一帧界面。这样做的优点是在不提高水平扫描速度的情况下增加了一帧界面的扫描线数。由于一帧界面的扫描实际上由两场扫描完成,因此屏幕有闪烁。逐行扫描是按顺序显示每一行。逐行扫描比隔行扫描拥有更稳定的显示效果,在相同的分辨率下,隔行扫描显示器的抖动要比逐行显示的明显,目前基本都采用的是逐行扫描。

(5) 调节方式。显示器的调节方式越来越方便,功能也越来越强大。数码式调节对图像的控制更加精确,操作更加简便,是现在显示器调节方式的主流。数码式调节按调节界面分主要有 3 种:普通数码式、屏幕菜单式和单键飞梭式。其中 OSD(On Screen Display,屏幕显示菜单控制)可以直接在屏幕中显示功能选项和调节状态。

(6) 视频带宽。视频带宽是指每秒钟电子枪扫描过的总像素数,这决定了显示器所能达到的最高工作频率。理论上:视频带宽=分辨率×刷新频率。与行频相比,带宽更具有综合性,也更能直接反映显示器的性能。但通过上述公式计算出的视频带宽只是理论值,在实际应用中,为了避免图像边缘的信号衰减,保持图像四周清晰,电子枪的扫描能力需要大于分辨率尺寸,水平方向通常要大 25%,垂直方向要大 8%,所以公式中还应该再添加一个系数,该系数一般为 1.5 左右,添加系数后计算得出的数值就是可以接受的视频带宽,如果产品低于这个标准,那么该显示器性能较低,因为太小的带宽无法使显示器在高分辨率下发挥出良好的性能。

3. 选购建议

在购买显示器之前一般都会先确定好尺寸和价格定位,然后开始比较不同品牌的同档次产品。先来看一些显示器的硬性指标。首先是显像管点距,简单地说该数值一般是越小越好,但是用户需要注意看产品标注的是"点距"还是"水平点距",防止被商家误导。另外若显像管具有一些涂层也能改善显示质量。然后是看带宽指标,它是标志显示器电路性能的重要指标直接关系到显示器在常规分辨率下可支持的最高刷新率,一般现在使用分辨率至少达到 75Hz 以上(最好在 85Hz 以上),这样可以有效的减缓眼部的疲劳程度。再有要看显示器的认证,这是产品档次的一种表现,它可以表示产品的一些安全性能、环保指标、辐射当量等都达到一定的指标,一般应具备 TCO95 标准和 EPA 能源之星绿色标准。

当然,除了看硬性的指标,还要看些显示器实际表现情况。首先是聚焦,它直接关系到文本和图像的清晰度,而聚焦是每台显示器的个性问题。在显示器内部有聚焦电位器可供调整,但用户一般情况下不可能接触到,所以要求显示器出厂时已精确的被调整。通常在购买时试看文本和图像,以清晰为准,若是略带模糊或叠影就说明聚焦有问题。在查看显示器时要多注意四周边角的图像情况,高性能的显示器边缘失真小,在屏幕两侧边框垂直且没有明显分色。此外还可以注意观察显示是否锐利、对比度是否适当、亮度是否足等主观感受判断项。

现在,在显示器市场上 CRT 显示器已基本被 LCD 显示器所取代,这里也就不再多介绍 CRT 购买相关的意见了,若有需要大家可以再自行搜索更多的相关资料。

3.2.3　液晶显示器

液晶显示器也称 LCD(Liquid Crystal Display)显示器,如图 3.6 所示,是一种平面超薄的显示设备,由一定数量的彩色或黑白像素组成,放置于光源或者反射面前方。它的主要原理是以电流刺激液晶分子产生点、线、面配合背部灯管构成画面。按照控制方式不同,液晶显示器可分为被动矩阵式 LCD 和主动矩阵式 LCD 两种。按照物理结构,可以分为双扫描无源阵列显示器(DSTN-LCD)和薄膜晶体管有源阵列显示器(TFT-LCD)。相对于 CRT 显示器,液晶显示器有诸多的优点,如:机身薄,节省空间;省电,不产生高温;低辐射,益健康;画面柔和不伤眼等等,这些优点也使它在广大用户中备受青睐。

图 3.6　液晶显示器

1. LCD 显示器的主要性能指标

(1) 尺寸。显示器的尺寸就是显示屏对角线的长度,以英寸(in,1in＝2.539cm)为度量单位,对于液晶显示器也是采用同样的测量标准。目前常用的液晶显示器的主要尺寸有 17in 和 19in。其价格也跟尺寸大小有着密切的关系。

(2) 可视角度。所谓可视角度就是指站在始于屏幕边线的某个角度的位置时,观察者仍可清晰看见屏幕显示的图像,此时所构成的最大角度就称为可视角度。可分为水平可视角度和垂直可视角度,常用的有 CR 10 及 CR 5 两种标准。其中 CR 10 较为严格,配合水平垂直视角与对比来确定 LCD 的性能。通常 LCD 的可视角度都是水平方向左右对称,但垂直方向就不一定了，而且，常常是垂直角度小于水平角度，因此要以对比度为准。

（3）亮度和对比度。亮度值越高就意味着界面越亮丽、图像越清晰，其单位是 cd/m²。对比度是指屏幕图像最亮的白色区域与最暗的黑色区域之间相除后，得出的不同亮度级别。二者对液晶显示器的影响是相互关联的，因此，选择时应尽量平衡考虑。

（4）显示颜色数。液晶显示器的每个点可获得 64 种不同的亮度级（二进制表示需 6位），每个像素有 3 种颜色，所以液晶显示器的色彩数是 18 位色彩，目前几乎所有的 LCD 都可以显示 High Color(256K)，因此许多厂商使用了 FRC(Frame Rate Control)技术，以模拟的方式表现出了全彩的画面。

（5）响应时间。响应时间是液晶显示器的重要指标之一。它指的是各像素点对输入信号的反应速度，即像素点由暗转亮或亮转暗的速度，单位是毫秒(ms)。对于液晶显示器性能指标而言，响应时间的长短决定了界面是否可以流畅地显示。其响应时间是愈小愈好，如果响应时间过长，在显示动态影像时会出现严重的"重影"或"拖尾"现象。中高档液晶显示器的响应时间在 25～30ms 之间，不会产生"拖尾"现象。而低档的液晶显示器的响应时间则在 40～50ms 之间，"拖尾"现象非常严重。

2. 选购建议

用户在选购 LCD 显示器时，除了要注意 LCD 的技术指标外，还应注意 5 个方面。一、OSD 控制接口提供的显示设定值越多，自行调整的弹性更大。二、选购配备 DVI 接口的款式时，要注意是 DVI-I 还是 DVI-D，以及是否提供了 DVI 转 Analog 接口的转插。三、对于需要编辑数码相片的用户，选购时要注意 LCD 显示器是否拥有色温调整技术。四、色彩还原能力主要有 16.2M 和 16.7M 两个标准，如果对显示器的色彩要求比较高的话，选择 16.7M 的产品。五、与 CRT 显示器一样，液晶显示器也同样有认证标准。3C 认证是计算机产品必须具备的"身份证"，通过 TCO 认证则更佳。

另外，在选购显示器时，还可以使用软件来测试显示器的真实性能，如 Monitors Matter Check Screen 就是一款专业的 LCD 测试软件，同时它还可以对 CRT(阴极射线管)显示器进行测试。测试项目包括 LCD 的色彩、响应时间、文字显示效果、有无"坏点"等重要的指标。

3.3　声音控制器和音箱

3.3.1　声卡

声卡(Sound Card)也叫音频卡，如图 3.7 所示，是多媒体技术中最基本的组成部分，是实现声波/数字信号相互转换的一种硬件。声卡的基本功能是把来自话筒、磁带、光盘的原始声音信号加以转换，输出到音箱、耳机等声响设备，或通过音乐设备数字接口(MIDI)使乐器发出美妙的声音。

图 3.7　声卡

1. 工作原理和基本结构

声卡的工作原理是输入时从话筒中获取声音模拟信号，通过模数转换器(ADC)，将声波振幅信号采样转换成一组数字信号，存储到计算机中。输出时，将存储的数字音频信号送到数模转换器(DAC)，还原为模拟声波波形,放大后送到扬声器发声,这一技术称为脉冲编码调制技术(PCM)。

声卡由各种电子器件和连接器组成。连接器一般有插座和圆形插孔两种,用来连接输入输出信号。电子器件包括声音控制芯片、数字信号处理器、FM 合成芯片、波表合成器芯片、总线连接端口、输入输出端口等。

声音控制芯片是声卡的核心部件,是声音的数字信号处理芯片组。输入时它负责从输入设备中获取声音模拟信号,通过模数转换器,将声波信号转换成数字信号,采样存储到计算机中。输出时,将数字信号送到数模转换器中,还原为声波的模拟波形,放大后送到扬声器发声。主要的声音处理芯片厂家有 CREATIVE、ESS、YAMAHA 等。

数字信号处理器 DSP 芯片通过编程实现各种功能。它可以处理有关声音的命令、执行压缩和解压缩程序、增加特殊声效和传真 Modem 等。大大减轻了 CPU 的负担,加速了多媒体软件的执行。但是,低档声卡一般没有安装 DSP。

频率调制 FM (Frequency Modularion)合成芯片和波表合成器芯片是两种负责声音的合成的芯片。乐器数字接口(Musical Instraament Digital Interface,MIDI) 是 20 世纪 80 年代初为解决电声乐器之间的通信问题而提出的。MIDI 传输的不是声音信号,而是音符、控制参数等指令,它指示 MIDI 设备要做什么,怎么做,如演奏哪个音符、多大音量等。它们被统一表示成 MIDI 消息(MIDI Message)。而 MIDI 的核心技术之一就是合成。合成方法主要有频率调制(Frequency Modularion,FM)合成和波表(wavetable)合成 2 种。FM 合成芯片的作用就是用来产生合成声音。相对于高成本的样本波表合成,FM 方式对存储空间要求更低,尽管音色表现有一定的局限性,实现难度较大,但在国际上仍然十分流行。低档声卡一般采用 FM 合成声音,以降低成本。波表合成器芯片的功能是按照 MIDI 命令,读取波表 ROM 中的样本声音合成并转换成实际的乐音。低档声卡没有这个芯片。

总线连接端口是声卡与计算机互相交换信息的桥梁,是声卡插入到计算机主板上的连接端口。根据总线的不同,通常把声卡分为 ISA 声卡和 PCI 声卡两大类,由于两类端口不能互相通用,因此在安插声卡时不能插错。主板上的 ISA 插槽是黑色的,比 PCI 槽长,其中的金属簧片也比 PCI 的宽;PCI 插槽呈白色,相对较短,其中的簧片很细,分布密集。PCI 声卡有许多 ISA 声卡无法拥有的特性,但这并不是说 PCI 声卡的音质一定比 ISA 好,决定音质的好坏主要由声音处理芯片、MIDI 的合成方式和制造工艺等,并不仅仅是总线的不同。

输入输出端口有麦克风输入插孔(Mic In)、线性输入插孔(Line In)、线性输出插孔、游戏/MIDI 插口等。麦克风输入插孔用于接连麦克风作为声音输入设备,用于录音、娱乐及语音识别等。线性输入插孔将来自收音机、磁带播放器或电视机等任何外部音频设备的声音信号输入计算机。可用于录制电视节目伴音、将磁带转成 MP3 等。这个端口能够将品质较好的声音、音乐信号输入到声音处理芯片,通过计算机的控制将该信号录制成一个文件。线性输出插孔负责将声卡处理好的声音信号输出到有源音箱、耳机或其他音频放大设备,四声道以上的声音都会有两个线性输出插孔。第一个输出孔,用于连接前端音箱。第二个线性输出插孔用于连接后端音箱。游戏/MIDI 插口(15 个引脚)用于连接游戏杆、手柄、方向盘等外接游戏控制器,也可连接外部 MIDI 乐器(如 MIDI 键盘、电子琴等),配以专用软件可将微型计算机作为桌面音乐制作系统使用。

2. 声卡的分类

按照声卡的接口类型,主要分为板卡式、集成式和外置式 3 种接口类型,以适用不同用户的需求,3 种类型的产品各有优缺点。

(1)板卡式。板卡式声卡现今较为流行,产品涵盖低、中、高各档次,售价从几十元至上千元不等。早期的板卡式产品多为 ISA 接口,目前已被淘汰,被 PCI 接口取代,拥有了更好的性能及兼容性,支持即插即用,安装使用都很方便。

(2)集成式。集成式声卡集成在主板上,如图 3.8 所示。集成式声卡具有不占用 PCI 接口、成本低廉、兼容性好等优势,能够满足普通用户的绝大多数音频需求,受到市场青睐。而且集成声卡的技术也在不断进步,PCI 声卡具有的多声道、低 CPU 占有率等优势也相继出现在集成声卡上,另外,由于大多用户对声卡的要求都满足于能用就行,更愿将资金投入到能增强系统性能的部分。所以集成式声卡占据了声卡市场的大半壁江山。

(3)外置式声卡。是创新公司独家推出的一个新兴事物,它通过 USB 接口与 PC 连接,具有使用方便、便于移动等优势,如图 3.9 所示。但这类产品主要应用于特殊环境,如连接笔记本实现更好的音质等。目前市场上的外置声卡并不多,常见的有创新的 X-Fi、Audigy、B-Link SU21、乐之邦 LILO V JOY 等。

图 3.8　集成声卡

图 3.9　外置式声卡

三种类型的声卡中,集成式产品价格低廉,技术日趋成熟,占据了较大的市场份额。随着技术进步,这类产品在中低端市场还拥有非常大的前景;PCI 声卡将继续成为中高端声卡领域的中坚力量,毕竟独立板卡在设计布线等方面具有优势,更适于音质的发挥;而外置式声卡的优势与成本对于家用 PC 来说并不明显,仍是一个填补空缺的边缘产品。

3. 技术指标

声卡的主要性能指标有采样位数、采样频率、全双工、信噪比(SNR)、声道、波表合成、MIDI、复音数等。

(1)采样位数决定了声卡处理声音的精度。采样位数越大,声音精度越高,录制和回放的声音越真实。声卡的位是指在采集和播放声音文件时所使用数字声音信号的二进制位数,例如 16 位声卡能把一段音乐信息分为 $64K(2^{16}=64K)$ 个精度单位进行处理,而 8 位声卡只能处理 $256(2^8=256)$ 个精度单位,造成较大的信号损失。现在的主流声卡一般是24 位。

(2)采样频率是指录音设备在一秒钟内对声音信号的采样次数。采样频率越高,声音的还原就越真实、越自然。采样频率一般分为 22.05kHz、44.1kHz、48kHz 这 3 个等级。22.05kHz 只能达到 FM 广播的声音品质,44.1kHz 能达到 CD 品质立体声音,48kHz 能达到优质 CD 品质立体声音乐。高于 48kHz 的采样频率人耳已无法辨别出来。

（3）全双工是新型声卡必备的功能。它能使用户在使用 Internet（因特网）打国际电话时节省大量的通话时间。现在市场流行的声卡都支持全双工模式。

（4）信噪比是一个诊断声卡抑制音频噪声能力的重要指标。通常用信号和噪声信号的功率比值表示，单位为分贝（dB）。信噪比值越大则声卡的滤波效果越好。现在市面上声卡的信噪比一般在 85～95dB。

（5）声道是表示声卡能模拟的音源具体个数，声道技术的发展是声卡发展的一个重要标志。目前常见的有立体声（双声道）、4.1 声道、5.1 声道等。立体声是通过将声音分配到两个独立的声道而达到一种很好的声音定位效果。4.1 声道有前左、前右，后左、后右和 1 个低音音源，可以为听众带来来自不同方向的声音环绕，获得身临其境的听觉感受。5.1 声道是在 4.1 声道的基础上增加了 1 个中置单元。这个中置单元负责传送低于 80Hz 的声音信号，它有利于加强人声。

（6）波表合成是将各种真实乐器所能发出的所有声音录制下来，存储为一个波表文件。在播放时根据乐曲信息向波表发出指令，从中读取对应的声音信息，再经过合成、加工后回放出来。由于采用的是真实乐器的采样，所以播放出的声音效果可达到 FM 的音质。从理论上讲，波表容量越大合成效果越好。

（7）MIDI 是一种电子乐器之间以及电子乐器与计算机之间的统一交流协议，可理解为电子合成器、计算机音乐。它采用了描述性的声音记录方式，即将要演奏的乐曲信息用字节表述出来，所以 MIDI 音频文件的格式非常小巧。复音数是 MIDI 的一个重要指标，复音数是指声卡播放 MIDI 乐曲时在一秒钟内能发出的最大的声音数目。

4．选购技巧

了解了声卡的性能指标，应该可以判断出声卡性能上的优劣，购买声卡还需要考虑以下几个方面。

（1）使用需求。选购时，应针对不同的使用需求进行选择。对于一般用户，如果对声音音质要求不高，可以不单独购买声卡，而选择集成声卡的主板。对于音乐发烧友或者专业用户，应当选择音质好的专业声卡。

（2）品牌。目前，市场上比较有名的品牌有创新、德国坦克、华硕、乐之邦等等，都有不同档次的产品，可以根据自己的需求来选择。

（3）主芯片。因为声卡发出的声音是由主芯片合成的，所以其性能决定了声卡的性能。目前，市场上比较有名的声卡芯片有 ESS、YAMAHA 和 CREATIVE 等。

（4）生产质量。从声卡的外观可以观察其生产质量，如元器件引脚焊接点的焊接质量，焊点的光泽度，以及卡上是否有保护层等。

（5）试听。将声卡的输出音量调至最大，试听声音。高频处应当清晰透明，不应有杂音。

3.3.2　音箱

音箱是声音输出的末端设备，如图 3.10 所示，直接与人的听觉打交道。人的听觉是十分灵敏的，并且对复杂声音的音色具有很强的辨别能力。由于人耳对声音的主观感受正是评价一个音响系统音质好坏的最重要的标准，因此，可以认为，音箱的性能高低对一个音响系统的放音质量起着关键作用。

图 3.10　音箱

1. 音箱的类型

根据音箱是否带有放大电路可分为有源音箱和无源音箱。由于无源音箱中没有电源和音频放大电路,声卡的输出功率很小,所以无源音箱的音质和音量主要取决于声卡的功率放大电路,基本上已被淘汰。计算机中常用的是有源音箱,有源音箱内置了功率放大器,自带电源接口,输出功率较大。根据音箱的材质分为塑料音箱和木制音箱。根据音箱的声道分为双声道音箱和多声道音箱。

2. 音箱的性能指标

多媒体有源音箱的性能指标主要有功率、频率响应范围、失真度、阻抗、信噪比和灵敏度等。

(1) 音箱的功率是指音箱所能发出的最大声强,直观地表示就是声音能有多大。音箱的功率主要由它的功率放大器芯片的功率决定,此外还与电源变压器的功率有关。目前一般的多媒体音箱的功率范围在 25～50W 之间。

(2) 频率响应范围是指音箱最低有效回放频率与最高有效回放频率之间的范围,单位是赫兹(Hz)。音箱的频率响应范围越宽,能够还原的声音频段就越宽,声音也就越自然。

(3) 失真度可分为谐波失真、互调失真和瞬态失真。其中,谐波失真是指声音回放中增加了原信号没有的高次谐波成分而导致的失真,互调失真影响到的主要是声音的音调方面,瞬态失真是因为扬声具有一定的惯性质量存在,盆体的震动无法跟上瞬间变化的电信号的震动而导致原信号与回放音色之间的差异。其中,瞬态失真在音箱与扬声器系统中是最为重要的,直接影响到音质音色的还原程度,常以百分数表示,数值越小表示失真度越小。普通多媒体音箱的失真度以小于 0.5% 为宜,而通常低音炮的失真度都普遍较大,小于 5% 就可以接受了。

(4) 阻抗是指扬声器输入信号的电压与电流的比值。在功放与输出功率相同的情况下,低阻抗的音箱可以获得较大的输出功率。音箱的阻抗一般分为高阻抗和低阻抗。高于 1.6Ω 的是高阻抗,低于 8Ω 的是低阻抗,音箱的标准阻抗为 8Ω。

(5) 信噪比是指音箱回放的正常声音信号强度与噪声信号强度的比值。信噪比低时,小信号输入噪声严重,使整个音域的声音明显变得混浊不清,很影响音质。信噪比低于 80dB 的音箱和低于 70dB 的低音炮建议不要购买。

(6) 灵敏度是指能产生全功率输出时的输入信号,输入信号越低,灵敏度就越高。音箱的灵敏度每差 3dB,输出的声压就相差一倍。一般 84dB 以下为低灵敏度,87dB 为中灵敏度,90dB 以上为高灵敏度。而灵敏度的提高是以增加失真度为代价的,所以作为高保真音箱来讲,要保证音色的还原程度与再现能力就必须降低一些对灵敏度的要求。

3. 音箱的选购

选购音箱时,应从以下几方面考虑。

(1) 使用需求。一般家用常为 2.1 音箱,若想要更好的效果可以选择 5.1 甚至 7.1 的,用于听歌、看电影、玩电子游戏应该足够了。另外,2.1+1 音箱是 2.1 音箱的一个变形,它的音质和操作方便性都要比后者好。而常见的 2.1(包括 2.1+1)音箱可按价格分为高、中、低 3 档:200 元为低档、200~500 为中档,高于 500 元就是高档了。

(2) 品牌。选择名牌产品,比较著名的品牌有漫步者、麦博、轻骑兵等。这些产品在售后服务方面有保障。

(3) 功率。功率并非越大越好,应按照实际需要选择。如果无特殊需要,额定功率有30W 左右就能满足使用要求。

(4) 箱体。音箱在发声时会产生共振,如果箱体材料单薄,则箱体会产生谐振,造成声音嘶哑。目前使用的箱体材料大都是木制和塑料的,因为木质音箱有较高的清晰度和较低的失真度,所以在一般情况下木质音箱要比塑质音箱好,价格也稍高。

(5) 音箱单元频响范围。好的音箱单元频响范围非常宽,低频甚至可达到 30Hz。但是一些劣质音箱的低音单元直径只有 5 英寸,而 5 英寸根本不能够还原 30Hz 的声音,所以在选购时要注意音箱单元是否和参数匹配。

(6) 试听。一款好的音箱它的声调应该自然、平衡。这是说它应该尽量真实地、完整地再现乐器和声音原本的属性和特色。要精确地平衡音调,使声音听上去给人一种平滑、毫无润色修饰的感觉,且没有十分明显的音染和失真现象。

3.4　网络适配器

网络适配器(Network Interface Card,NIC)也叫网卡,如图 3.11 所示。网卡是局域网中最基本的部件之一,它是连接计算机与网络的硬件设备。无论是双绞线连接、同轴电缆连接还是光纤连接,都必须借助于网卡才能实现数据的通信。

1. 网卡功能

网卡的主要功能是:发送数据时,计算机把要传输的数据并行写到网卡的缓存,网卡对要传输的数据进行编码和转换,串行发送到传输介质上;接收数据时,则相反。对于网卡而言,每块网卡都有一个唯一的网络结点地址,这个地址叫做物理地址(或 MAC 地址),它是网卡生产厂家在生产时烧入 ROM(只读存储芯片)中的。

图 3.11　网络适配器

2. 网卡类型

根据总线接口来分,可以分为 ISA 接口网卡、PCI 接口网卡、USB 接口网卡、PCMCIA接口网卡。ISA 是早期网卡使用的一种总线接口,ISA 网卡采用程序请求 I/O 方式与 CPU进行通信,这种方式的网络传输速率低,CPU 资源占用大,多为 10Mbps 网卡,市场上已不多见。PCI 接口网卡是现在应用最广泛的网卡,具有性价比高、安装简单等特点。USB 接口网卡是最近才出现的产品,主要是为了满足没有内置网卡的笔记本用户,如图 3.12 所示。PCMCIA 接口是笔记本计算机专用接口,PCMCIA 总线分为两类,一类为 16 位的 PCMCIA,另一类为 32 位的 CardBus,CardBus 网卡的最大吞吐量接近 90Mbps,其是目前市售笔记本网卡的主流。常见的一款 PCMCIA 接口网卡如图 3.13 所示。

图 3.12　USB 接口网卡

图 3.13　PCMCIA 接口网卡

根据传输速度来分,可以分为 10Mbps 网卡、10Mbps/100Mbps 自适应网卡、10Mbps/100Mbps/1Gbps 自适应网卡。10Mbps 网卡的最大传输速率为 10Mbps,几年前流行的网卡,主要应用于总线型网络拓扑,后来为解决网络冲撞问题,也出现了星状拓扑(RJ-45)的网卡。这种网卡主要是价钱便宜,适用于一般家庭使用。10Mbps/100Mbps 自适应网卡的最大传输速率为 100Mbps,是现在最流行的一种网卡。所谓自适应就是具有自动检测并匹配接入的网络速度的特点,根据接入网络的实际传输速率选择是支持 100Mbps 还是支持 10Mbps 的传输速率。同理,10Mbps/100Mbps/1Gbps 自适应网卡的最大传输速率为 1Gbps,即吉比特以太网卡(俗称千兆网卡),可以根据线路及物理设备来自动检测和匹配网络速度。

根据接口来分,有 RJ-45、AUI、BNC、FDDI 等。RJ-45 是由 IEEE 定义的,它规定了使用 RJ-45 接口的网卡要使用 RJ-45 水晶头连接,传输介质使用双绞线。AUI 和 BNC 网卡主要应用于 10Mbps 的总线拓扑结构中,传输介质使用同轴粗缆。FDDI 主要应用于光纤网络。

根据有无网线来分,分为有线网卡和无线网卡。有线网卡就是平时所使用的通过实际连接线(例如网线)连接的普通网卡。无线网卡主要用于特殊用途,它的最主要特点就是不需要网线,常见的一款 TP-LINK 无线网卡如图 3.14 所示。现在无线网卡的技术已经非常成熟,一些有特殊职能的部门已经在大力推广无线网络。

图 3.14　无线网卡

3. 网卡的选购

选购网卡时应该考虑的几点因素。

(1) 网络类型。现在比较流行的有以太网、令牌环网、FDDI 网等,选择时应根据网络的类型来选择相对应的网卡。

(2) 传输速率。根据服务器或工作站的带宽需求,并结合物理传输介质所能提供的最大传输速率来选择网卡的传输速率。以以太网为例,可选择的速率就有 10Mbps、10Mbps/

100Mbps、1Gbps、10Gbps 等多种,但不是速率越高就越合适。

（3）总线类型。计算机中常见的总线插槽类型有:ISA、EISA、VESA、PCI 和 PCMCIA 等。在服务器上通常使用 PCI 或 EISA 总线的智能型网卡,工作站则采用可用 PCI 或 ISA 总线的普通网卡,笔记本计算机则用 PCMCIA 总线的网卡或采用并行接口的便携式网卡。

（4）网卡支持的电缆接口。网卡最终是要与网络进行连接,所以也就必须有一个接口使网线通过它与其他计算机网络设备连接起来。不同的网络接口适用于不同的网络类型,目前常见的接口主要有以太网的 RJ-45 接口、细同轴电缆的 BNC 接口和粗同轴电缆 AUI 接口、FDDI 接口、ATM 接口等。

（5）是否支持全双工模式。和声卡一样,网卡也有全双工和半双工之分。全双工的网卡在发送数据的同时还能接收,工作效率是半双工的一倍。

（6）驱动程序的支持。在选购网卡时,还要考虑网卡的驱动程序的多样性,操作系统是否支持。

另外,集成网卡(Integrated LAN)也已经达到吉比特级别,如图 3.15 所示,将网卡集成到主板上具有成本低廉、使用方便等特点,并且能满足日常大部分应用的需求。集成网卡的主要厂商有 REALTEK,MARVELL,Intel,BOARDCOM,VIA,3COM 等。在选择主板时不妨注意一下主板上集成的网卡。

图 3.15　集成网卡

3.5　键盘和鼠标

3.5.1　键盘

键盘是计算机系统的一个重要的输入设备,也是人机交互的一个主要媒介,如图 3.16 所示。如果系统不安装键盘,则无法通过加电自检程序。

图 3.16　键盘

1. 键盘的基本结构

键盘可以分为外壳、按键和电路板 3 部分。平时只能看到键盘的外壳和所有按键,电路板安置在键盘的内部,用户是看不到的。

键盘外壳主要用来支撑电路板和为操作者提供一个方便的工作环境。多数键盘外壳上有可以调节键盘与操作者角度的支撑架,通过这个支撑架,用户可以使键盘的角度改变。键盘外壳与工作台的接触面上装有防滑减震的橡胶垫。键盘外壳上还有一些指示灯,用来指示某些按键的功能状态。

键盘按键上印有符号标记,安装在电路板上。对计算机键盘而言,一般都有几十个或者上百个按键,尽管按键数目有所差异,但按键布局基本相同,共分为 4 个区域,即主键盘区、副键盘区、功能键区和数字键盘区。所有按键依其功能可分为字符键、功能键、控制键三类。字符键包括主键盘区的字母键 A~Z,数字键 0 ~ 9 和[、,、];;,/、-、＝、\等各种符号键。功能键包括功能键区的 F1~F12 共 12 个键,其功能由软件决定,对于不同的软件它们可以有不同的功能。控制键是除以上两类键以外的键,包括主键盘区的 Ctrl、Shift、Alt、Caps Lock、Win 等键和副键盘区的光标控制键及其他特殊键,控制键的功能由软件决定。

按键都是结构相同的按键开关,按键开关分为触点式(机械式、薄膜式)和无触点式(电容式)两大类。机械式键盘(Mechanical)采用类似金属接触式开关,工作原理是使触点导通或断开,具有工艺简单、噪声大、易维护的特点。薄膜式键盘(Membrane)实现了无机械磨损,其特点是低价格、低噪声和低成本,已占领市场绝大部分份额。电容式键盘(Capacitive)使用类似电容式开关的原理,通过按键时改变电极间的距离引起电容容量改变从而驱动编码器,特点是无磨损且密封性较好。

键盘电路板是整个键盘的核心,主要由逻辑电路和控制电路组成。逻辑电路排列成矩阵形状,每一个按键都安装在矩阵的一个交叉点上。电路板上的控制电路由按键识别扫描电路、编码电路、接口电路组成。在一些电路板的正面可以看到由某些集成电路或其他一些电子元件组成的键盘控制电路,反面可以看到焊点和由铜箔形成的导电网络;而另外一些电路板只有制作好的矩阵网络,而键盘控制电路放到了计算机内部。

2. 键盘的工作原理

键盘的基本工作原理就是实时监视按键,将按键信息送入计算机。在键盘的内部设计中有定位按键位置的键位扫描电路、产生被按下键代码的编码电路以及将产生代码送入计算机的接口电路等等,这些电路被统称为键盘控制电路。根据键盘工作原理,可以把计算机键盘分为编码键盘和非编码键盘。键盘控制电路的功能完全依靠硬件来自动完成的,这种键盘称为编码键盘,它能自动将按下键的编码信息送入计算机。另外一种键盘,它的键盘控制电路功能要依靠硬件和软件共同完成,这种键盘称为非编码键盘。这种键盘响应速度不如编码键盘快,但它可通过软件为键盘的某些按键重新定义,为扩充键盘的功能提供了极大的方便,从而得到了广泛应用。

3. 键盘接口

键盘接口是指键盘与计算机主机之间相连接的接口方式或类型。目前市面上常见的键盘接口有三种:老式 AT 接口、PS/2 接口以及 USB 接口。老式 AT 接口,俗称大口,目前已经基本淘汰,因此不再赘述。

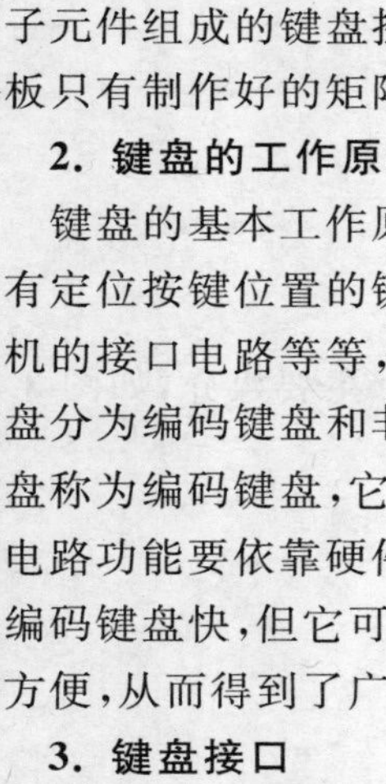

图 3.17　键盘接口

PS/2 接口最早出现在 IBM 的 PS/2 的计算机上,因而得此名称。如图 3.17 所示,是一种 6 针的圆形接口,但键盘只使用其中的 4 针传输数据和供电,其余 2 个为空脚。PS/2 接口的传输速率比 COM 接口稍快一些,而且是 ATX 主板的标准接口,是目前应用最为广泛的键盘接口之一。注意:键盘和鼠标都可以使用 PS/2 接口,但是按照 PC'99 颜色规范,鼠标通常占用浅绿色接口,键盘占用紫色接口。虽然从上面的引脚定义看来二者的工作原理相同,但这两个接口还是不能混插,这是由它们在计算机内部不同的信号定义所决定的。

USB(Universal Serial Bus)接口具有支持热插拔和即插即用的优点,有 USB 1.1 和 USB 2.0 两个规范,现在越来越多的设备使用 USB 接口,包括键盘、MP3、移动硬盘等,USB 接口已经成为计算机外部设备的一种最主要接口方式。

PS/2 接口和 USB 接口的键盘在使用方面差别不大,由于 USB 接口支持热插拔,因此 USB 接口键盘在使用中可能方便一些。但是计算机底层硬件对 PS/2 接口支持的更完善一些,因此如果计算机遇到某些故障,使用 PS/2 接口的键盘兼容性更好一些。主流的键盘既有使用 PS/2 接口的也有使用 USB 接口的,购买时需要根据需要选择。各种键盘接口之间也能通过特定的转接头或转接线实现转换,例如 USB 转 PS/2 转接头等。

4. 键盘的类型

键盘的类型按按键的数量不同分,可分为 83 键、84 键、101 键、102 键、103 键、104 键、105 键、108 键、109 键等。较早的键盘主要是 83 键,但随着这几年 Windows 系统的广泛应用,已经被淘汰。目前市场占主流地位的是 104 键和 108 键的键盘。108 键在传统 104 键盘的基础上增加了 Windows 98 功能键 Power、Sleep、Wake Up 快捷键和 Fn 组合键,使操作计算机更加容易,得心应手,对于以前需要打开好几个窗口才能完成的功能,通过设定,只需一个按键指令即可助您轻松完成操作。

从外表和功能上看,键盘可分为人体工程学键盘、集成鼠标的键盘、无线键盘、防水键盘、集成 USB 键盘、手写板键盘、多媒体键盘等。

人体工程学键盘将普通键盘上的左右键区板块分开,形成一定角度,在键盘的下部增加护手托板,如图 3.18 所示。这种键盘能给手腕以支点,确保在使用键盘时更加舒适,保护手掌不因为你长时间敲击键盘而受到伤害,使从事大量文字录入工作的您能以一种舒适、自然的状态工作。

图 3.19 是一款集成鼠标的键盘,在键盘上集成鼠标多采用轨迹球或压力感应板的形式,理论上可以节省桌面空间,对于那些未提供 PS/2 鼠标接口而计算机串口资源又比较紧张的用户,可以节省一个端口。这种键盘的操作与笔记本计算机键盘相似,可能适用于习惯使用笔记本的操作者。

图 3.18　人体工程学键盘

图 3.19　集成鼠标的键盘

无线键盘顾名思义键盘体与计算机间没有直接的物理连线,通过红外线或无线电波将输入信息传送给特制的接收器。接收器的连接与普通键盘基本相同,也只需简单的连接到 PS/2 或 COM 口、USB 口等上。无线键盘需要使用干电池供电,对于红外线型的无线键盘具有较严格的方向性,尤其是水平位置的关系更为敏感,而采用无线电的键盘要灵活得多,考虑到无线电是辐射状传播的,为了避免在近距离内有同类型(同频率)的键盘工作导致互相干扰,一般都备有 4 个以上的频道,如遇干扰可以手动转频。无线键盘为了配合移动的需要,一般体积较为小巧并集成有鼠标的功能,键位与笔记本计算机相仿,考虑体积省略了数字小键盘,将常用的功能键融合在键盘的边缘位置。

集成 USB 键盘大多采用 USB 接口,优点是为更多的 USB 设备提供了扩展 USB 接口的数量。集成 USB HUB 的键盘往往自身占用一个 USB 接口,用以保持键盘信号与主机的传输,同时提供 2 到 4 个 USB 接口供其他设备连接,价格上要比专业的 USB HUB 便宜得多。

多媒体键盘的特征是通过驱动程序设定,可以使用键盘所提供的特殊的快捷操作键实现 CD 播放、音量调整、键盘软开关计算机、休眠启动等功能,由于这些附加功能目前尚没有统一的标准,所以具体键盘提供的快捷键的数量和功能均不相同。具体的快捷键也有两种形式,一种是利用键盘上的原有但不常用的按键,如 F 功能键和数字键提供扩展定义,另一种比较彻底,采用独立的按键实现一键专用,更有甚者在键盘右上角增添一个步进电位器实现对整机音量的控制,比起采用增音键和减音键来调整更为直观。

5. 键盘的选购

选购键盘时应注意以下几点。

(1) 键盘的触感。作为日常接触最多的输入设备,手感毫无疑问是最重要的。手感主要是由按键的力度阻键程度来决定的。判断一款键盘的手感如何,会从按键弹力是否适中、按键受力是否均匀,键帽是否松动或摇晃,以及键程是否合适这几方面来测试。

(2) 键盘的外观。外观包括键盘的颜色和形状,只要你觉得漂亮、喜欢、实用就可以了。

(3) 键盘的做工。好键盘的表面及棱角处理精致细腻,键帽上的字母和符号通常采用激光刻入,手摸上去有凹凸的感觉,选购的时候认真检查键位上所印字迹是否是刻上去的,而不是那种直接用油墨印上去的。

(4) 键盘键位布局。键盘的键位分布虽然有标准,但是在这个标准上各个厂商还是有回旋余地的。一流厂商可以利用他的经验把键盘的键位排列的更体贴用户,小厂商就只能沿用最基本的标准,甚至因为品质不过关而做出键位分布极差的键盘。

(5) 键盘的噪声。一款好的键盘必须保证在高速敲击时也只产生较小的噪声。

(6) 键盘的键位冲突问题。主要是指在玩游戏的时候,某些组合键的连续使用时,游戏键不冲突。

3.5.2 鼠标

鼠标(鼠标器)的全称是显示系统纵横位置指示器,因形似老鼠而得名“鼠标”,英文名为“Mouse”。鼠标能方便地将光标准确定位在指定的屏幕位置,很方便地完成各种操作。

1. 工作原理和分类

鼠标按其工作原理的不同可以分为机械鼠标、光电鼠标和光机鼠标。机械鼠标如图 3.20 所示,主要由滚球、辊柱和光栅信号传感器组成。当拖动鼠标时,滚球转动带动辊柱转动,光栅信号传感器根据辊柱的转动产生相应的光电脉冲信号,反映出鼠标器在垂直和水平方向的位移变化,再通过计算机程序的处理和转换来控制屏幕上光标箭头的移动。光电鼠标器如图 3.21 所示,是通过检测鼠标器的位移,将位移信号转换为电脉冲信号,再通过程序的处理和转换来控制屏幕上的鼠标箭头的移动。光电鼠标用光电传感器代替了滚球。这类传感器需要特制的、带有条纹或点状图案的垫板配合使用。

图 3.20 机械鼠标

图 3.21 光电鼠标

光机式鼠标器是一种光电和机械相结合的鼠标,目前市场上最常见。它在机械鼠标的基础上,将磨损最厉害的接触式电刷和译码轮改为非接触式的 LED 对射光路元件,降低了磨损率,从而大大提高了鼠标的寿命并使鼠标的精度有所增加。光机鼠标的外形与机械鼠标没有区别,不打开鼠标的外壳很难分辨。

2. 鼠标的接口类型

鼠标按接口类型可分为串行鼠标、PS/2 鼠标、总线鼠标、USB 鼠标(多为光电鼠标)4种。串行鼠标是通过串行口与计算机相连,有 9 针接口和 25 针接口两种;PS/2 鼠标通过一个 6 针微型 DIN 接口与计算机相连,它与键盘的接口非常相似,使用时注意区分;总线鼠标的接口在总线接口卡上;USB 鼠标通过一个 USB 接口,直接插在计算机的 USB 口上。

3. 鼠标选购

购买鼠标一定要注意以下几个方面。

(1) 分辨率(DPI)。分辨率是指每移动 1in 能检测出的点数,分辨率越高,其精确度就越高。机械式鼠标一般达 100~300dpi,光学式鼠标一般达到 400-520dpi,通常选用灵敏度为 300~500dpi 的鼠标,作图形处理或某些特殊用途时,需要选用分辨率更高的鼠标。

(2) 接口。USB 接口是今后发展的方向,但价格有些贵;同一种鼠标一般都有串口和PS/2 两种接口,价格也基本相同,在这种情况下建议选 PS/2 的鼠标。为了方便快捷还可以考虑购买无线鼠标,现在无线套装比较多,但相对于有线套装价格略高,损耗也高。

(3) 手感和造型。键盘和鼠标是使用最频繁的两个计算机外部设备,选购时一定试试个人的手感;造型漂亮、美观的鼠标能给人带来愉悦的感觉,同时也能提高学习计算机的兴趣。

(4) 售后服务。鼠标属于易耗品,好厂商都提供一年以上的质保服务,能够解决用户所提出的技术问题,并保证用户能方便地退换。

3.6 外部设备的组装

3.6.1 硬盘与光驱的安装

笔记本计算机和各种品牌台式机的硬盘和光驱均有厂家完成安装,以下是以自己组装台式机为例安装硬盘和光驱的步骤。

硬盘安装时需要进行以下 3 步操作。

（1）在机箱内找到硬盘驱动器舱，将硬盘插入驱动器舱内，并使硬盘侧面的螺丝孔与驱动器舱上的螺丝孔对齐。

（2）用螺丝将硬盘固定在驱动器舱中。注意：因为硬盘工作时处于高速运转状态，在安装的时候，要尽量把螺丝上紧，以减少噪声和防止震动。

（3）连接数据线和电源线。图3.22中的硬盘是SATA硬盘，右边红色的为数据线，黑黄红交叉的是电源线，安装时将其按入即可。接口全部采用防呆式设计，反方向无法插入。数据线的另一端需插入主板上的SATA1接口。

光驱安装的操作步骤如下。

（1）从机箱面板上，取下一个5in扩展槽的塑料挡板，然后把光驱从前面放进去。为了散热，可以将光驱安装在最上面的位置。

（2）在光驱的两侧用螺丝固定。注意：固定时光驱面板与机箱面板平齐。

（3）连接电源线和数据线。如图3.23所示，光驱数据线安装，也采用防呆式设计，安装数据线时可以看到IDE数据线的一侧有一条蓝或红色的线，这条线位于电源接口一侧。

图3.22　安装硬盘

图3.23　安装光驱

3.6.2　各种适配器的安装

在微型计算机中，一般需要安装显卡、声卡、网卡等适配器，当然，在笔记本计算机和各种品牌台式机中这些适配器都是由厂家安装完成的，以下是以自己组装台式机为例这些适配器的步骤，这里选择的产品是当今的主流产品。

显卡的安装步骤如下：

（1）从机箱后壳上移除对应AGP插槽上的扩充挡板及螺丝。

（2）将显卡很小心的对准AGP插槽并且很确实的插入AGP插槽中，如图3.24所示。注意：务必确认将卡上的金手指的金属触点很确实的与AGP插槽接触在一起。

（3）用解刀将螺丝锁上使显卡固定在机箱壳上。

图3.24　安装显卡

（4）将显示器上的15引脚VGA线插头插在显卡的VGA输出插头上。

声卡的安装步骤如下。

（1）找到一个空余的 PCI 插槽，并从机箱后壳上移除对应 PCI 插槽上的扩充挡板及螺丝，如图 3.25 所示。

（2）将声卡小心的对准 PCI 插槽并且插入 PCI 插槽中。注意：务必确认将卡上的金手指的金属触点很确实的与 PCI 插槽接触在一起。

（3）将螺丝固定好，使声卡确实的固定在机箱壳上。

网卡的安装也很简单，如图 3.26 所示。将网卡插入机箱的某个空闲的扩展槽中，插的时候注意要对准插槽；用两只手的大拇指把网卡插入插槽内，一定要把网卡插紧；上好螺钉，并拧紧；最后，将做好的网线上的水晶头连接到网卡的 RJ-45 接口上。

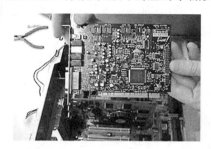
图 3.25　安装声卡

图 3.26　安装网卡

在安装这些适配器前需注意，这些适配器都是由许多精密的集成电路及其他元器件构成，这些集成电路很容易受到静电影响而损失，所以在安装前一定要将计算机的电源关闭，并且拔除电源插头，在安装过程中建议戴上防静电手套。

3.6.3　显示器、鼠标、键盘的安装

现在使用的显示器主要是 CRT 显示器和 LCD 显示器，这两种显示器的安装都很简单，主要是安装底座、连接显示器的电源、连接显示器的信号线。信号线与机箱后面的显卡输出端相连接，显卡的输出端是一个 15 孔的三排插座，只要将显示器信号线的插头插到上面就行了。插的时候要注意方向，厂商在设计插头的时候为了防止插反，将插头的外框设计为梯形，因此一般情况下是不容易插反的。如果使用的显卡是主板集成的，那么一般情况下显示器的输出插孔位置是在串口的下方，如果不能确定，那么请按照说明书上的说明进行安装。

安装键盘和鼠标时只需将其插头对准缺口方向插入主板上的键盘/鼠标插座即可。现在最常见的是 PS/2 接口的键盘和鼠标，这两种接口的插头是一样的，很容易弄混淆，在连接的时候要看清楚。

3.6.4　加电自检

外部设备安装完成后，将主机和显示器的电源插头插入电源插座中，接通电源并按下主机的电源开关按钮。正常启动计算机后，可以听到 CPU 风扇和电源风扇转动的声音，同时还会发出"嘀"的一声，显示器的屏幕上出现计算机开机自检画面，表示计算机主机已经组装成功，如图 3.27 所示。如果计算机未正常运行，则需要对计算机中的配件进行重新检查。

图 3.27　加电自检

3.7　其他常用外部设备

3.7.1　优盘

　　优盘(U 盘)全称"USB 闪存盘",英文名"USB flash disk",常见外形如图 3.28、图 3.29 所示。它是一个 USB 接口的无需物理驱动器的微型高容量移动存储器件,通过 USB 接口与计算机连接,即插即用。U 盘最大的优点就是:体积很小(仅大拇指般大小),重量极轻(一般在 15 克左右),抗震性能极强(无任何机械式装置),便于携带、存储容量大、价格便宜、防潮防磁、耐高低温、性能可靠。

图 3.28　优盘

图 3.29　威刚 S102 U 盘

　　随着计算机的进一步普及和应用,大容量、高速的数据传输越来越多,对传输速度的要求也越来越高,原来的 USB 1.1 和 USB 2.0 已无法满足未来的需要。2007 年底开始,英特尔公司和惠普(HP)、NEC、NXP 半导体及德州仪器(Texas Instruments)等公司共同开发了 USB 3.0 技术,如图 3.30 所示。USB 3.0 兼容 USB 1.1 和 USB 2.0 标准,比 USB 2.0 快 10 倍以上,能耗更低、效率更高,支持未来的光纤传输。

3.7.2　移动硬盘

　　移动硬盘(Mobile Hard disk)是一款以硬盘为存储介质,如图 3.31 所示,用于计算机之间交换大容量数据,强调便携性的外存储器。大多数移动硬盘是以标准硬盘为基础的,微型硬盘(1.8in 硬盘等)占的比例很少。移动硬盘在数据的读写模式上与标准 IDE 硬盘相同,接口多采用 USB、IEEE 1394、eSATA 等传输速度较快的接口。

图 3.30　USB 3.0 接口

图 3.31　希捷睿翼系列 2.5 英寸移动硬盘

移动硬盘具有容量大、传输速度高、使用方便等特点。常见的移动硬盘容量有 160GB、320GB、640GB 等，最高可达 5TB。移动硬盘能在用户可以接受的价格范围内，提供给用户较大的存储容量，同等容量的情况下，优盘价格要高得多。移动硬盘的数据传输速度在一定程度上受到接口速度的限制，尤其在 USB 1.1 接口规范的产品上，在传输较大数据量时，速度较慢，USB 2.0 接口传输速率是 60Mbps，IEEE 1394 接口传输速率是 50～100Mbps，而 eSATA 接口传输速率在 1.5～3Gbps 之间。现在的移动硬盘都能够即插即用、携带方便、性能可靠，使用起来灵活方便。

3.7.3 打印机

打印机(printer)是计算机的输出设备之一，用于将计算机处理结果打印在相关介质上。

1. 类型

从打印机原理上来说，可分为喷墨打印机、激光打印机和针式打印机。

针式打印机在打印机历史的很长一段时间上曾经占有着重要的地位，图 3.32 是一台爱普生 LQ-1600 KIIIH 针式打印机。针式打印机的工作方式是利用打印头内的点阵撞针撞击色带，在打印纸上打印出所需要的内容。打印成本极低，易用性很好，在打印单据时优势突出。但它的打印质量低、工作噪声大、速度慢也是其致命弱点。现在只有在银行、超市等用于票单打印的地方还可以见到。针式打印机的主要品牌有爱普生、映美、STAR、富士通等。

喷墨打印机如图 3.33 所示。喷墨打印机没有打印头，通过喷墨管将墨水喷在打印纸上，实现文字或图形的输出，打印时无噪声，打印速度介于针式打印机和激光打印机之间。喷墨打印机因其有良好的打印效果与较低价位的优点因而占领了广大中低端市场。此外喷墨打印机还具有更为灵活的纸张处理能力，在打印介质的选择上，喷墨打印机也具有一定的优势：既可以打印信封、信纸等普通介质，还可以打印各种胶片、照片纸、光盘封面、卷纸、T 恤转印纸等特殊介质。当前市场的主流产品是爱普生、佳能和惠普公司的产品。

图 3.32　爱普生 LQ-1600 KIIIH 针式打印机

图 3.33　喷墨打印机

激光打印机是激光扫描技术和电子照相技术相结合的产品，分为黑白和彩色两种，提供更高质量、更快速、更低成本的打印方式。其中低端黑白激光打印机的价格目前已经降到了几百元，达到了普通用户可以接受的水平。虽然激光打印机的价格要比喷墨打印机昂贵的多，但从单页的打印成本上讲，激光打印机则要便宜很多。而彩色激光打印机的价位很高，几乎都要在万元上下,应用范围较窄,很难被普通用户接受。图 3.34 为一款 HP P1007 激光打印机。

2. 性能指标

打印机的性能指标主要有打印速度、分辨率、数据缓存等。

图 3.34　HP P1007 激光打印机

（1）打印速度。ppm(Page Per Minute)是目前所有打印机厂商为用户所提供的标识速度的一个标准参数,它指的是使用 A4 幅面打印各色碳粉覆盖率为 5% 的情况下引擎的打印速度。因为每页的打印量并不完全一样,因此只是一个平均数字。目前针式打印机最快速度达到 480 字符每秒,喷墨打印机打印黑白文档可达 28ppm,彩色文档 18ppm。激光打印机作为一种高速度、高质量、低成本的打印设备,已经越来越被广大用户所接受,在黑白打印速度达到了 60ppm 的基础上,彩色速度已经达到 35ppm。

（2）分辨率。dpi(Dot Per Inch)是衡量打印质量的一个重要指标,是指在打印输出时横向和纵向两个方向上每英寸最多能够打印的点数。一般情况下所说的打印分辨率就是打印机输出的最大分辨率或极限分辨率,同时也指其横向打印能力。如 800×600dpi,其中 800 表示打印幅面上横向方向显示的点数,600 则表示纵向方向显示的点数。单色打印时 dpi 值越高打印效果越好,而彩色打印时情况比较复杂,通常打印质量的好坏要受 dpi 值和色彩调和能力的双重影响。由于一般彩色打印机的黑白打印分辨率与彩色打印分辨率可能会有所不同,所以选购时一定要注意商家告诉你的分辨率是哪一种分辨率,是否是最高分辨率。一般至少应选择在 360×360dpi 以上的打印机。

（3）数据缓存容量。打印机在打印时,将要打印的信息存储到数据缓存中,然后进行后台打印。数据缓存容量越大,存储的数据就越多,所以数据缓存对打印速度影响很大。目前主流打印机的内存为 2～32MB,高档打印机可达到 256MB 内存。

3. 选购建议

目前打印市场可供选择的空间很大,不管是家庭、办公或商务活动都可根据实际需求选择合适的打印外部设备。在选购时,除了上面介绍的性能指标,还需要考虑如下几个方面。

（1）用途。针式打印机在标签票据与存折打印、多层穿透复写打印、蜡纸打印、连续纸打印等方面都有其不可替代的特性,并且耗材价格低廉。而高效、低廉的激光打印则是商务、办公最好的选择。家庭用户选购激光打印机,还是要根据自己的实际打印的数量来确定。如果家庭用户需要打印少量彩色文档,喷墨打印机就是合适的选择。

（2）打印成本。针式打印机成本优势明显,几乎唯一的耗材开销就是色带。比起针式和激光打印机,喷墨打印机较为便宜,比较突出的优点是体积小、操作方便、打印噪声低,同时可以打印彩色文档,墨盒以及喷头的损耗使其成本开销较高,而且墨盒长时间不用会堵塞喷头。无法在商用市场施展拳脚。虽然激光打印机及其耗材硒鼓价格要比喷墨打印机及其耗材昂贵的多,但从单页的打印成本来讲,激光打印机则要便宜很多。

（3）接口。常见的打印机接口为并行口和 USB 接口。USB 接口连接方便,支持热插拔,所以建议购买 USB 接口的打印机。

（4）品牌与服务。目前打印机市场品种繁多,其中知名品牌打印机针式有 EPSON、STAR、OKI、STONE 等;喷墨有 EPSON、HP、CANON、LENOVO、LEXMARK 等;激光有 HP、EPSON、CANON、SAMSUNG 等众多品牌。

小　　结

本章主要介绍了微型计算机常用外部设备的工作原理、技术参数、接口和主流产品,以及这些外部设备的组装。市场上的产品种类繁多,选购这些外部设备时,需要注意它们的性能指标,在满足需求的情况下选择合适的产品。

习　题　3

1. 简述硬盘的主要性能指标。
2. 简述显示器的分类。
3. 简述选购显示器时应考虑的因素。
4. 常用的输入设备和输出设备有哪些?

第4章　CMOS 和 BIOS 设置

4.1　计算机启动的过程

计算机的启动就是计算机完成硬件系统的自检,加载操作系统的一个完整过程,分为冷启动和热启动两种。冷启动是通过电源按钮,使系统从不加电的状态转入加电状态完成的启动过程,冷启动过程中需要进行硬件复位、检查硬件、并重新装载操作系统;热启动是在系统仍通电的情况下重新启动系统,也称为软件复位,热启动过程中要进行内存清除,并重新装载操作系统,不需要进行硬件检查。热启动可以通过按 RESET 重启键、按 Ctrl+Alt+Delete 组合键或者 Windows 系统中的重新启动计算机选项来完成。在此,主要讨论冷启动。

1. BIOS 及其作用

BIOS 是 Basic Input Output System 的缩写,即基本输入输出系统。BIOS 包含了与对应主板搭配的一组输入输出程序、开机自检程序以及 CMOS 设置等等。通过这些程序,在计算机加电启动时,BIOS 负责对计算机的各种硬件进行检查以及初始化,确保计算机能够正常运行,它为计算机提供了最底层的硬件控制手段,没有 BIOS 或者 BIOS 损坏,计算机将无法启动。

BIOS 芯片就是主板上用于存放 BIOS 系统的一个只读存储器,目前常见的 BIOS 有 AWARD BIOS 和 AMI BIOS 两种,在开机自检的过程中,根据屏幕显示的提示信息就可以识别使用的 BIOS 的品种,本章以 AWARD BIOS 来进行讲解。

另外,不仅仅主板上有 BIOS 芯片,现在显卡、网卡等设备也有与之对应的 BIOS 芯片,这样可以方便地进行硬件升级。

2. 计算机启动过程

计算机的启动过程非常复杂,其大致过程如下。

(1) 按下机箱的电源开关时,电源开始向主板和其他设备供电,主板上的控制芯片组会向 CPU 发出并保持一个 RESET 重启信号,此时 CPU 被初始化,当电源开始稳定供电,CPU 便撤销 RESET 重启信号,并且立即进入 BIOS 的硬件自检程序。

(2) BIOS 的硬件自检程序代码开始检测系统中一些关键设备,如内存和显卡等设备是否存在和能否正常工作,如果在进行自检的过程中发现了一些致命错误,如内存错误,由于此时显卡还没有初始化,无法显示错误信息,这时要根据机箱的扬声器发声的类型来确定问题所现在,声音的长短和次数代表了错误的类型,该内容将在后面的章节进行叙述。自检完毕之后,就马上进入硬件的初始化过程。

(3) 查找显卡的 BIOS 对显卡进行初始化,此时显卡会在屏幕上显示出一些初始化信息,例如生产厂商、图形芯片类型等内容。

(4) 查找其他设备的 BIOS 并完成初始化。

(5) 系统 BIOS 显示自身的启动画面,如系统 BIOS 的类型和版本号等内容。

（6）系统 BIOS 将检测和显示 CPU 的类型和工作频率，并在屏幕显示。

（7）系统 BIOS 测试内存，在屏幕上显示内存测试的进度。

（8）系统 BIOS 测试系统中安装的标准硬件设备，包括硬盘、光盘驱动器、串口、并口、USB 设备等设备，同时设置内存的定时参数、硬盘参数和访问模式等。

（9）系统 BIOS 检测和配置系统中安装的即插即用设备，在屏幕上显示出设备的名称和型号等信息，同时为该设备分配资源。

（10）所有硬件都已经检测配置完毕了，系统 BIOS 在屏幕上方显示出一个表格，其中列出了系统中安装的各种标准硬件设备，以及它们使用的资源和一些相关工作参数。

（11）从 BIOS 指定的引导盘加载操作系统，完成计算机的启动。

4.2　CMOS 和 BIOS 的区别

CMOS 是互补金属氧化物半导体存储器，是计算机主板上的一块可随机读写的存储芯片，一般集成在主板的南桥中，主要用来保存当前系统的硬件配置和操作人员对某些参数的设定，如系统时间、日期、启动顺序、硬盘接口类型等等。

BIOS 和 CMOS 是两个完全不同的概念，BIOS 是一组固化在主板只读存储器中的对计算机硬件进行管理的程序，CMOS 是主板上的随机读写存储器，它存储 BIOS 管理程序所设置的一组参数。简单地说就是 BIOS 存放设置参数的程序，CMOS 存放参数。在很多场合下，人们将 BIOS 设置和 CMOS 设置等同于一个概念，严格地说不对。

第一次启动计算机时，由于在 CMOS 中还没有任何参数，为了保证系统正常的工作，必须通过 BIOS 的设置程序将系统硬件参数保存到 CMOS 中去。

4.3　BIOS 设置

对于一般的计算机，进入 AWARD BIOS 设置的方法是在计算机启动时按住 Delete 键便可以进入 BIOS 设置程序中，如图 4.1 所示，进入 AMI BIOS 设置的方法是在计算机启动时按住 F1 键便可以进入 BIOS 设置程序中。

图 4.1　进入 BIOS 设置

按 Delete 键,出现如图 4.2 所示的 BIOS 设置程序的主界面,在主画面中,用上下左右键来选择要进行设置的选项,按 Enter 键即可进入子选单,按 Esc 键可以返回上一级或退出,按 Page Up 和 Page Down 键可以修改选定项的参数。需要注意的是,不同版本的 BIOS 设置的选项以及含义可能不尽相同。

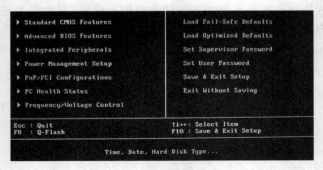

图 4.2　BIOS 设置主界面

主界面中一共有 13 个选项,其主要功能如表 4.1 所示。

表 4.1　AWORD BIOS 主要设置选项

选　项	含　义	说　明
Standard CMOS Features	标准 CMOS 设置	设置系统的日期、时间和硬盘规格等
Advanced BIOS Features	高级 BIOS 功能设置	设置开机顺序、保护密码等高级功能
Integrated Peripherals	集成外部设备设置	设置所有的周边设备。例如 SATA、USB 等
Power Management Setup	电源管理设置	设置 CPU,显示器等设备的省电运行方式
PnP/PCI Configurations	即插即用和 PCI 设置	设置即插即用和 PCI 设备的相关参数
PC Health Status	计算机健康状态	显示系统检测到的温度、电压及风扇转速等信息
Frequency/Voltage Control	频率/电压设定	设置 CPU、内存等设备的运行频率及电压
Load Fail-Safe Defaults	载入最安全设定值	该选项可载入 BIOS 最安全的设定值
Load Optimized Defaults	载入最优化设定值	该选项可载入 BIOS 的最优化的设定值
Set Supervisor Password	设置管理员密码	设置进入系统或修改 BIOS 设置程序的密码
Set User Password	设置用户密码	设置进入系统或进入 BIOS 设置程序的密码
Save & Exit Setup	储存设置值并退出	储存修改的设置值并离开 BIOS 设置程序
Exit Without Saving	不储存设置值并退出	不储存修改的设置值,保留原有的设置值重新开机

在进行了 BIOS 设置之后,如果设置参数有错误,计算机可能无法正常引导,要清除 CMOS 中的错误参数,可以在主板上找到 Clear CMOS 跳线,将参数清除,重新启动计算机后再次进行 BIOS 设置,使 CMOS 保存正确的参数即可。

4.3.1　基本 BIOS 设置

1. Standard CMOS Features(标准 CMOS 设置)

该选项用来设置系统日期、时间、硬盘规格及选择暂停系统 POST 的错误类型等,如图 4.3 所示。

(1) Date(mm:dd:yy)(日期设置)。该选项设置计算机系统的日期,格式为"星期,月/日/年"。如果需要调整日期,用上下左右键将高亮条移动到待调整项用 Page Up 键和 Page

Down 键进行修改。需要注意的是星期选项不能调整,它是根据用户设定的日期来进行计算得到。

（2）Time(hh:mm:ss)(时间设置)。该选项设置计算机系统的时间,格式为"时:分:秒"。如果需要调整时间,方法和调整日期一样。

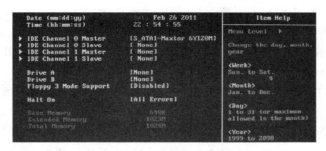

图 4.3　标准 BIOS 设置

（3）IDE Channel 0,1 Master/Slave(第 0、1 组主要/次要 IDE 设备参数设置)。该选项用来设置 IDE 设备的主要参数。一般主板上都有一个或者两个 IDE 接口,分别称为主 IDE 接口和从 IDE 接口,每个 IDE 接口可以连接两个设备,称为主要设备和次要设备,如果需要查看某个设备的详细参数,将高亮条移至对应选项并按 Enter 键,其界面如图 4.4 所示。

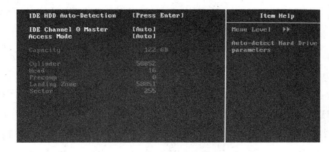

图 4.4　IDE 参数设置

IDE HDD Auto-Detection 选项对选定的 IDE 设备及其参数进行自动检测,该选项通常可以检查对应接口的设备是否能够正常工作,检测结束后,BIOS 会在下面自动给出对应设备的相关参数,如果对应的设备 BIOS 没有自动检测到,请检查设备以及连线是否正确。

下面一个选项给出在微型计算机启动过程中对设备的检测方式:有以下 3 个参数:Auto(预设值)、None、Manual。

如果需要让 BIOS 在系统自检的过程中自动检测 IDE 设备或 SATA 设备,应该选择Auto,该参数会影响微型计算机的启动速度;如果微型计算机中没有安装任何 IDE 和SATA 设备,请选择 None,此时系统在开机时不在检测,可以加快开机速度。如果用户需要手动输入设备的参数,可以选择 Manual 参数。

Access Mode 选项设定硬盘的使用模式。有以下 4 个参数:Auto(预设值)、Large、LBA 和 CHS。

接下来显示的是对应设备的详细参数,分别说明如下:

Capacity：目前安装的硬盘的大约容量。

Cylinder：设置磁柱的数量。

Head：设置磁头的数量。

Precomp：写入预补偿磁区。

Landing Zone：磁头停住的位置。

Sector：磁道的数量。

这些参数不建议用户自行修改，由系统通过检测来进行设置，如果用户需要手动输入各项参数，将 Access Mode 选项的参数设置成 CHS 即可。

（4）Drive A / Drive B(软磁盘设置)。当前的微型计算机已经不再配备软磁盘，该选项设置为 None。

（5）Floppy 3 Mode Support(3 Mode 软磁盘设置)。该选项设置为 Disabled。

（6）Halt On(系统暂停选项设置)。该选项设置在开机过程中，若 POST 检测到异常如何进行处理。参数包括：All Errors(预设值)、No Errors、All，But Keyboard。

默认设置的参数为 All Errors，表示在加电自测试过程中有任何错误都会停止启动，此参数能保证系统的稳定性并检查一些必要的周边设备。如果用户希望能加快启动速度的话，那么可以把参数设为"No Errors"，不管任何错误，均开机。All，But Keyboard 参数表示除了键盘以外的任何错误均暂停并等候处理。

（7）Memory(内存容量显示)。显示由 BIOS 的自动检测到的内存容量，不允许用户修改。

Base Memory：基本内存容量。

Extended Memory：扩展内存容量。

Total Memory：系统上的内存总容量。

2. Advanced BIOS Features(高级 BIOS 功能设置)

该选项用来进行对微型计算机的启动顺序、密码检查等高级功能进行设置，其中有些选项由主板本身设计确定，有些选项用户可以进行修改设定，以改善系统的性能，界面如图 4.5 所示。

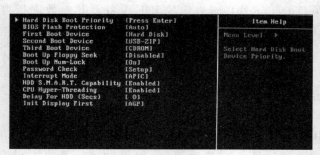

图 4.5　高级 BIOS 设置

（1）Hard Disk Boot Priority(硬盘启动设置)。该选项用来设置硬盘设备的开机顺序。当一台微型计算机接有多个硬盘，同时在不同硬盘安装有多个操作系统时，就会涉及到从哪个硬盘启动系统的问题，该选项中记录了当前主机所接硬盘的信息，按 Enter 键后就可以看到硬盘列表，其中在最上面的硬盘就是当前要启动系统的硬盘，使用 Page Up 键和 Page

Down 键可以调整这些硬盘的启动顺序。

(2) BIOS Flash Protection(BIOS 写保护)。该选项用来对 BIOS 是否写保护进行设置,如果对 BIOS 进行写保护,可以防止病毒对 BIOS 程序的改写和破坏,但是同时也禁止了对 BIOS 的刷新升级。一般来说,系统没有重要的问题不需要对 BIOS 进行升级重写,建议该选项的参数设置为 Enabled。

(3) First/Second/Third Boot Device(第一/二/三开机设备)。该选项设置微型计算机开机后引导系统的设备顺序。在 BIOS 自检的过程完成后,依次从第一、第二、第三开机设备中加载系统,如果在指定的设备中存在系统,则加载该系统启动计算机,否则启动失败。在微型计算机中可以设置为开机的设备有:

LS120	设置 LS120 磁盘为优先开机设备
Hard Disk	设置硬盘为优先开机设备
CDROM	设置光驱为优先开机设备
ZIP	设置 ZIP 为优先开机设备
USB-FDD	设置 USB 软驱为优先开机设备
USB-ZIP	设置 USB ZIP 磁盘为优先开机设备
USB-CDROM	设置 USB 光驱为优先开机设备
USB-HDD	设置 USB 硬盘为优先开机设备
LAN	设置网卡为优先开机设备
Disabled	关闭此功能

(4) Boot Up Floppy Seek(启动搜索软磁盘)。当前的微型计算机已经不再配备软磁盘,该选项参数设置为 Disabled。

(5) Boot Up Num-Lock(数字键盘锁定设置)。该选项用来设置微型计算机自检的过程完成后,数字小键盘是否处于锁定,参数包括:On(预设值)、Off。如果需要启动数字小键盘,选择 On 参数。

(6) Password Check(检查密码方式)。该选项提供了密码检查的方式,参数有 Setup(预设值)、System。

如果需要在开机或进入 BIOS 设置程序时均输入密码,选择 System 参数;如果仅需要在进入 BIOS 设置程序时才需输入密码,选择 Setup 参数。需要注意的是设置完此选项以后,还需要通过 BIOS 设置程序主画面的 Set Supervisor/User Password 选项设置密码才能正确使用此功能。

(7) HDD S. M. A. R. T. Capability(硬盘自动监控及报告)。支持 S. M. A. R. T. (Self-Monitoring Analysis and Reporting Technology,自我监测、分析及报告)技术的硬盘可以通过硬盘上的监测指令和主机上的监测软件对磁头、盘片、电动机、电路的运行情况、历史记录及预设的安全值进行分析、比较。当出现安全值范围以外的情况时,就会自动向用户发出警告。该技术是硬盘数据保护的一个重要手段,能够让用户在硬盘出现问题前及时通知用户保存数据。

该选项用来设定是否开启硬盘的 S. M. A. R. T. 功能,建议设定为 Enabled。

(8) CPU Hyper-Threading(CPU 超线程设置)。该选项用来设置是否启用 CPU 的超线程功能,设置此选项前请先确认 CPU 是否具有此功能,否则可能引起系统的启动失败。

(9) Delay For HDD(延迟硬盘读取时间)。该选项提供设置开机时延迟读取硬盘的时间。参数包括：0～15(预设值：0)。

(10) Init Display First(开机显示选择)。该选项用来设置系统开机时使用哪一个显示核心进行显示输出,参数有：PCI(预设值)、Onboard、AGP。如果系统中使用了 PCI 或者 AGP 显卡,请选择对应的参数;如果使用了主板上集成的显卡作为显示输出设备,应该选择 Onboard 参数。

3. PC Health Status(计算机健康状态)

该选项主要用于察看电源状态和系统温度,界面如图 4.6 所示。通过该界面可以使用户方便的了解到计算机目前的运行状况。

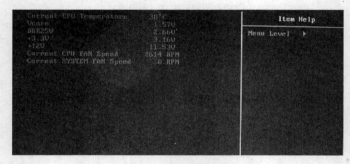

图 4.6　计算机健康界面

(1) Current CPU Temperature(当前 CPU 温度)。该选项显示 CPU 目前的温度。一般来说,CPU 的温度应该在 50℃ 以下,如果 CPU 的温度过高,会使整个系统运行的不稳定,蓝屏、死机、重启等故障频发,这种情况下应该及时更换 CPU 的散热器和风扇。

(2) Vcore(核心电压)。该选项显示当前 CPU 的核心电压,核心电压对 CPU 的影响非常大,核心电压的升高会使 CPU 的发热量急剧增加,甚至可能烧毁 CPU,需要注意的是不同类型的 CPU 其核心电压的规定值有所不同,具体请查阅相关 CPU 的资料。

(3) DDR25V/+3.3V/+12V(系统电压)。这几个选项显示系统目前的电压,包括内存电压等。

(4) Current CPU FAN Speed(CPU 风扇转速)。该选项显示 CPU 风扇目前的转速。

(5) Current SYSTEM FAN Speed。为了加强系统的散热效果,除了 CPU 风扇之外,还可以在主机箱的后面加装系统风扇,并将风扇的电源接入主板的 SYS_FAN 接口上,此时该选项显示系统风扇的转速。

另外在一些主板的 BIOS 中,还提供了如下的监控选项,它们对保证微型计算机的正常运行也有很重要的作用,如下所述：

(6) CPU Warning Temperature(CPU 温度警告)。该选项提供了设置 CPU 过温警告的温度。一旦 CPU 的温度超过此选项所设置的参数时,系统将会发出警告声。

(7) CPU/SYSTEM FAN Fail Warning(CPU/系统风扇故障警告功能)。该选项提供了风扇故障警告功能,当风扇没有接上或者风扇出现故障的时候,系统将会发出警告声。

4. Load Fail-Safe Defaults(载入最安全设定值)

该项可以将 CMOS 参数恢复为主板厂商设定的默认值,这些默认值是为了确保系统能够正常运行为目的的,不考虑系统运行的性能。当 BIOS 设置不当,引起硬件故障时,可以利用该功能将参数恢复为默认值,然后逐步修改,找到原因所在。

该项设定只影响 BIOS 和芯片组特性的选定项。不会影响标准的 CMOS 设定。移动光标到屏幕的该项然后按 Enter 键,屏幕显示是否要装入 BIOS 默认设定值,按 Y 键装入,按 N 键不装入,如图 4.7 所示。

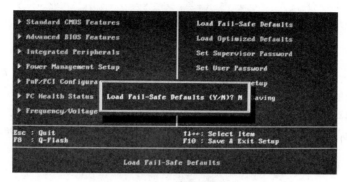

图 4.7 载入安全设定值界面

5. Load Optimized Defaults(载入最优化设定值)

执行此功能可载入 BIOS 的最优化设定值,能够使主板发挥出最好的性能,一般来说,在更新 BIOS 或清除 CMOS 数据后,应该执行此功能,对于 BIOS 设置不熟悉的人,也可以通过该选项来对 BIOS 进行简单设定,在此选项按 Enter 键然后再按 Y 键,即可载入 BIOS 出厂预设值,按 N 键不装入,如图 4.8 所示。

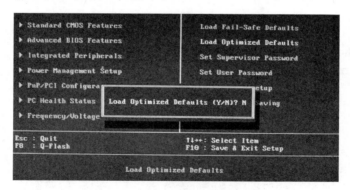

图 4.8 载入最优化设定值界面

6. Set Supervisor/User Password(设置管理员/用户密码)

设置管理员密码可以使管理员有权限更改 BIOS 设置。如果取消密码,只要在这个项目按两次 Enter 键,不输入任何密码就可以了。

用户密码只能看到设置好的数据,而不能对设置进行修改。

为了使设置的口令有效,还应该在 Advanced BIOS Features 中,选择 Password Check 选项进行设置。将其值设为 Setup,表示此时任何人都可以使用计算机,只有在进入 BIOS 设置时才需要输入密码。如果将此项的值设置为 System,则表示启动计算机时也需要输入密码,如图 4.9 所示。

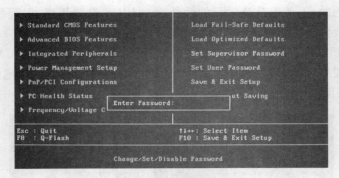

图 4.9　密码设置界面

7. Save & Exit Setup（储存设置值并退出设置程序）

该选项用来保存设定的 CMOS 值，并且退出 BIOS 程序，如图 4.10 所示。

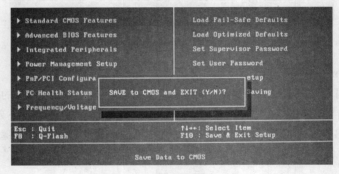

图 4.10　保存 CMOS 设置

8. Exit Without Saving（退出设置程序但不储存设置值）

该选项不保存设定的 CMOS 值，并且退出 BIOS 程序，如图 4.11 所示。

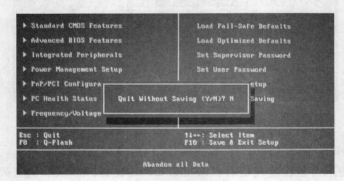

图 4.11　放弃 CMOS 设置

　　以上是 BOIS 中的基本设置选项，这些选项很多都决定着计算机硬件的类型以及它们的参数，因此这些参数的设置是否正确直接决定着计算机是否能够正常运行，因此在设置的时候必须知道每一个选项以及参数的作用。

4.3.2 高级 BIOS 设置

1. Integrated Peripherals（集成外部设备设置）

该选项是对计算机的周边设备，如 SATA、USB 等设备进行设置，使它们发挥更好的性能，其界面如图 4.12 所示。

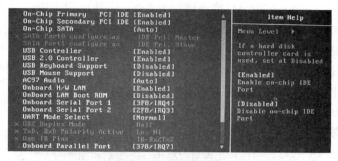

图 4.12 集成外部设备设置

（1）On-Chip Primary/Secondary PCI IDE（启动主/从 IDE 接口）。该选项用来设定是否启动主板上的 IDE 接口来连接 IDE 设备，一般的主板上都有一个或者两个 IDE 接口，用来连接 IDE 设备，建议将该选项参数设置为 Enabled。

（2）On-Chip SATA（启动 SATA 接口）。该选项用来设定是否启动主板上的 SATA 接口，参数有：Disabled、Auto（预设值）、Manual。

禁用 SATA 接口选择 Disabled 参数，Auto 参数会在 IDE 接口没有连接设备时将 SATA 设备模拟成 IDE 设备，如果需要手动设定 SATA 接口的模式，选择 Manual 参数。

（3）SATA Port0/1 configure as（设置 SATA 模式）。该选项仅在上一个选项的参数设置为 Manual 时才可用，它用来设置将 SATA 设备模拟为 IDE 设备的模式，下面以 SATA Port0 端口具体说明如下：

IDE Pri. Master	将 SATA Port0 端口的设备模拟到主 IDE 接口作为主要设备
IDE Pri. Slave	将 SATA Port0 端口的设备模拟到主 IDE 接口作为次要设备
IDE Sec. Master	将 SATA Port0 端口的设备模拟到从 IDE 接口作为主要设备
IDE Sec. Slave	将 SATA Port0 端口的设备模拟到从 IDE 接口作为次要设备
SATA Port0	将 SATA Port0 端口的设备模拟到 SATA Port0 端口
SATA Port1	将 SATA Port0 端口的设备模拟到 SATA Port1 端口

（4）USB Controller（内建 USB 控制器）。该选项用来设定是否启动芯片组内建的 USB 控制器。若将此功能关闭，系统将无法使用 USB 接口来连接 USB 设备，建议该选项设置为 Enabled。

（5）USB 2.0 Controller（USB 控制器模式）。该选项用来设定是否启用 USB 2.0 模式，USB 2.0 模式在进行数据传输时有较高的数据传输率，建议启动。

（6）USB Keyboard/Mouse Support（支持 USB 键盘/鼠标）。该选项用来设定是否在 MS-DOS 操作系统下能够使用 USB 键盘和鼠标的功能。

（7）AC97 Audio（集成音频功能）。该选项用来设定是否开启主板上集成声卡的音频功能。如果需要安装其他厂商的声卡时,就应该先将主板集成的声卡进行屏蔽,否则会发生资源冲突。

(8) Onboard H/W LAN(集成网卡功能)。该选项用来设定是否开启主板上集成网卡的网络功能。同样,如果需要另外为微型计算机配置网卡,应该先把主板上集成的网卡进行屏蔽。

(9) Onboard LAN Boot ROM(网络唤醒功能)。该选项用来设定是否开启系统的网络开机功能。

在集成外部设备选项中,还有为输入输出接口分配资源的一些选项,对于普通的微型计算机用户,只需要使用系统的默认值即可,一般不需要进行手动修改,否则可能会造成部分设备无法正常工作,这些选项在这里不再一一描述。

2. Power Management Setup(电源管理设置)

该部分用来对系统的省电功能运行方式进行设置,如图 4.13 所示。

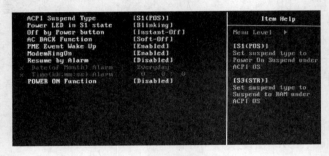

图 4.13　电源管理设置

(1) ACPI Suspend Type(休眠模式)。ACPI(Advanced Configuration and Power Interface,高级配置与电源接口)是英特尔、微软和东芝共同开发的一种电源管理标准。ACPI 共有 6 种状态,分别是 S0～S5,该选项用来设定系统进入休眠的模式,参数有:S1(POS)、S3(STR)(预设值)。

设置 ACPI 省电模式为 S1(POS,Power On Suspend)时,除了 CPU 停止工作之外,系统的其他部件仍然处于工作状态,处于低耗电的状态,可以有效地使 CPU 降低温度。

设置 ACPI 省电模式为 S3(STR,Suspend To RAM)时,系统将工作数据全部存放在内存中,电源仅仅为内存等最必要的设备供电,以确保数据不丢失,其他设备均处于关闭状态,系统比 S1 模式耗电量更低。当接收到硬件唤醒信号或事件时,例如按下机箱的 Power 按钮,系统立即从内存读取数据,恢复至休眠前的工作状态。

(2) Power LED in S1 state(休眠下电源指示灯模式)。该选项用来设定在 S1 节电模式下,电源指示灯的状态,如果该选项的参数设置成 Blinking,在 S1 节电模式下电源指示灯将会不停闪烁;如果该选项的参数设置成 Dual/Off,则单色电源指示灯将关闭,双色电源指示灯将不停的变色。

(3) Off by Power button(关机方式)。该选项提供使用电源按键关机的方式。Instant-Off 参数是按一下电源按钮将立即关闭系统电源;Delay 4 Sec. 参数需按住电源键 4s 后才会关闭电源。一般情况下,为了防止使用计算机的过程中无意触碰电源按钮而关机,丢失用户没有保存的数据,更多的是将关机模式设置为 Delay 4 Sec. 。

（4）AC BACK Function（电源恢复系统状态选择）。在使用计算机的过程中，难免会遇到意外掉电，在电源恢复之后，计算机的状态设置由此选项决定，该选项有 3 个参数：Soft-Off（预设值）、Full-On、Memory。

如果需要计算机在电源恢复后，手动按下电源按钮才能启动系统，应该使用 Soft-Off 参数，这是预设值，该参数保证电源恢复是系统不自动启动；Full-On 参数使计算机在电源恢复后立即自动启动系统；如果需要计算机在电源恢复后，回到系统掉电前的状态，应该使用 Memory 参数。

到底使用哪一种模式，应该根据计算机的具体要求来决定。通常情况下，个人计算机应该采用第一种模式，以免电源恢复时，使用者不在计算机附近而造成电源浪费；而需要对外提供服务的服务器应该选择第 3 种模式，保证电源恢复时，服务器立即对外提供服务。

（5）PME Event Wake Up（电源管理事件唤醒功能）。该选项决定是否允许系统在休眠状态下，由 PCI 设备所发出的唤醒/开机信号恢复运行。

（6）Modem Ring On（调制解调器开机）。该选项决定是否允许系统在休眠状态下，由具备唤醒功能的调制解调器所发出的唤醒/开机信号恢复运行。

（7）Resume by Alarm（定时开机）。该选项可以设定系统的自动定时开机。若启动自动定时开机，可以有下面两个选项来设置自动定时开机的时间。

（8）Date(of Month) Alarm（定时开机日期）。参数为：Everyday（每天定时开机）或者 1～31（定时开机日期）。

（9）Time(hh：mm：ss)Alarm（定时开机时间）。参数为：小时（0～23）：分钟（0～59）：秒（0～59）。

（10）POWER ON Function（开机方式选择）。该选项用来设定开机的方式，参数有：Disabled（预设值）、Any KEY、Mouse。

如果仅仅使用电源按钮来启动计算机，选择参数 Disabled；如果需要使用键盘的按键或者鼠标的按键来启动计算机，应该选择参数 Any KEY 或者 Mouse。

3. PnP/PCI Configuration（即插即用和 PCI 设置）

该选项主要对即插即用的设备和 PCI 设备的相关参数进行设定，如图 4.14 所示。

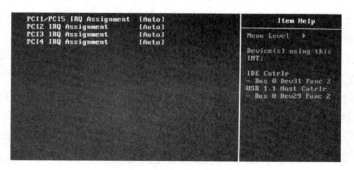

图 4.14　即插即用和 PCI 设置

PNP 就是 Plug-and-Play 的缩写，中文解释是即插即用。它的作用是自动配置（低层）微型计算机中的板卡和其他设备，为它们分配资源，在此过程中完全不需要计算机使用者的干预，使它们能够正常的工作。为了使用即插即用功能，需要以下的几个要求：

（1）设备和板卡本身支持即插即用。

（2）BIOS 支持即插即用。

（3）操作系统支持即插即用。

目前绝大部分的设备都支持即插即用，BIOS 和操作系统也支持即插即用，因此该界面中的选项一般不做任何调整和设置，由计算机自动完成参数的配置。

4. Frequency/Voltage Control（频率/电压控制）

该选项主要是对 CPU、内存等计算机的核心部件进行速率调整、电压调整等，从而达到提高计算机性能的目的。该界面如图 4.15 所示。需要注意的是，微型计算机中部件和设备对工作电压和频率非常敏感，工作电压和频率的提升会使设备处于超负荷工作状态，发热量增加，使其寿命缩短，或者使系统运行不稳定，所以如果不是特别需要，尽量不要调整这些参数。

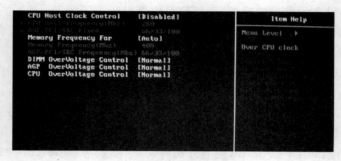

图 4.15　频率/电压调整设置

（1）CPU Host Clock Control（CPU 外频调整控制）。如果需要对 CPU 的频率进行调整，将此选项的参数设置为 Enabled，下面两个选项才能进行调整，否则下面两个参数将不能进行调整。

（2）CPU Host Frequency（MHz）（CPU 外频调整）。该选项在 CPU Host Clock Control 选项设置为 Enabled 时才能使用，该选项用来对 CPU 的外频进行调整，目前 CPU 产品的倍频已经锁死，不能改动，根据 CPU 主频计算的公式：主频＝外频×倍频可知，提高外频后 CPU 的主频相应升高，不同 CPU 产品的外频和倍频不同，调整前应该先确定所使用的 CPU 的标准的外频和倍频。

（3）AGP/PCI/SRC Fixed（AGP/PCI/SATA 频率调整）。该选项在 CPU Host Clock Control 选项设置为 Enabled 时才能使用，该选项用来对 AGP 设备、PCI 设备和 SATA 设备的频率进行调整，需要注意的是，它们的频率和使用的 CPU 以及主板无关，AGP 设备的标准频率是 66MHz、PCI 设备的标准频率是 33MHz，SATA 设备的标准频率是 100MHz。

（4）Memory Frequency For（内存频率调整控制）。该选项用来对内存频率调整进行控制，默认的参数是 Auto，此时 BIOS 自动检测内存的频率，可供选择的参数还有 1.33、1.6、2.0 等，内存的频率可以有下面的计算得到：内存频率＝外频×倍数。需要注意的是，如果该参数设置错误，将直接导致系统不能启动，可以清除 CMOS 参数，恢复默认值。

（5）Memory Frequency（MHz）（内存频率）。该选项显示当前的内存的真实频率，它由外频和 Memory Frequency For 选项中的参数共同决定。

（6）DIMM Over Voltage Control（内存电压调整）。该选项可以对内存的电压进行调整。

（7）AGP Over Voltage Control（显示核心电压调整）。该选项可以对显示核心的电压进行调整。

（8）CPU Over Voltage Control（CPU 核心电压调整）。该选项可以对 CPU 核心的电压进行调整。

以上是 BOIS 中的高级设置选项，这些选项主要是对设备进行优化，用来提高计算机的性能，对于这些参数，如果设置不当，很有可能会起到适得其反的效果，使得系统运行不稳定，因此建议一般用户不要轻易修改这些参数，以免造成不必要的麻烦。

对于一个计算机的使用者来说，了解一些 BIOS 的基本原理和基础的 BIOS 设置是非常必要的，这样不仅能够将计算机的工作性能调整到最佳状态，还能应付一些常见的计算机问题，但是 BIOS 的正确设置仅仅能够保证计算机能正常引导，对硬件进行初始化，要启动一台计算机还要进行硬盘分区、格式化、安装操作系统等一系列步骤，这就需要进行下一章的继续学习。

小　　结

本章主要介绍了计算机启动的过程，BIOS 的相关概念，BIOS 的设置方法和各个参数的含义。通过本章的学习，应该能够根据计算机的硬件系统准确的完成基本 BIOS 的设置，同时能够通过高级 BIOS 设置完成对计算机硬件系统性能的优化。

习　题　4

1. 什么是计算机的冷启动和热启动？完成热启动的方法是什么？
2. 什么是 BIOS？它的主要作用是什么？
3. COMS 和 BIOS 的主要区别是什么？
4. 计算机启动的基本步骤是什么？
5. 什么是 S. M. A. R. T. 技术？在 BIOS 中的什么选项中可以开启该技术？
6. Password Check 选项中的参数 Setup 和 System 对密码设定有什么影响？
7. Load Fail-Safe Defaults 选项和 Load Optimized Defaults 选项有什么不同？
8. 什么是 ACPI？它的 S1 状态和 S3 状态有什么不同？

第 5 章　操作系统及驱动程序安装

5.1　操 作 系 统

操作系统是电子计算机系统中负责支撑应用程序运行环境以及用户操作环境的系统软件,同时也是计算机系统的核心与基石。它的职责包括对硬件的直接监管、对各种计算资源(如内存、处理器时间等)的管理,以及提供诸如作业管理之类的面向应用程序的服务等。只有计算机硬件而没有操作系统的支持,计算机是无法提供服务的,就像一个人只有躯壳没有灵魂一样。本节主要对操作系统的概念以及目前比较流行的操作系统进行简单介绍。

5.1.1　操作系统的概念

操作系统是方便用户、管理和控制计算机软、硬件资源的系统软件(或程序集合)。从用户角度看,操作系统可以看成是对计算机硬件的扩充;从人机交互方式来看,操作系统是用户与计算机的接口;从计算机的系统结构看,操作系统是一种层次、模块结构的程序集合,属于有序分层法,是有序模块的有序层次调用。

操作系统在计算机系统中的地位大致体现在两个方面:对内,操作系统管理计算机系统的各种资源,扩充硬件的功能;对外,操作系统提供良好的人机界面,方便用户使用计算机。它在整个计算机系统中具有承上启下的地位。

根据操作系统的使用环境和对作业处理方式来考虑,可分为批处理系统(MVX、DOS/VSE)、分时系统(Windows、UNIX、XENIX、Mac OS)、实时系统(iEMX、VRTX、RTOS、RTLinux);根据所支持的用户数目,可分为单用户系统(MS-DOS、OS/2)、多用户系统(UNIX、MVS、Windows);根据硬件结构,可分为网络操作系统(NetWare、Windows NT、OS/2 wap)、分布式系统(Amoeba)、多媒体系统(Amiga)等。

5.1.2　常见操作系统介绍

目前微型计算机上常见的操作系统有 DOS、OS/2、UNIX、XENIX、Linux、Windows、NetWare 等,下面简单介绍其中几种操作系统的诞生过程以及特点。

DOS 操作系统是 1981 年由微软公司为 IBM 个人计算机开发的,即 MS-DOS。它是一个单用户单任务的操作系统。DOS 操作系统于 1981 年问世,它的主要设计人是 Tim Paterson。DOS 的主要特点是:文件管理方便、外部设备支持良好、小巧灵活、应用程序众多等。

OS/2 是由微软和 IBM 公司共同创造,后来由 IBM 单独开发的一套操作系统。OS/2 是 Operating System/2 的缩写,是因为该系统作为 IBM 第二代个人计算机 PS/2 系统产品线的理想操作系统引入的。在 DOS 于 PC 上的巨大成功之后,以及 GUI 图形化界面的潮流影响下,IBM 和微软共同研制和推出了 OS/2 这一当时先进的个人计算机上的新一代操作系统。最初它主要是由微软开发的,由于在很多方面存在差别,微软最终放弃了 OS/2 而转向开发 Windows"视窗"系统。

UNIX 是一种分时计算机操作系统,1969 年在 AT&T 的 Bell 实验室诞生,从此以后凭借其优越性迅速地占领市场。它的主要特点是:网络和系统管理、高安全性、通信、可连接性、Internet、数据安全性、可管理性、系统管理器、Ignite/UX、进程资源管理器等。

简单地说,Linux 是从 UNIX 克隆的操作系统,在源代码上兼容绝大部分 UNIX 标准,是一个支持多用户、多进程、多线程、实时性较好的且稳定的操作系统。它的主要设计人是 Linus Torvalds,出现于 1991 年。Linux 的特点有完全免费、完全兼容 POSIX 1.0 标准、多用户、多任务、良好的界面、丰富的网络功能、可靠的安全、稳定性能、多进程、多线程、实时性好、支持多种平台。

Windows 是一个为个人计算机和服务器用户设计的操作系统。它的第一个版本是微软公司发行于 1985 年的 Windows 1.0,并最终获得了世界个人计算机操作系统软件的垄断地位。随着计算机硬件和软件系统的不断升级,Windows 操作系统也在不断升级,从 16 位、32 位到 64 位操作系统。从最初的 Windows 1.0 到大家熟知的 Windows 95、NT、97、98、2000、Me、XP、Server、Vista、Windows 7 各种版本的持续更新,微软一直在尽力于 Windows 操作系统的开发和完善。所有最近版本的 Windows 都是完全的独立的操作系统。Windows 的主要特点是:界面图形化、多用户、多任务、网络支持良好、出色的多媒体功能、硬件支持良好、众多的应用程序等。

5.2 设备驱动程序

5.2.1 设备驱动程序定义

设备驱动程序(device driver)简称驱动程序,是一个允许高级计算机软件与硬件交互的程序,这种程序建立了一个硬件与硬件或硬件与软件沟通的界面,经由主板上的总线或其他沟通子系统与硬件形成连接的机制,这样的机制使得硬件设备上的数据交换成为可能。简单来说,驱动程序即是管理硬件的软件,实际上是硬件的一部分(购买硬件时会随附相应的驱动软件)。凡是安装一个原本不属于一台计算机的硬件设备时,系统都会要求安装驱动程序,这样才能将硬件与计算机系统连接起来。驱动程序扮演桥梁的角色,把硬件的功能传达给计算机系统,并且也将系统的指令传达给硬件,使其能正常工作。

5.2.2 驱动程序的安装原则

通常,在安装完操作系统之后紧接着就是驱动程序的安装了,安装驱动程序也要遵循原则,如果驱动程序安装的不正确,系统中某些硬件就可能无法正常使用,或者有可能造成频繁的非法操作,部分硬件不能被识别或有资源冲突、黑屏和死机。下面简单说明一下安装驱动程序应遵循的一些原则。

(1) 安装顺序。一般应遵循的顺序是:首先安装主板驱动程序,也就是芯片组驱动程序,在安装完主板驱动之后,接着要安装各种插在主板上的板卡驱动程序,比如显卡、声卡、网卡等,最后安装各种外部设备的驱动程序,例如打印机、扫描仪等。

(2) 驱动程序版本的安装顺序。一般,新版的驱动比旧版的好一些,厂商提供的驱动优于公共版的驱动。

（3）特殊设备的安装。由于有些硬件设备虽然已经安装好，但是系统却无法识别，这种情况一般只需直接安装厂商提供的驱动程序即可正常使用。

5.3　Windows 7 操作系统的安装

5.3.1　准备工作

首先准备好一张 Windows 7 旗舰版安装光盘；然后重新启动计算机，进入 BIOS 将光驱设置为第一启动器；可能的情况下，在运行安装程序前用磁盘扫描程序扫描所有硬盘，检查硬盘错误并进行修复；并用纸张记录下安装文件的产品密钥（安装序列号），等安装完成后再填入进行激活，安装过程中不要填入，因为没法联网。

5.3.2　安装步骤

首先，把光盘放入光驱，重新启动计算机，当屏幕上出现"Press any key to boot from cd…"的字样时，按任意键便从安装盘引导安装 Windows 7，成功引导后会出现如图 5.1 所示界面，开始加载初始文件。

Windows is loading files...

图 5.1　加载初始文件

此过程会持续几分钟，初始文件加载完成后，显示安装选项窗口，如图 5.2 所示。

在这里，需要用户选择安装的语言、时间和货币格式和键盘输入法，都保持默认值即可，直接单击"下一步"按钮，出现如图 5.3 所示画面。窗口下方有一个"修复计算机"选项，即当 Windows 7 出现问题时，可以在此修复。

单击现在安装进入下一步，接下来显示许可条款，如图 5.4 所示。

同意许可条款，选中"我接受许可条款"复选框，单击"下一步"按钮继续。接着进入安装类型的选择界面，如图 5.5 所示。

因为是全新安装 Windows 7，所以选择自定义安装方式，然后进入磁盘分区界面，如图 5.6 所示。

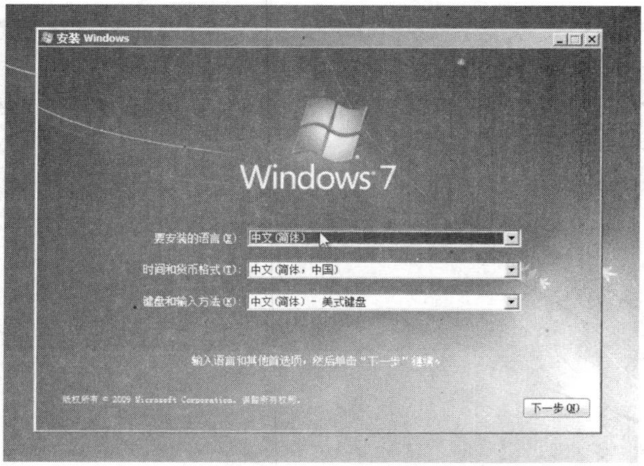

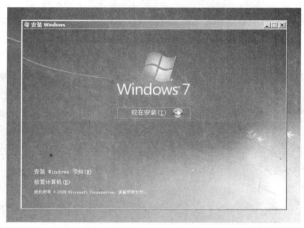

图 5.2　安装选项

图 5.3　现在安装

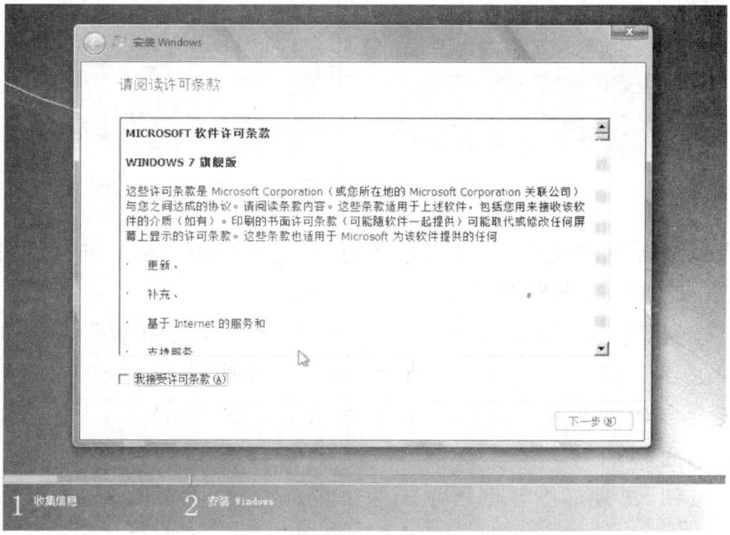

图 5.4　安装许可条款

图 5.5　选择安装类型

图 5.6　选择安装分区

如果之前已经进行过硬盘分区,则可以跳过这一步,否则,现在进行硬盘分区,单击"驱动器选项(高级)(A)"标签,出现如图 5.7 所示画面。

单击"新建"按钮,为 Windows 7 创建分区,注意,分区大小建议最小为 30GB,在此设置为 30GB,单击"应用"按钮。 如果是全新硬盘,或者删除所有分区后重新创建分区,Windows 7 系统会自动生成一个 100MB 的空间用来存放 Windows 7 的启动引导文件。 出现如图 5.8 所示画面。

单击"确定"按钮,出现如图 5.9 所示画面。可以看到,除了 C 盘和一个未划分的空间,还有一个 100MB 的空间。对于未划分的空间,可以使用上述方法进行分区,当然也可以进

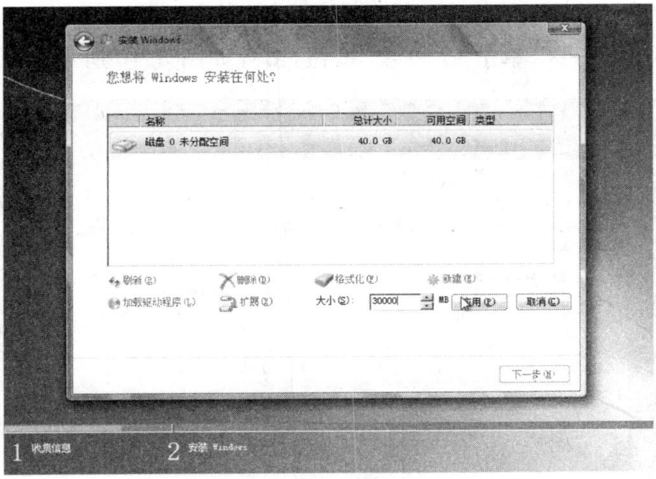

图 5.7　新建分区

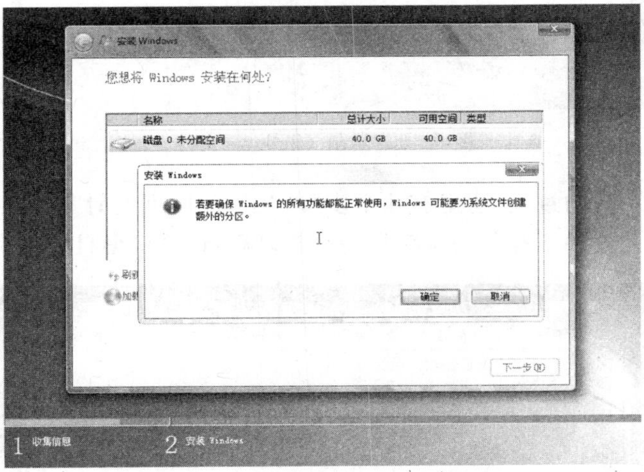

图 5.8　确认自动生成的 100MB 空间

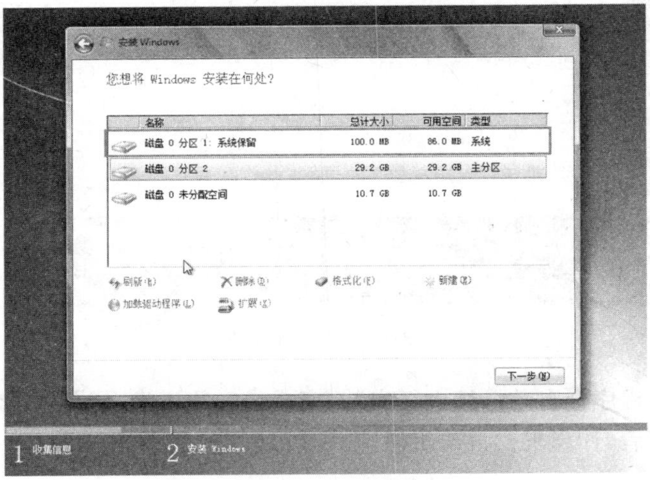

图 5.9　分区后的显示信息

入系统后再分区,在此不再进行划分。

选中要安装系统的分区,单击"下一步"按钮,出现如图 5.10 所示画面。

图 5.10　复制 Windows 文件

进入自动安装系统的过程,这里有几个步骤,具体的时间与计算机的硬件配置有关,一般需要几分钟到十几分钟不等。进行完自动更新以后,计算机会自动重启,如图 5.11 所示。

图 5.11　重新启动

启动以后安装程序会自动继续进行安装,完成最后的一步,如图 5.12 和图 5.13 所示。

最后一步完成后,计算机会再次重启,对主机进行一些检测,如图 5.14 所示,这些完全是自动进行的。

图 5.12 启动过程

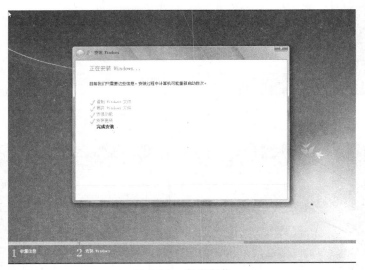

图 5.13 完成安装

图 5.14 检测主机

完成检测后,进入用户设置界面,如图 5.15 所示。输入用户名和计算机名,单击"下一步"按钮,进入密码设置过程,如图 5.16 所示。

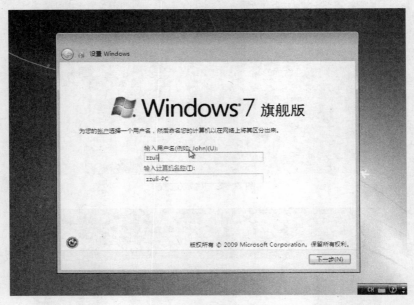

图 5.15　设置用户名和计算机名

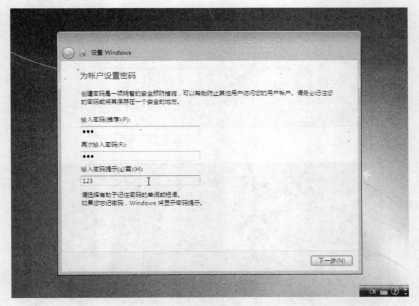

图 5.16　设置密码

如果此处设置密码,那么密码提示也必须设置。也可以不在此处设置密码,等进入系统后再到控制面板中进行设置。单击"下一步"按钮,出现如图 5.17 所示画面。

在"当我联机时自动激活 Windows(A)"前面的方框中打对钩,单击"下一步"按钮。出现图 5.18 所示画面。

图 5.17　产品激活

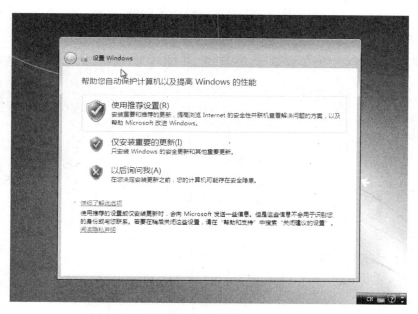

图 5.18　选择帮助自动保护 Windows 的方式

　　选择推荐设置,单击"下一步",出现如图 5.19 所示画面,进行日期和时间的设置。如果和当前日期时间对应的话,则直接单击"下一步"按钮。系统会开始完成设置,并重新启动。

　　启动完成之后,如果之前设置了密码,则出现如图 5.20 所示登录界面。

　　输入之前设置的密码,进入 Windows 7 桌面环境,安装完成,如图 5.21 所示。

图 5.19　设置系统日期和时间

图 5.20　登录界面

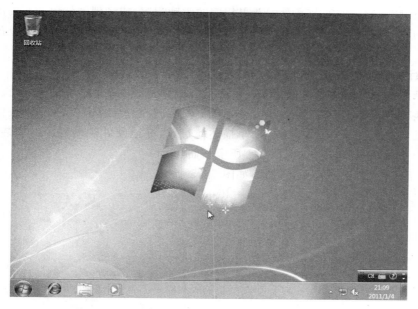

图 5.21　Windows 7 桌面

5.4　Windows 7 驱动程序安装

操作系统安装完成后,接着需要安装各个硬件的驱动程序。只有硬件的驱动程序安装之后,计算中的硬件才能正常工作。

5.4.1　获知硬件驱动程序的安装情况

Windows 7 能够识别大多数硬件设备,但是,如果用户的计算机较新,还要安装设备驱动程序,比如主板、显卡等驱动程序。当安装完操作系统之后,可以查看硬件驱动的安装情况,然后根据需要安装相应的驱动程序。查看操作系统中是否正确安装了设备驱动程序操作步骤如下。

(1) 右击桌面上"我的电脑"图标,在弹出的快捷菜单中选择"属性"菜单项,打开"系统属性"对话框,如图 5.22 所示。

(2) 单击"设备管理器",打开"设备管理器"对话框,如图 5.23 所示,可以在此查看各种硬件驱动程序的安装情况。如果在设备前面打上黄色的问号(?),表示驱动程序没有安装;如果打上黄色的叹号(!),表示驱动程序安装不正确或不能正常工作;如果是红色的叉号(×),表示驱动程序被禁用。若出现以上 3 种情况,都表示必须重新安装或者更新硬件的驱动程序,反之,则表示硬件的驱动程序已经安装,可以正常使用了。

5.4.2　安装设备驱动程序

设备驱动程序可以通过多种渠道获得,通常情况下,操作系统中都会附带大量的通用驱动程序,同时还具有查找硬件驱动程序的功能;如果操作系统中的驱动相对硬件来说比较落后,则可以在硬件配套的安装光盘中获得相应的驱动程序,或者到硬件生产厂商的网站下载最新版本的驱动程序。获得驱动程序之后,即可进行安装,下面介绍几种较常见的安装驱动的方法。

1. 运行可执行文件

如果获得的驱动程序是可执行文件,则直接运行可执行文件即可安装驱动。可执行文件的安装步骤越来越趋于简单化,运行开始根据安装向导直接单击"下一步"按钮即可完成安装。此处,以声卡驱动的安装为例简单描述此过程,其他硬件驱动程序的安装与此雷同。首先运行声卡驱动程序,出现如图 5.24 所示画面。

单击"下一步"按钮进入安装过程,如图 5.25 所示。

图 5.22　系统属性对话框

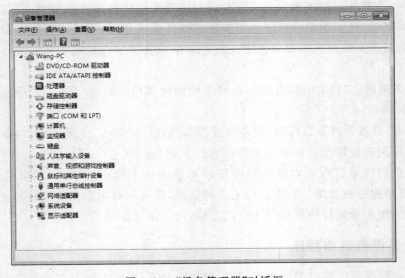

图 5.23　"设备管理器"对话框

图 5.24　安装向导

图 5.25　安装过程

此过程结束,单击"完成"按钮,即完成安装,然后重启计算机,声音设备生效。

2. 搜索安装

如前所述,在"设备管理器"窗口中,可以看到设备驱动的安装情况,若某设备的驱动没有安装,则有黄色的叹号(!)标记,此时右击该设备,在弹出的快捷菜单中选中"更新驱动程序"菜单项,打开"硬件更新向导"对话框,如图 5.26 所示,选择"自动搜索更新的驱动程序软件",则安装向导开始搜索驱动程序。如果操作系统中包含支持该硬件的驱动程序,系统自动为该硬件安装驱动程序,否则无法完成驱动程序的安装。

3. 指定安装

如果用户知道驱动程序的存放路径,则可以选择此种方式。在图 5.26 中,选择"浏览计算机以查找驱动程序软件",则出现"浏览计算机上的驱动程序文件"对话框,如图 5.27 所示。

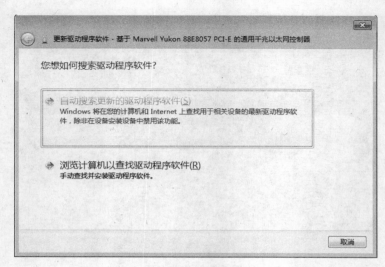

图 5.26　硬件更新向导对话框

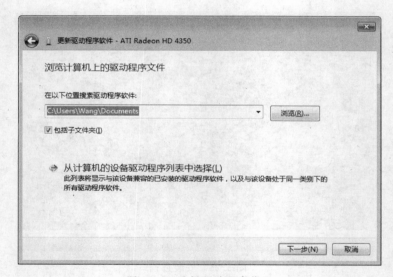

图 5.27　选择驱动程序位置

　　浏览到驱动程序所在目录,选中"包括子文件夹"复选框,单击"下一步"按钮,即可完成驱动程序的安装。

5.5　Ubuntu 9.10 操作系统的安装

5.5.1　Ubuntu 简介

　　Ubuntu 是一个流行的 Linux 操作系统,基于 Debian 发行版和 GNOME 桌面环境,和其他 Linux 发行版相比,Ubuntu 非常易用,和 Windows 相容性很好,非常适合 Windows 用户的迁移,预装了大量常用软件,中文版的功能也较全,支持拼音输入法,预装了 Firefox

Open Office 多媒体播放、图像处理等大多数常用软件，一般会自动安装网卡、音效卡等设备的驱动，对于要求不是很高的用户基本都能满足要求。在 Windows 操作系统下不用分区即可安装使用，就如同安装一个应用软件那么容易，整个 Ubuntu 操作系统在 Windows 下就如同一个大文件一样，很容易卸载掉。

　　Ubuntu 有 3 个版本，分别是桌面版、服务器版和上网本版，普通桌面计算机使用桌面版即可。这些版本都可以从 http://www.ubuntu.org.cn/getubuntu/download/下载获得。本节主要介绍 Ubuntu 9.10 的安装方法。

5.5.2　安装 Ubuntu 9.10

1. 安装前的准备工作

　　Ubuntu 9.10 对计算机硬件的要求不是很高，目前市场上的硬件都可以达到 Ubuntu 9.10 系统的硬件要求。如果要把计算机设置成服务器，为其他用户提供服务，就需要比较高的硬件配置。当然，为了在使用时得到更快的速度和更高的稳定性，CPU 的性能和内存的容量都应做相应的提高。

2. 安装方式

　　和其他操作系统的安装相同，Ubuntu 9.10 的安装方式有 3 种，分别是硬盘安装、镜像文件安装，通过光盘启动计算机安装。具体安装的时候可以根据自身的条件选择一种合适的方式进行安装，例如所使用的计算机是一台工作站，可以借助于 FTP 站点进行安装；如果是一台独立的计算机，那么就可以采取光盘的形式进行安装。本书主要介绍光盘安装的方法。

3. 安装步骤

　　首先，把安装盘放入光盘驱动器中，然后在 BIOS 下将 CD-ROM 设置为第一启动驱动器，此过程前面章节已经描述过，不再赘述，启动计算机后，安装光盘就会启动计算机进入 Ubuntu 9.10 的安装界面，如果一切正常，就会出现如图 5.28 所示的画面。

图 5.28　启动界面

此时,可以选择接口语言,在此选择"中文(简体)"。接着,出现 Ubuntu 的开机画面,如图 5.29 所示。

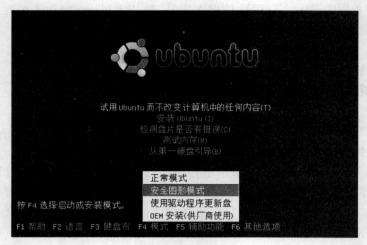

图 5.29　开机画面

在 Ubuntu 的标志下,可以看到 5 个可选择的启动项目,底部还显示了 6 个功能键的功能,关于这些项的功能简介如下。

使用 Ubuntu 而不改变计算机中的任何内容(T)——启动 Live Ubuntu 系统,也可以在里面选择安装系统到硬盘中。

安装 Ubuntu(I):直接启动安装程序安装 Ubuntu。

检查盘片是否有错误(C):检查安装光盘是否有任何缺损。

测试内存(M):检查计算机的内润有没有问题。

从第一硬盘引导(B):启动硬盘中已经存在的操作系统。

F1 帮助:可以列出相关的帮助信息。

F2 语言:选择接口语言,这个只会影响启动出来 Live 系统的接口语言,启动后还是可以在安装时选择安装后的系统语言。

F3 键盘布局:设定键盘排列方式。

F4 模式:设定启动模式,可以选择的模式有:正常模式,此模式由 Ubuntu 安装系统自行检测出最佳的显示器像度及颜色模式;安全图形模式,采用最简单安全的显示器像度及颜色模式,若正常模式启动有问题,请改用此模式开机;使用驱动程序更新盘以及 OEM 安装(供厂商使用)。

F5 辅助功能:选择开启一些无障碍辅助,方便伤残人士使用安装系统。

F6 其他选项:为 Linux 核心加上选项。

在这一步,选择"安装 Ubuntu(I)",直接启动安装程序进行安装,按 Enter 键,系统会加载 Linux 核心并启动光盘上的 Ubuntu。

第 1 步,安装程序会询问要使用的语言,该语言最终也会成为系统的默认语言,如图 5.30 所示。

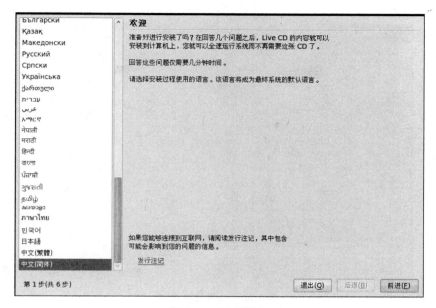

图 5.30 选择语言

接着进入第 2 步,选择位置。为方便日常操作,需要配置所在地区的时区,如果之前选择的语言是中文简体,则默认时区是上海,如果选择的语言是 English,则默认时区是美国,在此可以选择默认设置,如图 5.31 所示。

图 5.31 选择位置

第 3 步,选择键盘布局。不同国家的键盘布局可能会有些许差别,对于中国用户来说,选择默认的 China 即可,如图 5.32 所示。

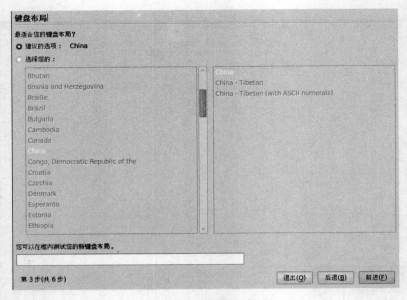

图 5.32　选择键盘布局

第 4 步，准备硬盘分区。这里有两种方式可以选择，一个是清空并使用整个硬盘，第二个是手动指定分区。不管是哪一种方式，都是不可恢复的，如果硬盘有需要保留的资料，切勿使用第一种方式。在此，使用第二种方式，如图 5.33 所示。

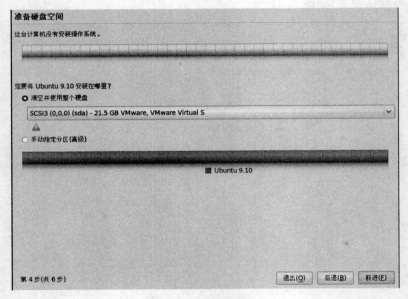

图 5.33　准备硬盘空间

选择好之后单击"前进"按钮，进入第 5 步，出现如图 5.34 所示画面。此时可以看到计算机中只有一个硬盘，显示为"dev/sda"。选中该硬盘并单击"新建分区表"按钮，出现对话框询问是否确定开始创建分区表，单击"继续"按钮继续进行下面的安装步骤。此时可以看到硬盘的大小和可用空闲空间的大小，空闲空间是可以使用的最大容量。然后选中空闲，单击"添加"按钮,开始创建新分区。一般的做法是把整个空闲空间分成 3 个分区:根分区、home 分区和交换(swap)分区,根据具体情况可以为每个分区设置合适的大小。首先创建根分区,如图 5.35 所示,新分区的类型选择"逻辑分区",容量设置为 10GB,再选中"Ext4 日志文件系统",挂载点选中根分区"/",然后单击"确定"按钮继续。

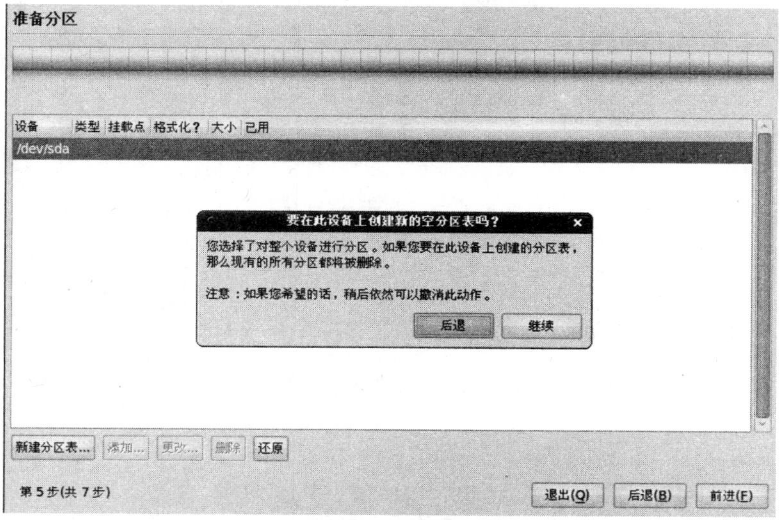

图 5.34　准备分区

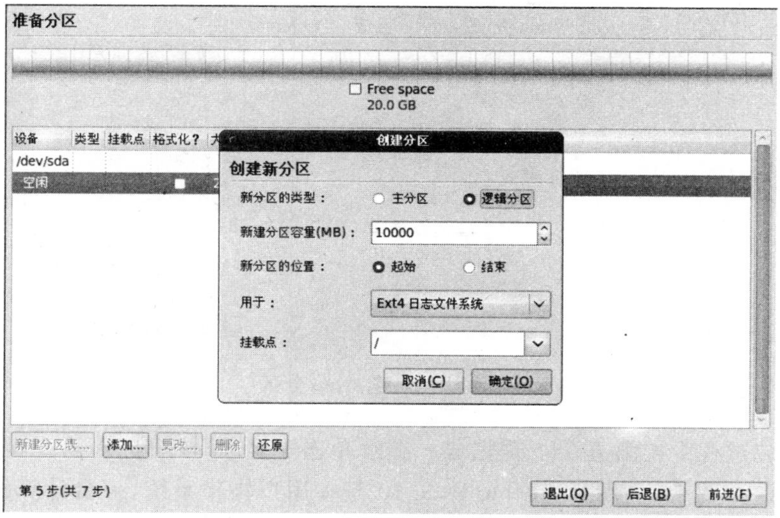

图 5.35　创建根分区

接下来创建 home 分区,方法同创建根分区相似。首先选中空闲,然后单击"添加"按钮,出现创建新分区界面,新分区类型仍然是"逻辑分区",分区大小设置为 8GB,再选择"Ext4 日志文件系统",挂载点选择"/home",如图 5.36 所示,单击"前进"按钮进行下一步操作。

最后创建交换分区,步骤和创建前两个分区的方法相同,具体的设置如图 5.37 所示。

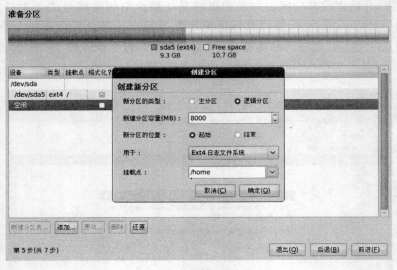

图 5.36　创建 home 分区

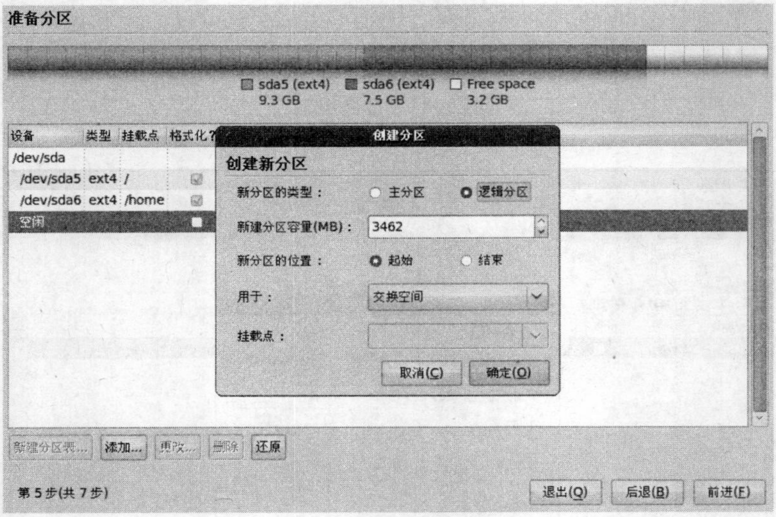

图 5.37　创建 swap 分区

　　至此,安装过程中的第五个步骤完成。继续单击"前进"按钮进入第 6 步,设置登录用户的相关信息,如图 5.38 所示。Ubuntu 9.10 是多用户操作系统,一台计算机允许多个用户同时使用,为了方便管理每一个用户的档案和资源,每个用户都有自己的登录账户和密码,所以在这一步需要设置第一个使用者的相关信息。其中每一项的具体含义和要求如下所述。

　　您的名字是:可以由任何非冒号和逗号的字符组成,中间可以有空格,建议使用英文;

　　登录名:登录时使用的名称,只可以用英文字母、数字、连字符(-)、及下划线(_)组成,中间不可以有空格,并且第一个字符必须为英文字母。注意,UNIX/Linux 的用户名称是分大小写的,为避免混淆,建议最好全用小写字母作为登录名;

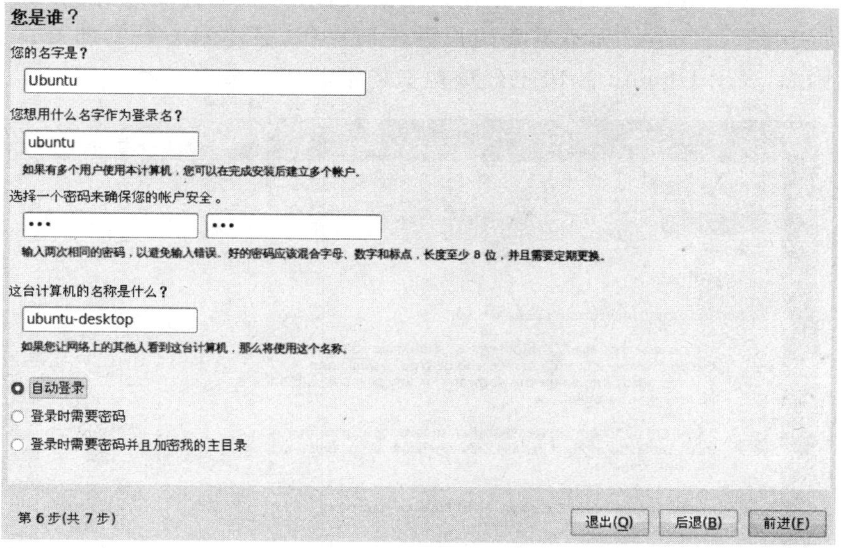

图 5.38　设置登录用户信息

密码:同样分大小写;

计算机名称:设定计算机的名称,和登录名的限制是一样的,默认情况下会使用登录名后面加"-desktop"作为计算机名称;

登录方式:选中"自动登录"会令每次开机后自动以此用户的身份登录。

这些都设置好以后,单击"前进"按钮继续。

第7步,安装程序会显示之前的所有设置信息,如图 5.39 所示,如果核对没有问题,可以单击"安装"按钮,那么就会把 Ubuntu 9.10 正式的安装到硬盘中。根据计算机的具体配置情况,这个过程需要几到数十分钟不等。首先检测安装盘上的文件系统,如图 5.40 所示,

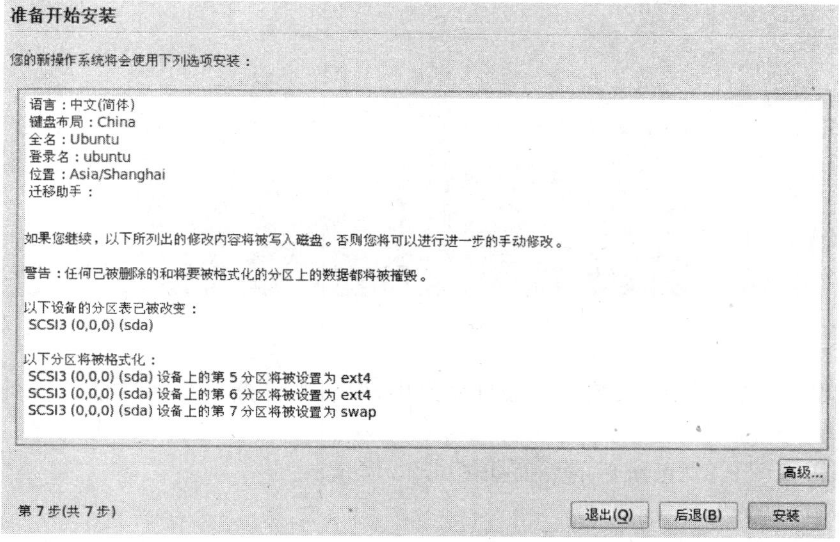

图 5.39　准备安装

然后开始对硬盘分区进行格式化,之后开始复制文件、安装硬件驱动程序,最后阶段安装 GRUB 启动引导器。整个过程不需要用户做任何操作,只需耐心等待即可。直到看到如图 5.41 的画面,表示 Ubuntu 9.10 已经成功安装完毕。

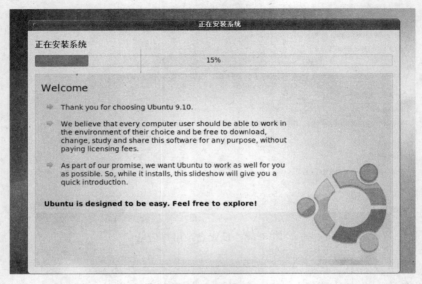

图 5.40　检测文件

图 5.41　安装完成

单击"现在重启"按钮,安装光盘会自动弹出,取出光盘然后重新启动计算机,会看到如图 5.42 所示的画面。

进入 Ubuntu 9.10 系统后的界面如图 5.43 所示。

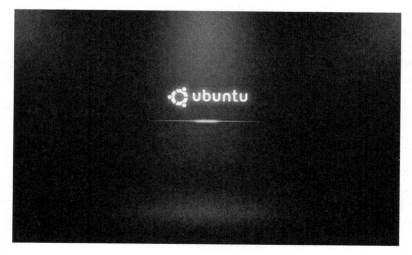

图 5.42　首次开机

图 5.43　Ubuntu 9.10 系统桌面

5.6　Ubuntu 9.10 驱动程序的安装

在 Ubuntu 9.10 下安装设备驱动程序有两种方式。

第 1 种,在图 5.43 所示界面下,选择 System|Administration|Hardware Drivers 菜单项,系统会自动查找可用的驱动程序,选中需要启用的硬件驱动程序(比如显卡驱动),单击"启用"按钮,系统将自动下载并安装相应驱动。安装完成后,重新启动计算机。

第 2 种,手动安装驱动。如果通过第一种方式,不能安装相应的驱动程序,可以采用这种方式,下面以手动安装 ATI 显卡驱动为例介绍安装方法。

(1) 下载合适的 ATI 显卡的 Linux 版本驱动程序,例如 Linux x86,显卡驱动型号为

ATI Radeon HD 4xxx Series。文件名为：ati-driver-installer-9-12-x86.x86_64.run。

（2）安装必要的编译库。打开终端，输入以下命令：

```
sudo apt-get install build-essential cdbs fakeroot dh-make debhelper debconf
libstdc++5_3.3.6-17ubuntu1_amd64.deb
dpkg -i libstdc++5_3.3.6-17ubuntu1_amd64.deb
```

（3）创建显卡 deb 安装包。在终端输入以下命令：

```
sh ati-driver-installer-9-11-x86.x86_64.run -buildpkg Ubuntu/karmic
```

（4）安装显卡 deb 包。在终端输入以下命令（根据实际文件名操作）：

```
sudo dpkg -i xorg-driver-fglrx_8.671-0ubuntu1_i386.deb fglrx-kernal-source_
8.671-oubuntu1_i386.deb fglrx-amdcccle_8.671-oubuntu1_i386.deb
```

（5）创建显卡配置文件 xorg.conf，内容为

```
sudo aticonfig --initial -f
```

（6）强制使用创建的显卡配置文件，输入命令：

```
sudo aticonfig -input=/etc/X11/xorg.conf -tls=1
```

（7）检查显卡驱动安装是否成功，重启系统，在终端输入 fglrxinfo，如果系统显示以下类似信息，则表示安装成功，此时选择 System|Administration|Hardware Drivers 菜单项，可以看到 ATI 显卡显示为绿色。

```
display::0.0 screen:0
OpenGL vendor string: ATI Technologies Inc.
OpenGL renderer string: ATI Mobility Radeon HD 3400 Series
OpenGL version string: 2.1.9116
```

5.7　多操作系统的安装与管理

前面的章节分别介绍了 Windows 7 操作系统和 Ubuntu 9.10 操作系统的安装方法，在实际的使用中为了不同的需求，经常需要在一台计算机上安装多个操作系统。

最为常见的方式是在一台计算机中安装两个不同版本的 Windows 操作系统，比如 Windows XP 与 Windows 7。这种情况需要注意的是操作系统的安装顺序，应先安装低版本操作系统，再安装高版本操作系统。

另外一种安装多操作系统的方式是在一台计算机上分别安装 Windows 操作系统与 Liunx 操作系统，下面以在一台计算机上同时安装 Windows 7 和 Ubuntu 9.10 为例，介绍多操作系统的安装与管理，主要分为以下几个步骤。

1. 安装 Windows 7

如第 5.3 节所述安装 Windows 7 操作系统。

2. 设置启动项

（1）下载最新版本的 Grub4DOS。

下载地址：http://www.oschina.net/p/grub4dos。

下载并解压缩后，将目录中的 grldr ，grldr. mbr, grub. exe 这 3 个文件复制到 C 盘根目录下。

（2）在下载好的 Ubuntu 9.10 ISO 系统文件中，casper 文件夹目录下，找到 vmlinuz、initrd. lz(注意：Ubuntu 9.04 文件名为 initrd. gz)解压，并复制到 C 盘根目录下。

（3）在 C 盘根目录下建立 menu. lst 文件，内容为：

```
color black/cyan yellow/cyan
timeout 30
default /default
title Microsoft Windows 7
root (hd0,0)
savedefault
makeactive
chainloader +1
title Install Ubuntu 9.10
root (hd0,0)
kernel (hd0,0)/vmlinuz boot=casper iso-scan/filename=/lucid-desktop-i386.iso ro
quiet splash locale=zh_CN.UTF-8
initrd (hd0,0)/initrd.lz
```

（4）选择"开始"|"运行"菜单项，弹出"运行"对话框，输入 CMD，打开命令行窗口，在命令提示符下输入：

```
bcdedit /create /d "GRUB4DOS" /application bootsector
```

命令结果会返回一个 GUID，然后在命令提示符下输入：

```
bcdedit /set {GUID} device partition=C:
bcdedit /set {GUID} path \grldr.mbr
bcdedit /displayorder {GUID} /addlast
```

3. 硬盘安装 Ubuntu 9.10

重启计算机，在启动项选择 Grub4DOS，再选择 Install Ubuntu 9.10，进入 Ubuntu 9.10 的安装程序。参照第 5.5 节 Ubuntu 9.10 操作系统的安装进行安装。

安装过程中出现如图 5.30 所示界面时，单击"退出"按钮，暂时退出安装。

安装系统会进入如图 5.44 所示界面。

选择 Application|Accessories|Terminal 菜单项打开终端，如图 5.45 所示。

输入 sudo umount -l /isodevice，以取消掉对光盘所在驱动器的挂载，否则分区界面找不到分区。

然后单击"安装 Ubuntu 9.10"快捷方式，继续安装 Ubuntu 9.10。

4. 修复 Windows 7 启动项

Ubuntu 系统安装完以后重启计算机，这时的启动项为 Windows 7 和 Grub4DOS 两项。让 Windows 7 能够启动 Ubuntu，还需要进行如下操作。

（1）打开 WinHEX，选择 Tools|Open Disk 菜单项，在弹出的对话框中选择 Physical

图 5.44　Ubuntu 安装界面

图 5.45　终端窗口

Media 中的硬盘,单击 OK 按钮。选中 Linux 分区,选择 Edit|Copy Sector|Into New File 菜单项,保存到 C 盘根目录,文件名为 Ubuntu. bin。

（2）选择"开始"|"运行"菜单项,在弹出的对话框中输入 CMD,在弹出的对话框中输入以下代码:

```
bcdedit /create /d "Ubuntu 9.10" /application bootsector
```

此命令返回一个 GUID,然后继续输入以下命令:

```
bcdedit /set {GUID} device partition=C:
bcdedit /set {GUID} path \Ubuntu.bin
bcdedit /displayorder {GUID} /addlast
```

（3）使用 bcdedit /delete{GUID}将 Grub4DOS 的启动项删除。

至此，Windows 7 和 Ubuntu 9.10 双操作系统安装完成。

小　结

本章主要介绍了 Windows 7 操作系统和 Ubuntu 9.10 操作系统的安装过程以及在两种操作系统安装驱动程序的方法，另外还介绍了在一台计算机上同时安装 Windows 7 和 Ubuntu 9.10 两个操作系统的具体步骤，特别是对于启动引导项的设置。

习　题　5

1. 操作系统的概念以及常见操作系统的特点。
2. 在 Windows 7 中调整硬盘的分区。
3. 练习安装 Windows 7，然后再安装 Linux 系统，实现双系统引导。
4. 设备驱动程序的概念。
5. 练习安装设备驱动程序，包括主板、显示卡、声卡、网卡等，并能卸载设备驱动程序。

第6章 常用软件的安装与使用

6.1 软件的安装与使用

计算机组装完成并且安装好操作系统和硬件驱动程序后,就可以进行一些比较简单的工作了,但是为了让计算机具备更多的功能,就必须安装相应的软件。

1. 关于软件的版本

软件和操作系统一样,存在多个不同的版本,不同的版本在功能和稳定性上都有差异,常见的一些软件版本有以下几个。

(1)测试版。顾名思义,这表明该软件仍处在开发过程中,功能还不够完善,稳定性也不如正式版。软件设计者会根据使用测试版的用户所反馈的信息对软件进行修改完善。一般这类软件会在软件名称后面注明测试版或 Beta 版。

(2)正式版。软件的功能已开发完成并经过测试,性能已很稳定。

(3)升级版。软件发布一段时间后,软件开发者在以前功能的基础上增加了新的功能,并且会修复之前版本中一些错误。升级版一般不能单独安装,需要先安装软件的正式版。

(4)试用版。软件开发者将软件的正式版有限制地提供给用户使用,如果用户觉得软件功能实用,可以付费获得正式版。

2. 软件的安装方式

用户可以通过多种渠道获得软件的安装程序,比如购买软件光盘或者从网上下载,但是有了安装程序并不能使用软件,还需要运行安装程序把软件安装到计算机上,才能使用软件提供的功能。常见的软件安装方式有绿色安装和向导安装两种方式。

(1)绿色安装。绿色安装也称解压安装,即软件的安装程序是一个压缩包,只需把压缩文件解压到指定目录下,然后直接运行主程序即可启动软件。该类软件不会修改系统设置和注册表,所以称为绿色安装。

(2)使用安装向导。多数软件都采用此方式安装到计算机中,此类软件的共性是运行相应的可执行程序启动安装向导,然后在向导的提示下一步进行安装即可。

3. 应用软件安装的技巧

在安装应用软件的过程中,总会碰到一些选择,例如,安装方式的选择(典型或自定义)、安装路径的选择(默认或新建)、安装目录的选择(分散或集中)。一旦选择不当将会影响软件的使用。下面简单归纳一些软件安装的技巧,供用户在安装时参考。

(1)安装方式的选择。在安装一些较大的软件时,系统往往会给出多种安装方式供选择,比如典型、全部、最小、自定义等。一般在硬盘容量足够大的前提下,新手可以选择"典型"安装,既安全又简单。但是对于有一定操作经验的用户建议选择"自定义"安装方式,可以根据需要添加上一些实用的程序,避免以后需要的时候还得再安装。

(2)安装路径的选择。大多数软件在安装时,都会以"C:\Program Files\ ＊. ＊"作为默认路径。如果想省事,使用默认路径直接安装即可,这样,所有的软件都将安装在此路径下。

但是这样做会带来两个不便：第一，C盘空间不断缩小，导致系统的启动和运行速度越来越慢；第二，一旦系统发生崩溃，需要重新安装系统时，所有已安装的软件都会丢失。为了避免这种情况的发生，建议除了一些必须安装到C盘根目录下的软件以外，其他应用软件最好安装在C盘以外的目录下。

（3）安装目录的选择。对于一些比较大的应用软件，安装时可以直接在根目录下建立自己的文件夹。而对于一些比较小的软件，最好不要在根目录下建立对应的文件夹，否则，硬盘上的目录就太多了，给查找和使用造成麻烦。此时可以根据软件的功能进行类别划分、集中管理的方法，把功能接近的软件放在同一目录下。

（4）安装过程中的特殊情况。在安装时若出现不能安装的问题，一般都会怀疑是安装程序或者系统有问题所致，但其实大部分时候是因为某些文件的冲突所致。在安装新软件或升级软件版本的时候，一定要将原来已经安装过的同样软件卸载，卸载以后，再使用一些专用的清理软件（如优化大师、超级兔子等）将残留文件或注册信息清理，否则在安装过程中可能会提示文件被破坏或者冲突不能安装等，甚至出现安装突然中断的现象。

6.2　系统备份还原工具的安装与使用

为避免系统瘫痪后重装操作系统、应用软件和配置Internet相关参数的繁琐过程，通常情况下，需要对操作系统进行备份。目前，有诸多相关的一键恢复工具，使用该类软件可以帮助用户在计算机瘫痪时，对系统进行快速恢复，从而避免重装的麻烦。一键恢复有两种类型，一是"磁盘复制型"，即将受保护磁盘的内容复制到隐藏分区或是特定文件中，恢复时再重新写入，这种技术的优点是稳定可靠，缺点是速度慢；另一种是通过控制磁盘的INT13中断或是系统驱动等方式，使对磁盘的操作全部保留在缓冲区中，恢复时只需清空缓冲即可，称为"虚拟磁盘型"，这种方式的优点是速度快（瞬间还原），缺点是不稳定，时间久了可能会出问题。

6.2.1　常见系统备份还原工具简介

下面对几款常见的一键恢复工具进行简单的介绍，供大家在使用时参考。

1. 三茗一键恢复

三茗一键恢复是一款"虚拟磁盘型"的系统恢复软件，启动计算机时只需按下Home键即可对系统进行保护或恢复，非常方便。该程序不依赖于操作系统，在本地硬盘上实现系统数据以及CMOS参数的动态保护与恢复。

2. "雨过天晴"计算机保护系统

这也是一款"虚拟磁盘型"系统恢复软件，其特点是可设置多个还原点。它可以迅速清除计算机中存在的故障，将瘫痪的系统恢复到正常的工作状态；此外，还可以恢复损坏和丢失的文件，以及保护计算机免受病毒的侵害。

3. DOS之家　一键Ghost

这是一款基于Ghost的"磁盘复制型"的备份和恢复工具，在一键Ghost界面中只需按下热键，程序便会自动调入Ghost程序自动备份或恢复C盘数据。

4. 一键恢复精灵

这也是一款"磁盘复制型"的系统恢复软件，可将系统分区进行高压缩成系统备份文件，用户可以自订还原密码，备份文件位于隐藏分区，可防止病毒破坏。

5. 影子系统

影子系统是一款"虚拟磁盘型"的系统恢复工具，程序提供有单一保护和完全保护两种模式，用户可以选择性地对系统数据进行保护。

每种软件都有自己的优缺点，用户在使用时可以根据自己的实际情况进行合理的选择，下面以使用最多的 Ghost 为例介绍其安装和使用方法。

6.2.2　Ghost 的使用

Ghost 是美国赛门铁克(Symantec)公司旗下的一款出色的硬盘备份还原工具，它可以实现 FAT16、FAT32、NTFS、OS/2 等多种硬盘分区格式的分区及硬盘的备份还原。Ghost 最主要的特点是可以把整个分区或者整个硬盘所有的文件备份成一个 GHO 文件，利用生成的 GHO 文件，可以恢复整个分区或者整个硬盘的数据，可以实现硬盘分区到分区或者是硬盘到硬盘的数据映像复制，而且速度非常的快。

Ghost 最实用的功能有以下几个。

第一，系统备份恢复。把系统所在分区备份为一个 GHO 文件，在系统被破坏的情况下，可以在很短的时间内把系统恢复到备份时的状态。

第二，分区数据复制。可以把一个分区的数据全部复制到另一个分区，并且覆盖另一个分区的数据。

第三，整盘复制。可以把整个硬盘的数据复制到另一个硬盘上。整盘复制时，目标硬盘的容量必须大于要复制的源盘的数据总容量。

在使用 Ghost 之前，首先说明几个注意事项，避免在使用的过程中发生不可逆的错误。

(1) 在备份系统时，单个的备份文件最好不要超过 2GB。

(2) 在备份系统前，最好将一些无用的文件删除以减少 Ghost 文件的体积，通常无用的文件有 Windows 的临时文件夹、IE 临时文件夹、Windows 的内存交换文件，这些文件通常要占去 100 多兆硬盘空间。

(3) 在备份系统前，整理目标盘和源盘，以加快备份速度。

(4) 在备份系统前及恢复系统前，最好检查一下目标盘和源盘，纠正磁盘错误。

(5) 在恢复系统时，最好先检查一下要恢复的目标盘是否有重要的文件还未转移，千万不要覆盖重要的文件。

(6) 在选择压缩率时，建议不要选择最高压缩率，因为最高压缩率非常耗时，而压缩率又没有明显的提高。

(7) 在新安装了软件和硬件后，最好重新制作映像文件，否则很可能在恢复后出现一些莫名其妙的错误。

Ghost 最实用、最简洁的版本是基于 DOS 系统的，只能在 DOS 模式下运行，不能在 Windows 下的命令提示符下运行。下面以 Ghost 8.3 为例介绍 Ghost 的使用。

1. 使用 Ghost 备份系统

首先进入 DOS 状态(使用启动盘或者启动计算机光盘)，定位到 Ghost 所在目录，然后直接输入 ghost 命令,按回车,即可启动 Ghost,进入启动界面,如图 6.1 所示。

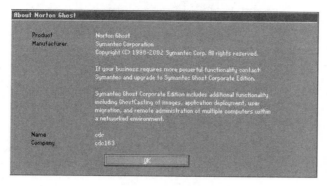

图 6.1　Ghost 启动界面

然后单击 OK 按钮,出现 Ghost 主界面,如图 6.2 所示。

在此可以看到 Ghost 只有一个主菜单,其中 4 个可用菜单,分别是 Local(本地)、Peer to Peer(点对点)、Options(选项)和 Quit(退出)。还有几个菜单是灰色的,代表不可用。使用 Ghost 进行系统备份是通过 Local 菜单实现的。选择 Local 菜单,可以看到它包含 3 个子菜单。其中 Disk 表示备份整个硬盘,Partition 表示备份硬盘的某个分区,Check 可以检查备份的文件。

因为要备份系统所在的分区,所以此处选择 Partition 菜单,然后再选中它其中的一个子菜单 To Image,然后按 Enter 键,弹出如图 6.3 所示对话框。

图 6.2　Ghost 主菜单

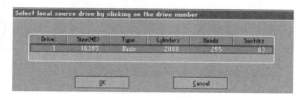

图 6.3　显示当前计算机硬盘信息

此对话框列出当前计算机的硬盘个数及详细信息,可以看到计算机只有一块硬盘,选择该硬盘单击 OK 按钮,接着将会显示该硬盘的分区信息,如图 6.4 所示。

用上下光标键将蓝色光条定位到要备份的分区上,单击 OK 按钮,出现如图 6.5 所示窗口。

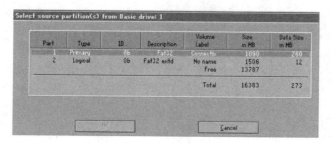

图 6.4　分区选择

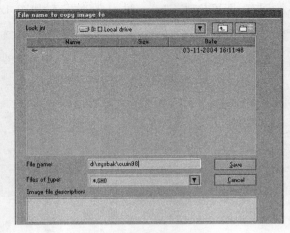

图 6.5 镜像文件存储路径

选择镜像文件存储目录,默认目录是 Ghost 文件所在目录,可以根据需要设置镜像文件的目录,在 File name 处输入镜像文件的名字,单击 Save 按钮,出现"是否要压缩镜像文件"窗口,如图 6.6 所示。

此处有 3 个按钮,No 表示不压缩,Fast 表示快速压缩,High 表示高压缩比压缩。压缩比越低,保存速度越快。通常选择 Fast,将光标定位到 Fast 按钮,按 Enter 键确定,出现如图 6.7 所示提示窗口,单击 Yes 按钮,出现如图 6.8 所示窗口,显示压缩进度。

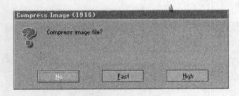

图 6.6 选择压缩方式

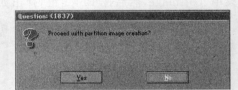

图 6.7 确认信息

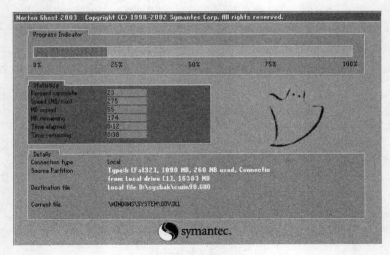

图 6.8 压缩进度

镜像文件建立成功后,会出现提示成功创建窗口,如图 6.9 所示。按 Enter 键即可回到
Ghost 主界面,继续进行其他操作。

图 6.9　压缩完成

2. 使用 Ghost 恢复系统

使用系统还原软件的主要好处就是,在系统中
木马病毒、系统文件丢失或者系统崩溃无法启动的
时候可以迅速地将系统盘中的所有文件及木马病
毒删除,然后把之前备份好的系统镜像文件恢复到
系统盘,使计算机正常运行,从而避免了耗时的安
装操作系统的过程。以下介绍使用 Ghost 还原镜像文件的操作步骤。

和前面使用 Ghost 备份系统文件一样,首先,启动 Ghost,进入 Ghost 主界面,
出现 Ghost 主菜单,依次选择 Local | Partition | From Image 菜单项,出现如图 6.10 所示
窗口。

找到之前备份的镜像文件,单击 Open 按钮,接着会显示该镜像文件的分区信息,单击
OK 按钮,选择目的硬盘,如果当前计算机只有一块硬盘,直接确定即可,接着出现目标分
区。如果要把镜像文件恢复到 C 盘,选择第一个分区。单击 OK 按钮,再次确认是否要把
镜像文件还原至此分区,如图 6.11 所示。

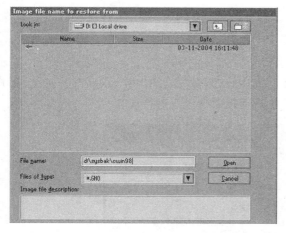

图 6.10　选择要恢复的镜像文件

图 6.11　询问信息

单击 Yes 按钮,开始还原,数据还原完成后,出现还原完毕窗口,选择 Reset Computer,
重新启动计算机即可。

6.3　压缩软件的安装与使用

为了方便信息的存放与传播,通常采用的方法是将其压缩,减小体积。压缩软件具有压
缩和解压缩的功能,目前,较流行的压缩软件是 WinZip 和 WinRAR 等,其中 WinRAR 是一
个文件压缩管理共享软件,它的内置程序可以解开 CAB、ARJ、LZH、TAR、GZ、ACE、
UUE、BZ2、JAR、ISO 等多种类型的档案文件、镜像文件和 TAR 组合型文件。使用
WinRAR 可以很方便地对文件进行压缩和解压缩。下面以 WinRAR 3.91 简体中文版为

例，介绍它的安装和使用方法。

6.3.1　WinRAR 的安装

　　首先获得 WinRAR 3.91 简体中文版自解压程序，然后双击该程序，出现"目标文件夹"对话框，如图 6.12 所示。目标文件夹一般默认为"C:\Program Files\WinRAR"，用户也可以在此重新设置安装路径，单击"浏览"按钮即可进行选择。

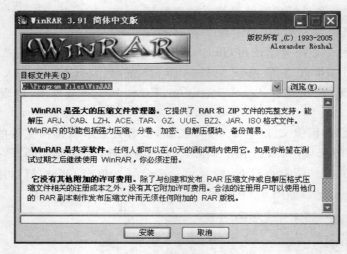

图 6.12　选择目标文件夹

　　然后单击"安装"按钮，开始安装。安装完成后，出现如图 6.13 所示对话框，在此，用户根据需要，可以对 WinRAR 的关联文件、界面以及外壳整合等进行设置。

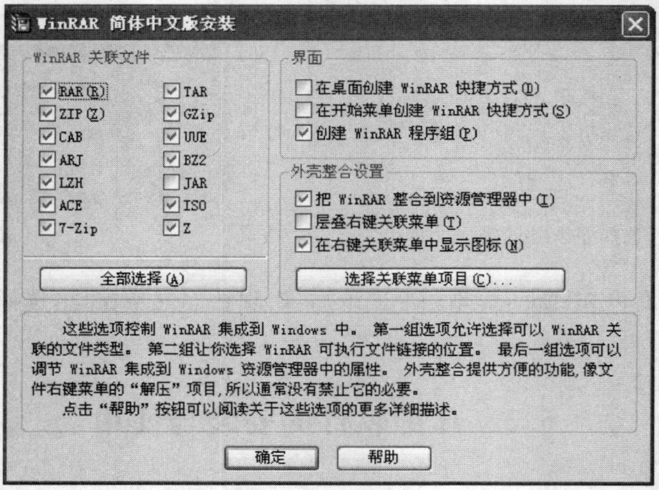

图 6.13　功能设置

　　保留默认设置，单击"确定"按钮，进行功能设置。此过程完成后，出现如图 6.14 所示对话框，单击"完成"按钮，WinRAR 安装完成。

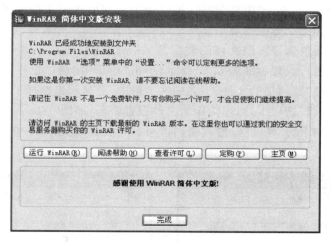

图 6.14 安装完成

6.3.2 使用 WinRAR 压缩文件

WinRAR 最主要的一个功能就是压缩文件,在对文件进行存储和传送之前,经常需要使用 WinRAR 对其进行压缩,这主要有以下几个原因:第一,用 WinRAR 压缩文件可以减小文件大小,当需要在较小的磁盘空间存储文件时,就要用 WinRAR 压缩文件;第二,用 WinRAR 可以将多个文件或文件夹压缩成一个压缩文件,比如,想将多个文件通过 QQ 等通信工具传送给好友,或者将多个文件通过邮箱发送给好友时,就需要用 WinRAR 将这些文件压缩成一个压缩文件。这样,不仅可以减小文件的大小,传送的成功率也较高。

用 WinRAR 压缩文件有两种方式。第一种,右键快捷菜单压缩。右击想要压缩的文件或文件夹,或者选中要压缩的多个文件或文件夹,然后右击,出现如图 6.15 所示快捷菜单,这里和 WinRAR 的压缩功能相关的有 4 个菜单选项(方框标记部分)。

经常用到的是前两个功能,选中"添加到压缩文件",弹出如图 6.16 所示窗口,如果希望对压缩的文件进行更详细的设置,就选择此项。

图 6.15 压缩快捷菜单

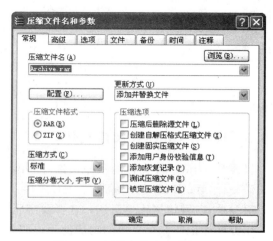

图 6.16 压缩文件名和参数设置

在"常规"选项卡中,单击"浏览"按钮,可以选择压缩后压缩文件所在的文件夹,选择后在"压缩文件名"下面的文本框内显示。反之,压缩文件会自动存放在当前文件夹中。在"压缩文件格式"中,还可以选择压缩文件的类型是 *.rar 还是 *.zip。单击"文件"选项卡,可以对要压缩的文件进行设置。如图 6.17 所示,单击"浏览"按钮可以在已经选择的文件中,加入其他的文件。在"要添加的文件"下面的文本框中,会显示出选择了的文件,多个文件用空格隔开。选择"高级"选项卡,可以为压缩文件设置密码,如图 6.18 所示,单击"设置密码"按钮,出现如图 6.19 所示对话框,输入密码即可。相关设置完成后,单击"确定"按钮开始压缩。

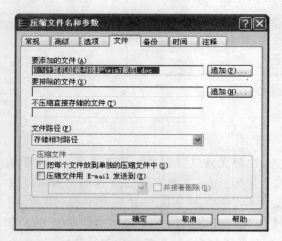

图 6.17　选择要压缩的文件

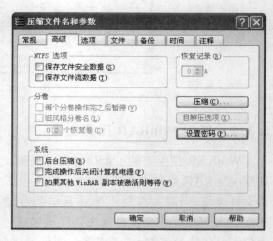

图 6.18　"高级"选项卡

如果选择"添加到'*.rar'",WinRAR 会自动将选择的文件压缩成一个压缩文件保存在当前文件夹里。如果之前选择的是单个文件或文件夹,压缩后的文件名称就会和这个文件或文件夹同名;如果之前选择的是多个文件或文件夹,压缩后的文件名就会和这些文件和文件夹所在的文件夹名相同。

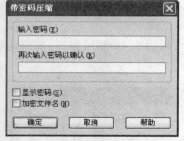

图 6.19　设置密码

第二种方式是使用 WinRAR 主窗口进行压缩,运行 WinRAR,打开其主窗口,如图 6.20 所示。在上面的下拉列表框中定位到要压缩的文件或文件夹所在的目录,选择该文件或文件夹,然后单击工具栏上的"添加"按钮,则会出现如图 6.16 所示的窗口,此后的步骤和第一种方式完全相同。

6.3.3　使用 WinRAR 解压文件

只要是 WinRAR 支持的压缩文件,都可以使用 WinRAR 进行解压缩。和 WinRAR 压缩文件一样,WinRAR 解压缩文件也有两种方式。

第一种,右键快捷菜单解压。选择要解压的压缩文件,右击,弹出如图 6.21 所示菜单,其中用方框标记的 3 个菜单的功能使用说明如下。

选择"解压文件"菜单项后,弹出"释放路径和选择"对话框,如图 6.22 所示。如果希望

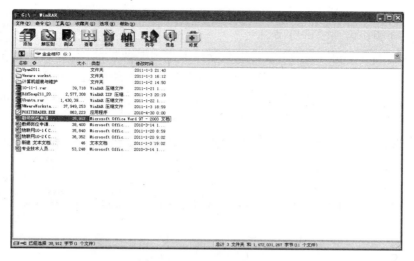

图 6.20　WinRAR 主窗口

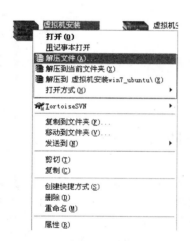

图 6.21　解压文件快捷菜单

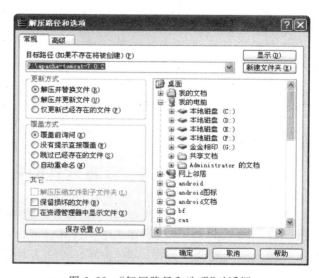

图 6.22　"解压路径和选项"对话框

将压缩文件解压到指定的文件夹中,就选择这种方式,可以在此对解压的文件进行相关的设置,一般选择好路径之后,其他保留默认值即可。

单击"解压到当前文件夹"后,将会把压缩文件解压到当前目录下,一般不建议使用此功能。

单击"解压到 * * *\"后,那么会在压缩文件所在的目录下新建一个和压缩文件名相同的文件夹,然后把压缩文件解压到此文件夹中,一般建议使用这种解压方式。

当然,不管使用哪种解压方式,如果压缩的时候为文件设置了密码,那么解压的时候则会弹出一个密码输入对话框,如图 6.23 所示,输入之前设置的密码,即

图 6.23　输入密码对话框

可进行解压。

第二种，主窗口解压。可以通过双击压缩文件打开 WinRAR 主窗口，或者在"开始"|"程序"菜单中找到 WinRAR 程序运行，在窗口中找到要解压的文件，双击该文件，弹出如图 6.24 所示窗口，此时可以直接双击窗口中显示的压缩文件里的某个文件或文件夹，进行运行或浏览。如果要将文件解压出来，那么就要单击工具栏中的"解压到"按钮，弹出如图 6.22 所示对话框，接下来的步骤与第一种方式相同。

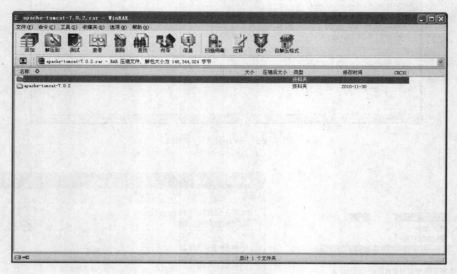

图 6.24　解压文件主窗口

6.4　杀毒软件的安装与使用

和现实世界中的病毒一样，计算机病毒、网络病毒给人们带来了无尽的烦恼，甚至是无法挽回的损失。防护计算机病毒是维护计算机系统的重要环节，据不完全统计，目前全世界的病毒数量已经超过 8 万种，而且每年还以两万种的速度递增，对计算机造成了巨大的危害。此时，杀毒软件无疑是最好的帮手，此类软件已经成为必不可少的日常软件之一。杀毒软件种类繁多，常见的有卡巴斯基（Kaspersky）、诺顿（Norton Antivirus）、瑞星杀毒软件、KV2007、360 杀毒软件等，下面以 360 杀毒软件为例介绍其安装过程和使用方法。

6.4.1　360 杀毒软件的安装

360 杀毒软件是一款集反病毒、反间谍软件、反钓鱼欺骗、隐私保护等功能于一体的免费安全工具，目前最新的版本是 360 v1.2 正式版。此杀毒软件支持 Windows XP SP2 以上（32 位简体中文版）、Windows Vista（32 位简体中文版）、Windows 7（32 位简体中文版）。要安装 360 杀毒软件，可以通过 360 杀毒官方网站（http://sd.360.cn）下载最新版本的 360 杀毒安装程序。

获得 360 v1.2 正式版的安装程序后，直接运行可执行程序即可进行安装。首先弹出如图 6.25 所示窗口。

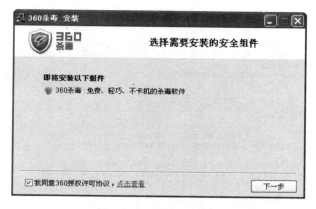

图 6.25　选择安装组件

单击"下一步"按钮,开始下载 360 杀毒安装包,如图 6.26 所示。

图 6.26　下载安装包

此过程结束后,出现安装向导界面,如图 6.27 所示。

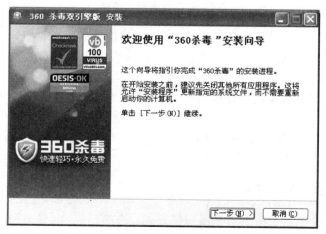

图 6.27　安装向导

接着单击"下一步"按钮,出现许可协议窗口,如图 6.28 所示。

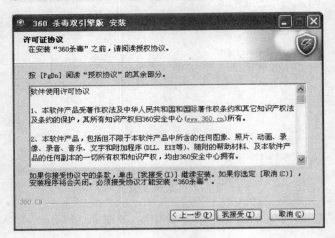

图 6.28　许可协议窗口

单击"我接受"按钮,进入安装路径的选择,如图 6.29 所示。

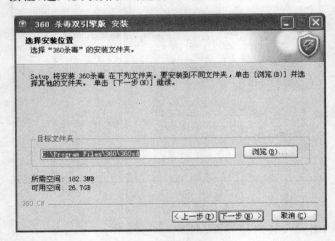

图 6.29　安装路径选择

可以选择将 360 杀毒软件安装到哪个目录下,建议安装默认设置即可安装路径,也可以通过"浏览"按钮选择安装目录,单击"下一步"按钮,接着出现安装选项窗口,如图 6.30所示。

输入想在开始菜单显示的程序组名称,然后单击"安装"按钮,安装程序开始复制文件,如图 6.31 所示。

文件复制完成后,会显示安装完成窗口,如图 6.32 所示,单击"完成"按钮,360 杀毒软件即成功安装到计算机上。

6.4.2　360 杀毒软件的使用

360 杀毒软件提供了 4 种手动病毒扫描方式:快速扫描、全盘扫描、指定位置扫描及右键扫描。快速扫描只扫描 Windows 系统目录及 Program Files 目录;全盘扫描会扫描所有

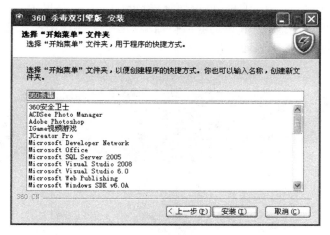

图 6.30 安装选项

图 6.31 复制文件

图 6.32 安装完成

磁盘;指定位置扫描只扫描指定的目录;右键扫描集成到右键菜单中,当在文件或文件夹上单击鼠标右键时,可以选择"使用 360 杀毒扫描"对选中文件或文件夹进行扫描。其中前 3 种扫描都已经在 360 杀毒主界面中作为快捷任务列出,如图 6.33 所示,只需单击相关任务就可以开始扫描。

图 6.33　360 杀毒主界面

360 杀毒扫描到病毒后,会首先尝试清除文件所感染的病毒,如果无法清除,则会提示用户删除感染病毒的文件。木马和间谍软件由于并不采用感染其他文件的形式,而是其自身即为恶意软件,因此会被直接删除。

在处理过程中,由于不同的情况,会出现有些感染文件无法被处理的情况,下面列出对一些常见的失败情况的处理方法。

(1) 清除有密码保护的文件失败。引起这种情况原因是对于有密码保护的文件,360 杀毒无法将其打开进行病毒清理。对于此种情况,可以去除文件的保护密码,然后使用 360 杀毒进行扫描及清除。如果文件不重要,也可直接删除该文件。

(2) 清除压缩文件失败。原因是由于感染病毒的文件存在于 360 杀毒无法处理的压缩文档中,因此无法对其中的文件进行病毒清除。360 杀毒对于 RAR、CAB、MSI 及系统备份卷类型的压缩文档目前暂时无法支持。此种情况,可以使用针对该类型压缩文档的相关软件将压缩文档解压到一个目录下,然后使用 360 杀毒对该目录下的文件进行扫描及清除,完成后使用相关软件重新压缩成一个压缩文档。

(3) 清除正在使用的文件失败。原因是文件正在被其他应用程序使用,360 杀毒无法清除其中的病毒。可以退出使用该文件的应用程序,然后使用 360 杀毒重新对其进行扫描清除。

360 杀毒具有自动升级功能,如果开启了自动升级功能,360 杀毒会在有升级可用时自动下载并安装升级文件。也可以手动进行升级,在 360 杀毒主界面,单击"升级"标签,进入升级界面,如图 6.34 所示。

单击"检查更新"按钮,升级程序会连接服务器检查是否有可用更新,如果有的话就会下

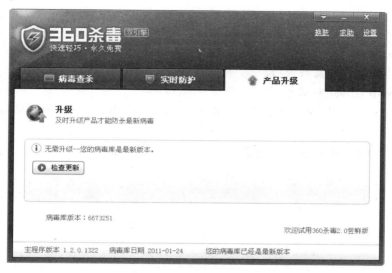

图 6.34　病毒库升级窗口

载并安装升级文件,如图 6.35 所示。

图 6.35　下载病毒库

小　　结

…绍了常用软件的安装与使用方法,包括 Ghost 的安装与使用、WinRAR 的
…360 杀毒软件的安装与使用。掌握这些软件的使用方法对于使用计算机进
…作是非常有用的。

习　题　6

1. 简述应用软件的安装技巧。

2. 练习使用 Ghost 对 C 盘进行备份和还原。

3. 使用压缩软件对多个文件进行压缩,使之成为一个压缩文件,要求解压的时候使用密码。

4. 简述几种常见杀毒软件的优缺点。

第7章 计算机日常维护与常见故障

7.1 计算机的日常维护

为了使计算机有一个高效、稳定、安全、可靠的工作环境,有必要对计算机系统进行适时地维护和维修,以保障计算机系统功能的正常发挥。对计算机系统的维护主要包括对硬件的维护和对软件的维护。下面以计算机系统为例,介绍计算机系统的日常维护和常见故障。

7.1.1 计算机的工作环境

随着计算机系统技术保障水平的不断提高,计算机的使用环境已有了极大的放宽,不再像早期要求的那样严格,但是为计算机提供一个良好的工作环境,仍然是必要的。计算机系统的工作环境主要包括温度、湿度、粉尘、电源稳定、消除静电、电磁干扰、震动和噪声等方面。

温度条件:一般计算机工作在20℃左右的常温环境下。温度过高或过低及陡然变化对计算机设备运行的稳定性、可靠性及寿命都有很大的影响。现在的计算机自身散热性较好,能适应在较高的温度条件下工作,但较高的温度会加速线路板卡的氧化和老化,甚至烧毁计算机的芯片及其他配件。

湿度条件:计算机一般要求相对湿度在30%～70%之间,通风良好。湿度过高时,接插件和集成电路的引线等会氧化和生锈霉烂,造成接触不良和短路。湿度过低时,计算机内的有摩擦的部位(如转动设备)易产生静电并积累,会引起磁盘读写错误,烧坏半导体器件。

粉尘条件:计算机的机箱和显示器等部件都不是完全密封的,要做好日常环境的清洁防尘工作,如果过多的灰尘附着在电路板上,不但会影响散热,还可能引起线路短路。

电源稳定:在我国计算机的外接电源是交流电源220V,波动度应在标准值的±5%以内。电压太低,计算机无法启动;电压过高,会造成计算机系统的硬件损坏;电压不稳容易对计算机电路和元器件造成致命的物理损伤。

静电:由静电造成的损坏包括软件损坏(动作中的信息出现空白、发生错误信号、装置的功能暂发生故障)和硬件损坏(瞬间击穿或在一定时间内击穿)。在安放计算机时,将机壳用导线接地,可以起到很好的防静电效果。

电磁干扰:电磁干扰可使计算机设备的可靠性降低,引起误操作,甚者会使计算机处于瘫痪状态。尤其是磁场对存储设备的影响较大,可能使磁盘驱动器动作失灵、内存信息丢失、数据处理和显示混乱,甚至会毁掉磁盘上存储的数据。

震动和噪声:震动和噪声会造成计算机中部件的损坏,如硬盘的损坏或数据的丢失等,因此计算机不能工作在震动和噪声很大的环境中,如确实需要将计算机放置在震动和噪声大的环境中应考虑安装防震和隔音设备。

除了上述的环境要求外,计算机主机要安放平稳,四周要保留必要的空间,在计算机不用时最好能盖上防尘罩,但要注意在正常使用时,一定要将防尘罩拿下来,以保证计算机的散热。如果长时间不使用计算机,每个月最好能通电启动几次,以保持计算机的良好运转。

7.1.2 计算机硬件的日常维护

良好的使用习惯,对计算机日常维护非常有益。例如正常开关机,开机的顺序是,先打开外部设备(如打印机、扫描仪等)的电源,然后再开主机电源;关机顺序则相反,先关闭主机电源。另外,一般关机后距离下一次开机的时间至少要大于 10 秒;当计算机正在工作(如读写数据)时,应避免进行关机操作,更不能在计算机工作时搬动计算机。

下面简单介绍计算机主要部件的日常维护。

(1) 主板。主板损坏或主板与其他部件接触不良会引起计算机的硬件故障。计算机主板的日常维护主要是做到防尘、防潮,另外,在固定主板时,螺丝不要拧得太紧,各个螺丝要保持同样的力度,防止主板变形。

(2) CPU。尽可能不要去拆装 CPU,清洁机箱和 CPU 后,安装时一定注意要正确安装到位。为保持良好的散热,为 CPU 选一款好的散热风扇。不要通过超频来提高计算机的性能。

(3) 内存。正确插拔内存,在升级内存条容量的时候,尽量要选择和以前品牌、外频一样的,以避免系统运行不正常。

(4) 显卡和声卡。随着计算机硬件技术的快速发展,显卡发热量也在急剧增加,现在的显卡一般也自带有散热器件,平时要注意显卡风扇的运转。对于声卡,应注意在插拔麦克风和音箱时,一定要关闭电源,千万不要在带电环境下进行操作。

(5) 硬盘。硬盘的维护应注意使用稳定的电源供电、保持良好的工作环境、防止震动、定期整理碎片、减少对硬盘的频繁操作、读写过程中(尤其是硬盘指示灯闪烁时)切忌断电,如果是移动硬盘,要先执行硬件安全删除,提示成功后方可拔掉。另外,如果拆卸硬盘,应注意正确拿放硬盘,即抓住硬盘的两侧,避免与其背面的电路板直接接触。

(6) 光驱。注意日常的清洁工作,光驱中不要长时间放置光盘,并且一次使用时间不宜过长,使用的光盘要选用盘片质量好的,光驱读盘时不要强行退盘,应待光驱灯熄灭后再按出盘键取出光盘。

(7) 显示器。目前,显示器主要有两类:CRT 和 LCD。使用 CRT 显示器时应注意防高温、防潮湿、防电磁场、防强光、保持清洁等。LCD 显示器在日常不用时,要降低亮度,最好关闭,以避免屏幕内部烧损,长时间不用时,要定期通电工作一段时间,注意保持清洁和湿度,避免冲击,不要对 LCD 显示表面施加压力。

(8) 键盘。键盘的维护主要是保持清洁,避免液体洒到键盘上。清洁键盘时一定要在关机状态下进行,可用柔软干净的湿布(不宜过湿)来擦拭,按键缝隙间的污渍可用棉签清洁,但不要用医用消毒酒精,以免对塑料部件产生不良影响。另外,在使用键盘的过程中,禁止带电插拔键盘,强烈敲击键盘也会减少键盘寿命,损坏键帽。

(9) 鼠标。避免摔碰鼠标和强力拉拽导线,单击鼠标时不要用力过度,以免损坏弹性开关。最好配一个专用的鼠标垫,如果是光电鼠标的话,要注意保持感光板的清洁。

7.1.3 计算机的性能优化

对计算机性能的优化包括硬件优化和软件优化两个方面。对硬件的优化包括对计算机的 CPU、主板、内存、硬盘等的合理配制、参数的精确调节等。对软件的优化包括对操作系统、应用软件的适当设置。计算机性能优化可以从以下 4 个方面入手。

（1）删除垃圾文件，取消自动运行功能，禁用外部设备，精简输入法，删除多余字体，不用的程序要及时处理，科学管理好注册表，充分、合理利用系统资源。

（2）整理硬盘是一项较为常用的提高速度的方法，如果有条件可以使用专门的磁盘整理工具（如 Norton Speed Disk 2001 等）。打开 DMA 方式，加快数据的传输。

（3）合理设置磁盘缓存大小。磁盘缓存越大读写速度越快，但是使用"磁盘缓存"又会占用物理内存，磁盘缓存越大，可用的物理内存就越少，就会频繁地调用速度相对慢的虚拟内存。

（4）优化 CMOS 设置。为加快启动，可以进入 CMOS 设置来优化 CMOS 参数。关闭不用的硬件和不必要的检测，如可以关闭多余的 IDE 通道、USB 设备等硬件、不进行内存检测，然后把各项 CACHE 打开，把硬盘 ULTRA DMA 打开；进入 Advanced CMOS Setup，将 Quick Boot 设为 Enable，这样可使计算机启动时不检测 1MB 以上的内存，并且节省检测 IDE 硬盘的时间；全部修改完后，保存并退出 CMOS 参数设置。

7.2 计算机故障的分类和处理方法

在介绍计算机系统故障之前，先了解计算机系统的启动过程，将非常有助于判断故障的发生类型，并加快查找排除系统故障根源，迅速解决系统故障。

7.2.1 计算机系统的启动过程

对于计算机系统来说，不管硬件如何配置，其系统的启动过程一般可分为系统加电、POST（Power On Self Test）自检、加载并运行主引导记录 MBR（Main Boot Record）、装载操作系统、启动操作系统、进入桌面 6 个阶段，如图 7.1 所示。

图 7.1 计算机系统启动过程

系统加电是指主机接通电源开始到跳转到系统 BIOS 中的启动代码处结束。电源开始向主板和其他设备供电时，电压并不稳定，此时，主板上的控制芯片组会向 CPU 发出并保持一个 RESET（重置）信号，使 CPU 内部处于初始状态，当供电稳定时，便撤去 RESET 信号（如果是手工按下计算机面板上的 Reset 按钮来重启计算机，那么松开该按钮时芯片组就会撤去 RESET 信号），CPU 从内存地址为 FFFF0H 单元调出指令，并执行，这个地址实际上在系统 BIOS 的地址范围内，无论是 Award BIOS 还是 AMI BIOS，FFFF0H 单元存储的都是一条跳到 BIOS 真正启动代码处的跳转指令，加电过程完成，就开始进入 POST 自检阶段。此过程是非常短暂的，用户感觉不到此过程的存在。

POST（POWER ON SELF TEST）自检是 BIOS 设置的一个功能，由 POST 程序来对内部各个设备进行检查，POST 自检包括 CPU、640KB 基本内存（640KB BASE MEMORY）、1MB 以上扩展内存（EXTEND MEMORY）、ROM（READ -ONLY

MEMORY，只读存储器）、主板、CMOS存储器、串口、并口、显卡、软盘子系统、硬盘子系统、键盘进行测试，一旦发现问题，系统将给出警告或鸣笛警告。检测显卡以前的测试过程称为关键部件测试，如果关键部件有问题，计算机会处于挂起状态，这类故障称为核心故障。计算机将对64KB以上内存、I/O口、软硬盘驱动器、键盘、即插即用设备、CMOS设置等进行检测，并在屏幕上显示各种信息和出错报告，这类故障称为非关键性故障。在正常情况下，POST自检过程只有几毫秒，用户几乎没有感觉。最后根据用户指定的启动顺序从软盘、硬盘或光驱启动。

加载并运行主引导记录（MBR）是指系统BIOS读取并执行硬盘上的主引导记录。主引导记录位于整个硬盘的0柱面0磁道1扇区，共计512B，分为三大部分：主引导程序、硬盘分区表、结束标志，主引导记录的十六进制代码如图7.2所示。系统BIOS根据用户指定的启动顺序从软盘、硬盘或光驱，读取并执行启动盘上的主引导记录，当系统引导扇区发生故障时（比如病毒感染破坏了主引导记录），BIOS会转入用户设置的第二引导盘，如果仍不能找到系统引导盘，会导致引导失败，并给出错误提示。如果主引导记录没有破坏，能正常引导，接下来计算机将从分区表中找到第一个活动分区，准备加载操作系统。

图7.2　主引导记录MBR

装载操作系统时分区引导记录负责读取并执行操作系统的核心引导文件，Windows XP系统启动时需要的核心文件如图7.3所示。核心引导文件是在操作系统内核运行前的一些小程序（主要作用是初始化硬件设备，建立内存空间映射图，从而将系统的软件和硬件环境调配到一个合适的状态，以方便系统内核的调用）。其中Windows XP系统的核心文件boot.ini打开后的内容如图7.4所示。

boot.ini	1 KB	配置设置
bootfont.bin	316 KB	BIN 文件
bootsect.dos	1 KB	DOS 文件
COMMAND.COM	93 KB	MS-DOS 应用程序
CONFIG.SYS	0 KB	系统文件
dhldr	194 KB	系统文件
grldr	197 KB	系统文件
huanjue2boot.bak	1 KB	BAK 文件
IO.SYS	124 KB	系统文件
menu.lst	2 KB	LST 文件
MSDOS.SYS	1 KB	系统文件
NTDETECT.COM	47 KB	MS-DOS 应用程序
ntldr	252 KB	系统文件
pagefile.sys	1,179,648 KB	系统文件

图7.3　Windows XP系统的核心文件

启动操作系统是在操作系统内核文件加载成

图 7.4　Windows XP 系统 boot.ini 文件

功后开始进行（如 Windows 系统内核文件加载成功后，立即进入 Windows 系统的启动画面），如图 7.5 所示。此时核心文件将搜索到的硬件信息写入注册表，并加载对应的硬件驱动程序，启动硬件设备驱动程序，之后开始启动系统子进程，比如 Smss.exe、Csrss.exe、Winlogon.exe、Lsass.exe、Service.exe 和 Svchost.exe 等。

图 7.5　操作系统正在启动

　　启动的最后一步是进入桌面（现在主流的操作系统都具有桌面），也有进入字符界面的，一般会出现命令提示符。Windows XP 系统是蓝天白云桌面，如图 7.6 所示，此时就表明系统已顺利启动。

图 7.6　Windows XP 系统桌面

7.2.2 常见故障的分类

要想快速查找出计算机出现的故障,首先要清楚计算机的故障类型和发生故障的原因。总的来说,计算机故障可以分为硬件故障和软件故障两大类,但是,计算机的故障又呈现多样性和多解性,有时即使是同样的故障表象,但追究其故障的根源却不一定是同一个,所以,维修人员应掌握丰富的有关计算机的基本知识,准确判断故障发生的原因,才能采用正确的维修方法,加快故障维修的速度。

硬件故障主要是指计算机的主板、I/O设备等硬件在使用过程中由于操作不当,硬件老化或者其他原因造成的不可逆转的硬件物理损伤所引起的故障,也就是需要对硬件进行维修或更换的故障。

新的配置合理的计算机一般很少有硬件故障。当然,配置不合理,可能造成硬件不兼容,选用的硬件板卡芯片如果不是由正规厂商生产的,计算机很可能发生硬件故障。一般计算机经过1~2年的使用,会进入硬件故障多发期。特别是在空气潮湿、环境温度变化大、粉尘度高的环境中,必然加速硬件板卡线路和元器件芯片的老化。另外,静电累积、电磁感应也会导致计算机硬件损坏。

硬件故障的表象大部分集中于系统加电和POST自检阶段。如果这两个阶段没有发现硬件问题,而后面出现硬件故障,则一般是硬盘故障。计算机是系统的、复杂的集合体,各板卡之间必须协调工作,如果某一芯片出了故障,可能导致其他的相关硬件也无法工作,但是故障表象不一定是出故障的芯片,而是其他硬件。所以,在分析硬件故障时,一定要注意硬件故障的复杂多变性。表7.1列出了硬件常见故障发生的原因及特点。

表7.1 硬件常见故障发生的原因及特点

发生的原因	环境因素:电磁场、温度、湿度、灰尘、电压、振动和电源不稳等
	时间因素:硬件和软件的更新换代,硬件与硬件、硬件与软件之间的不兼容
	硬件自身因素:线路设计缺陷,工艺粗糙,板卡太薄引起的变形
	人为因素:安装不正确,板卡未插牢固,配置不当
发生的特点	对于新购置的计算机,硬件故障主要由硬件自身因素或人为因素引起
	使用2~3年的计算机,硬件故障主要由环境因素和自身因素引起
	在系统加电和POST自检阶段引起的故障主要是硬件故障
	在计算机系统启动的第3阶段到第6阶段发生的硬件故障主要是硬盘物理损伤(比如坏道)引起
常见故障	电源:主机或显示器没有供电,或者其中之一供电
	板卡芯片:主板芯片、内存、显卡、网卡等接触不良或脱落,或者温度过高导致的烧损
	跳线:主板或硬盘跳线不正确
	连线:主机内部或外部电缆或插头松动脱落
	外围设备:键盘、鼠标等故障导致计算机不工作
	板卡之间兼容性:各板卡之间工作频率不一致,不能协调工作

虽然硬件故障都是可以维修的,但对于芯片和板卡内部的维修必须经过专门培训的专业人员进行,例如 CPU。对于一般的芯片引脚脱落、虚焊等维修,应该持有专门的工具(比如万用表、电烙铁等)来维修,并且维修者还应具备一定的专业知识。对于一般用户,能够准确地判断计算机故障的根源,进行简单的维修,从而维护计算机的正常工作状态就可以。

软件故障主要是指操作系统和其他应用软件本身运行出现的故障,或者是由于自身的相关设置不当,以及由于病毒攻击引起的故障。软件故障不需要对硬件进行维修或更换,一般是可以修复的,但需要注意,某些情况下有的软件故障可以转化为硬件故障。软件故障的诊断及排除通常不需要花费成本,但软件故障与硬件故障相比,发生频率要高得多,因此,对使用者会产生诸多困扰。

软件故障又可细分为系统软件故障和应用软件故障,系统软件故障是指系统软件引起的故障,对于一般用户常见的是操作系统引起的故障。系统软件故障一般都是比较严重的故障,例如死机、黑屏、蓝屏、反复重启、报错、应用软件无法使用等。应用软件故障一般是由于应用软件相关的设置不当、软件自身的缺陷或因病毒攻击破坏而导致软件不能正常使用,甚至计算机系统瘫痪等故障。在计算机使用过程中,随着使用时间的增加,系统日志文件和注册表变得越来越臃肿,软件故障也会越来越多,尤其是大量应用软件的安装将会增加软件故障的发生几率。表 7.2 是软件常见故障发生的原因及特点。

表 7.2　软件常见故障发生的原因及特点

发生的原因	设计缺陷:软件设计,尤其是大型软件的设计(例如操作系统)是复杂、庞大的工程,是由众多人员合作完成的,不可避免会出现一些错误、漏洞和缺陷
	软件兼容性:应用软件与系统软件之间,应用软件相互之间的兼容性差
	资源调用冲突:尤其是一些非正规的应用软件调用已定义或者已经被其他软件使用的资源端口
	病毒攻击:病毒具有破坏性,一旦感染病毒,必然导致相应的故障
	不当操作和系统配置:不当操作会导致核心文件的破坏,CMOS、系统文件和服务的不当配置,也会导致软件故障
发生的特点	从计算机系统启动的 POST 阶段开始一直到进入桌面阶段,每个阶段都可能发生软件故障,主要是系统软件(操作系统)故障
	经过长期使用又没有进行有效维护的计算机系统发生系统软件故障的可能性相对较大
	感染某些特定病毒后,容易导致系统软件故障频繁发生
	安装某些个人私自开发的软件后,容易引起软件故障
	安装多个杀毒软件之后,产生资源调用冲突导致软件故障
常见故障	死机:软件不兼容或资源调用冲突
	蓝屏:误操作或者病毒感染导致
	文件丢失:软件与系统不兼容或者软件之间的不兼容所致
	系统反复重启:COMS 设置不当,或者病毒所致
	系统运行缓慢:病毒或者系统缺乏正确的维护
	文件无法打开:病毒所致或不当操作引起

7.2.3 常见硬件故障维修的一般原则

检测和处理计算机故障时应遵循正确的处理原则，故障处理的一般原则主要包括安全保护、注重调查、先分析后动手、先软后硬、先外后内、归纳分类、先简单后复杂、先主后次、先局部后整体、先电源后其他等方面。

安全保护是指在拆机检修时应首先检查电源是否切断，然后做好相应的安全预防保护措施，以保证设备和人身安全。

注重调查是指注重了解计算机操作系统、应用软件、硬件设备的工作环境和工作要求以及故障设备近期发生的变化等。

先分析后动手是指在检修之前应先根据观察到的故障现象，查阅相关资料，有无相应技术要求、使用特点等，结合具体现象，根据自身的知识和经验对故障进行初步判断和分析，确定从何处入手，如何进行检修，并准备好所需工具，切忌盲目动手，造成故障扩大化。

先软后硬是指在计算机维修判断的过程中，应先检查软件问题，判断是否为软件故障，然后再从硬件方面着手检查。

先外后内是指可以先根据系统报错信息检查外部设备（键盘、鼠标、显示器、打印机等）的各种连线和工作状况是否正常，然后再对机箱内部的部件进行检查，尽可能不盲目拆卸部件。

归纳分类是指平常应注意收集计算机维护的相关知识，将其归纳分类，在维修时运用已掌握的知识、经验，寻找相应的方法和对策分别进行处理。在故障处理之后还应认真记录故障现象和处理方法，并及时总结经验教训，以便日后查询并借此不断提高计算机的维护水平。

先简单后复杂是指进行故障判断先从最简单、最容易的地方开始查找原因，然后逐步深入找到发生故障的原因和部位。有时候看似严重的故障，实际上可能是接触不良或是灰尘过多等微小毛病引起的，所以切勿将计算机故障复杂化。

先主后次是指在故障维修过程中要分清主次，抓主要矛盾。有时计算机在发生故障时，可能会看到不只一个故障现象，这时，应该先判断维修主要的故障现象，然后再维修次要故障现象，有时可能主要故障修复后，次要故障也解决了。

先局部后整体是指有些局部和公用部件发生了故障，可能会给用户一个整体性故障的假象。

先电源后其他是因为电源作为计算机主机的动力供应设备，当电源功率不足、输出电压电流不正常时必然导致各种故障的发生。

7.2.4 常见硬件故障维修的基本方法

计算机维修的方法一般可分为诊断程序检测法、人工检测法和专门仪器检测法三大类。诊断程序检测法是指借助微型计算机系统自带的检测程序或专门的硬件诊断软件对故障设备进行检测；人工检测法是指借助人的各种感官，结合经验常识，进行科学合理的故障检测和维修。专门仪器检测法是指借助万用表、示波器等专业工具进行故障的分析与排除。由于诊断程序检测法和专门仪器检测法都只能检测出一些技术指标和参数，最终的故障确认和维修还要依靠用户的经验常识，所以这里着重阐述人工检测维修的方法。

人工检测维修过程中,一般使用的方法有清洁法、观察法、最小系统法、插拔法、隔离法、替换法、比较法、敲打法、升温降温法、软件测试法等。

清洁法一般适用于使用时间较长或使用环境中灰尘度较大的计算机,发生故障时,可先用专用吹风机对主机内进行清洁,再用毛刷对主板、插卡和外部设备逐一进行表面清洁。如果故障不能排除,再进行其他检查。另外,由于震动、灰尘等其他原因常会造成板卡上一些插卡或芯片金手指氧化而导致接触不良,可用橡皮擦去金手指表面氧化层,重新插接好后,开机检查故障是否已被排除。

观察是指"眼看、耳听、鼻嗅、手摸"等,观察不仅要认真,而且要全面。要观察的内容包括周围环境、硬件及外部设备(包括接插头、座和槽等)、软件、操作的习惯和过程等。它贯穿于维修的整个过程中。"眼看"即观察电源内是否有火花和异常,是否有异物掉进主板的元器件之间(造成短路),系统板卡的插头/插座是否歪斜,电阻或电容引脚是否相碰,表面是否烧焦,芯片表面是否开裂,主板上的铜箔是否烧断,各种插头是否松动,风扇是否运转正常,线缆是否破损、断线或碰线等。"耳听"可以及时发现一些事故隐患,帮助在事故发生时即时采取措施。它是指根据 BIOS 报警声或 Debug 卡判断故障发生的部位,监听电源风扇、软硬盘电动机或寻道机构、显示器变压器等设备的工作声音是否正常。另外,系统发生短路故障时常常伴随着异常声响。"鼻嗅"即辨闻主机、板卡中是否有烧焦的气味,便于发现故障和确定短路所在处。"手摸"即用手按压管座的活动芯片,查看芯片是否松动或接触不良、脱焊、虚焊。另外,在系统运行时,用手触摸或靠近 CPU、显示器、硬盘等设备的外壳,根据其温度可以判断设备运行是否正常;用手触摸一些芯片的表面,如果发烫,则该芯片已损坏。

最小系统是指从维修判断的角度能使计算机开机或运行的最基本的硬件和软件环境,有硬件最小系统和软件最小系统两种形式。硬件最小系统即光板测试,由电源、主板、内存和 CPU 组成。在这个系统中,没有任何信号线的连接,只有电源到主板的电源连接。在判断过程中是通过声音来判断这一核心组成部分是否可正常工作,这种方法可以排除很多由于装配而引起问题。软件最小系统由电源、主板、CPU、内存、显示卡/显示器、键盘和硬盘组成。这个最小系统主要用来判断系统是否可完成正常的启动与运行。最小系统法要先判断在最基本的软、硬件环境中,系统是否可正常工作。如果不能正常工作,即可判定最基本的软、硬件部件有故障,从而起到故障隔离的作用。最小系统法与插拔法结合,能快速地定位发生在其他板卡的故障,提高维修效率。

拔插法是确定主板或 I/O 设备故障的简捷方法。使用该方法前一定要先关闭电源,禁止带电插拔。关机后依次将板卡逐块拔出,每拔出一块板都开机测试系统的运行情况。一旦拔出某块后主板运行正常,那么,故障原因就是该插件板卡有故障或与相应的 I/O 总线插槽及负载有较大关系。若拔出所有插件板后,系统启动仍不正常,则故障很可能就在主板上或电源上。拔插法还有另一层含义:一些芯片、板卡与插槽接触不良,将这些芯片、板卡拔出后再重新正确插入,便可解决因松动或接触不良引起的计算机部件故障。插拔法一般与替换法配合,能较为准确地定位故障部位。

隔离法是指将有可能干扰故障判断,或怀疑有故障的功能屏蔽掉(对于软件来说,即停止其运行,或者卸载;对于硬件来说,是在设备管理器中,禁用、卸载其驱动,或干脆将硬件从系统中去除),以突出可能有故障的板卡,即将可能妨碍故障判断的硬件或软件屏蔽起来的方法。也可用来分析有互相冲突的硬件、软件,以判断故障是否发生变化的一种方法。

替换法是用好的部件去代替可能有故障的部件,以判断故障现象是否消失的一种维修方法。好的部件可以是同型号的,也可能是不同型号的。替换的一般顺序如下。

(1) 根据故障现象或故障类别,考虑需要进行替换的板卡芯片或设备。

(2) 按先简单后复杂、先外后内、先软后硬的顺序进行替换。

(3) 先检查与可能有故障的部位的连线、信号线等,之后替换怀疑有故障的部件,再后是替换供电部件,最后是与之相关的其他部件。根据相关知识和经验,按故障发生率的高低来考虑最先替换的部件。故障率高的部件先进行替换。

比较法与替换法类似,即用好的部件与怀疑有故障的部件进行外观、配置运行现象等方面的比较,也可在两台计算机间进行比较,以判断故障计算机在环境设置、硬件配置方面的不同,从而找出故障部位。

敲打法是指当计算机出现的故障不是经常发生,而是偶尔出现时,就应怀疑计算机中的某部件有接触不良或虚焊造成的故障,此时可通过振动、适当的扭曲,甚至用手或橡胶榔头轻轻敲打机箱或设备的特定部位来促使故障复现,从而判断故障的变化情况,记忆不确定故障点的位置并最终排除故障。

升温降温法采用的是故障促发原理,以制造故障出现的条件来促使故障频繁出现,从而观察和判断故障所在的位置,即人为升高计算机运行环境的温度,检验计算机各部件(尤其是 CPU)的耐高温情况,从而及早发现事故隐患。人为降低计算机运行环境的温度,如果计算机的故障出现率大大减少,则说明故障出在高温或不能耐高温的部件中。使用该方法可缩小故障诊断范围。

软件测试法是指通过随机诊断程序、专用维修诊断卡及根据各种技术参数(如接口地址),自编专用诊断程序来辅助硬件维修,可达到事半功倍之效。软件诊断法要求具备熟练编程技巧,熟悉各种诊断程序与诊断工具(如 Debug、DM 等),掌握各种地址参数(如各种 I/O 地址)以及电路组成原理等。尤其掌握各种接口单元正常状态的各种诊断参考值是有效运用软件诊断法的前提和基础。

7.2.5 常见硬件故障维修的步骤

计算机常见硬件故障的维修步骤如下。

(1) 了解情况。了解故障发生前后的情况,进行初步的判断。如果能了解到故障发生前后尽可能详细的情况,将使现场维修效率及判断的准确性得到提高。了解故障与技术标准是否有冲突。了解情况应借助上述的相关分析判断方法,这样不仅能初步判断故障部位,也对准备相应的维修备件有帮助。

(2) 复现故障。确认故障现象是否存在,并对所见现象进行初步的判断,确定下一步的操作,是否还有其他故障存在。

(3) 判断和维修。对所见的故障现象进行判断、定位,找出产生故障的原因,并进行修复。

(4) 检验。维修后必须进行检验,确认所复现或发现的故障现象已解决,且不存在其他可见的故障。

另外,在维修操作中还应注意以下事项。

(1) 在进行故障现象复现、维修判断的过程中,应避免故障范围扩大;在维修时,须查验、核对装箱单及配置;充分了解出故障时所进行过的操作,维修中注意观察、观察、再观察。

（2）在拆卸过程中要注意观察和记录原来的结构特点,严禁不顾结构特点的野蛮拆卸,以免造成更严重的损坏;在维修过程中,禁止带电插拔各种板卡、芯片和各种外部设备的数据线,否则会造成相应接口电路芯片损坏。

（3）注意周围环境,如电源环境、其他高功率电器、电/磁场状况、计算机的布局、网络硬件环境、温湿度、洁净程度、是否存在变形、变色、异味等异常现象等;注意软硬件环境,如机箱内的清洁度、温湿度,部件上的跳接线设置、颜色、形状、气味等,部件或设备间的连接是否正确,有无错误或错接、缺针/断针等现象,加装的与计算机相连的其他设备等一切可能与计算机运行有关的其他硬件设施,系统中加载了何种软件,它们与其他软、硬件间是否有冲突或不匹配的地方。除标配软件及设置外,要观察设备、主板及系统等的驱动、补丁是否安装,是否合适;要处理的故障是否为业内公认的兼容问题;用户加装的其他应用与配置是否合适。

（4）加电过程中观察元器件的温度,是否有异味,是否冒烟等;拆装部件时要有记录部件原始安装状态的好习惯,且要认真观察部件上元器件的形状、颜色、原始的安装状态等情况,观察用户的操作过程和习惯,及是否符合要求等。

7.2.6 常见软件故障维修的基本方法

与硬件维修相比较,计算机软件故障的维修相对要复杂多变,虽然表面现象看来比较简单,但追究起来要困难得多,比如蓝屏故障,原因有很多种,没有统一的固定维修技巧,因为蓝屏发生的时间、系统运行所处的阶段和当时所运行的其他应用程序不一样,蓝屏出现的提示代码也不一样,但总体上来说,检查软件故障可遵循以下方法。

（1）认真回忆以前的操作是否符合操作规范和要求。

（2）及时升级操作系统补丁,完善其漏洞缺陷。

（3）使用已经被测试发布的正版软件。

（4）检查是否由于病毒或者其他应用程序引起。

（5）检查是否由于操作系统问题引起。

（6）查看系统盘是否有足够的剩余空间,定期删除临时文件。

（7）对于系统文件损坏或丢失,可以使用专业的恢复软件进行检查和修复。

（8）检查用户应用软件的运行环境是否与现有的操作系统相兼容。

（9）使用任务管理器查看后台是否有不正常的程序在运行,并尝试关闭程序只保留最基本的后台核心进程。

7.3 计算机常见故障处理

本节主要介绍计算机常见的加电类故障、启动与关闭类故障、蓝屏死机故障以及其他常见故障和处理方法。

7.3.1 加电类故障

这类故障的外在表象一般可以归纳为 5 种情况。一、主机不能加电,包括不能加电、开机掉闸、机箱金属部分带电等。二、开机后报警，开机无显示，开机后死机或反复重启。三、开机后不能进入 BIOS、刷新 BIOS 后死机或报错；CMOS 掉电、时钟不准。四、自检报错或自检过程中所显示的配置与实际不符。五、计算机噪声大、自动（定时）开（关）机、电源设备问题等其他故障。

引起这类故障的原因可能涉及 3 个方面，第一方面原因是电源、主板、CPU、内存、显示卡或其他板卡的故障；第二方面原因可能是 BIOS 中的设置（可通过放电来回复到出厂预设状态）；第三方面原因是开关或开关线、复位按钮及复位线本身的故障。

下面是这类故障的几个常见实例。

实例 7.1 故障现象：系统完全不能启动，见不到电源指示灯亮，也听不到冷却风扇的声音。这时，基本可以认定是电源部分故障。

故障分析及处理：

（1）检查电源线和插座是否有电。

（2）主板电源插头是否连好。

（3）UPS 是否正常供电。

（4）确认电源是否有故障。

实例 7.2 故障现象：电源指示灯亮，风扇转，但没有明显的系统动作。

故障分析及处理：

（1）这种情况如果出现在新组装计算机上应该首先检查 CPU 是否插牢或更换 CPU，正在使用的计算机的 CPU 损坏的情况比较少见，损坏时一般多带有焦糊味。

（2）如果刚刚升级了 BIOS 或者遭遇 CIH 病毒攻击，BIOS 可能损坏（BIOS 莫名其妙的损坏也是有的）。

（3）首先确认 CPU 和 BIOS 没问题后，可以考虑 CMOS 设置问题，CPU 主频设置不正确也会出现这种故障，可以将 CMOS 信息清除（将 CMOS 放电）。清除 CMOS 信息的操作很简单，一般主板上都有一个 CMOS 放电的跳线，如果找不到这个跳线也可以将 CMOS 电池直接取下来，而且放电时间应达到 5min 以上，然后再将跳线恢复至原来位置或重新安装好电池即可。

（4）如果 CPU、BIOS 和 CMOS 都没问题，则要考虑电源问题。PC 电源有一个特殊的输出信号 PG（POWER GOOD）信号，如果 PG 信号的低电平持续时间不够或没有低电平时间，PC 将无法启动；如果 PG 信号一直为低电平，则 PC 系统始终处于复位状态，这时 PC 出现黑屏、无声响等死机现象。建议采用替换法确认是不是该故障。

（5）如果电源也没有问题，则要检查是否有短路，确保主板表面不和金属（特别是机箱的安装固定点）接触。可以把主板和电源拿出机箱，放在绝缘体表面，如果能启动，说明主板有短路现象。

（6）如果仍不能启动，则要考虑主板问题，主板故障较为复杂，可以使用替换法确认。

实例 7.3 故障现象：电源指示灯亮，系统能启动，但系统在初始化时停止，有扬声器的鸣叫声（没有显示）。

故障分析及处理：

根据扬声器的蜂鸣代码可以判断出故障的部位。开机自检 POST 铃声有特殊的含义，表 7.3 是 Award BIOS 报警声与故障含义对照表。

表 7.3　Award BIOS 报警声与故障含义对照表

报警方式	故 障 含 义
1 短	系统正常启动
3 短	系统加电自检初始化(POST)失败
1 短 1 短 2 短	主板错误
1 短 1 短 3 短	主板电池没电或 CMOS 损坏
1 短 1 短 4 短	ROM BIOS 校验出错
1 短 2 短 1 短	系统实时时钟有问题
1 短 2 短 2 短	DMA 通道初始化失败
1 短 3 短 1 短	内存通道刷新错误(问题范围为所有的内存)
1 短 3 短 2 短	基本内存出错(内存损坏或 RAS 设置错误)
1 短 3 短 3 短	基本内存出错(很可能是 DIMM 槽上的内存损坏)
1 短 4 短 2 短	系统基本内存(第 1 个 64KB)有奇偶校验错误
2 短 1 短 1 短	系统基本内存(第 1 个 64KB)检查失败
3 短 1 短 1 短	第 1 个 DMA 控制器或寄存器出错
3 短 1 短 3 短	主中断处理寄存器错误
3 短 1 短 4 短	副中断处理寄存器错误
3 短 2 短 4 短	键盘时钟有问题,在 CMOS 中重新设置成 Not installed 来跳过 POST
3 短 3 短 4 短	显卡 RAM 出错或无 RAM,不属于致命错误
3 短 4 短 2 短	显示器数据线松动或显卡没插或显卡损坏
3 短 4 短 3 短	未发现显卡的 ROM BIOS
4 短 4 短 1 短	串行口(COM 口、鼠标口)故障
4 短 4 短 2 短	并行口(LPT 口、打印口)错误

根据报警声确定故障后,选作以下相关的检查。

检查计算机设备:周边及计算机设备内外是否有变形、变色、异味等现象;环境的温度、湿度情况;加电后,注意部件、元器件及其他设备是否变形、变色、异味、温度异常等现象发生。

检查环境电压:检查环境电压是否在 220(1±10%)V 范围内,是否稳定(即是否有经常停电或瞬间停电等现象);环境电压接线定义是否正确(即左零右火,不允许用零线作地线用,零线不应有悬空或虚接现象);供电线路上是否接有漏电保护器(且必须接地火线上),是否有地线等;主机电源线一端是否牢靠地插在市电插座中,不应有过松或插不到位的现象,另一端是否可靠地接在主机电源上,不应有过松或插不到位的情况。

检查计算机内部连接:电源开关可否正常地通断,声音清晰,无连键、接触不良现象;其他各按钮、开关通断是否正常;连接到外部的信号线是否有断路、短路等现象;主机电源是否已正确地连接在各主要部件,特别是主板的相应插座中;板卡,特别是主板上的跳接线设置是否正确。

检查部件安装:检查机箱内是否有异物造成短路;或零部件安装上是否造成短路(如P4 CPU 风扇在主板背面的支架安装错位造成的短路等);通过重新插拔部件(包括 CPU、内存),检查故障是否消失(重新插拔前,应该先做除尘和清洁金手指,包括插槽)。如果总是通过重新插拔来解决,应检查部件安装时,是否过松、后挡板尺寸是否不合适、插座太紧,以致插不到位或被挤出;检查内存的安装,要求内存的安装总是从第一个插槽开始顺序安装。如果不是这样,请重新插好。

检查加电后的现象:按下电源开关或复位按钮时,观察各指示灯是否正常闪亮;风扇(电源的和 CPU 的等)的工作情况,不应有不动作或只动作一下即停止的现象;注意倾听风扇、驱动器等的电动机是否有正常的运转声音或声音是否过大;主机能加电,但无显示,应倾听主机能否正常自检(即有自检完成的鸣叫声,且硬盘灯能不断闪烁),若有,先检查显示系统是否有故障,否则检查主机问题;对于开机噪声大的问题,应分辨清噪声大的部位,一般情况下,噪声大的部件有风扇、硬盘、光驱和软驱动机械部件。对于风扇,应通过除尘来检查,如果噪声减小,可在风扇轴处滴一些钟表油,以加强润滑。

7.3.2 启动与关闭类故障

这类故障的外在表象一般可以归纳为 6 种情况。

(1) 启动过程中死机、报错、黑屏、反复重启。

(2) 启动过程中报某个文件错误。

(3) 启动过程中,总是执行一些不应该的操作(如总是磁盘扫描,启动一个不正常的应用程序等)。

(4) 只能以安全模式或命令行模式启动。

(5) 登录时失败、报错或死机。

(6) 关闭操作系统时死机或报错。

引起这类故障的原因可能涉及两个方面,一方面是 BIOS 设置、启动文件、设备驱动程序、操作系统/应用程序配置文件等;另一方面是电源、磁盘及磁盘驱动器、主板、信号线、CPU、内存和其他板卡故障。

遇到此类故障时要注意屏幕报错的内容、死机的位置,以确定故障可能发生的部位,同时做环境检查,具体包括计算机周边及外观检查、驱动器连接检查、其他部件的安装检查等。

计算机周边及外观检查:外接电源连接线连接是否牢靠,主机硬盘指示灯是否正确闪亮,系统是否有异味,元器件的温度是否偏高,CPU 风扇的转速是否正常、稳定,驱动器工作时是否有异响。

驱动器连接检查:驱动器的电源连接是否正确、牢靠,驱动器上的跳线设置是否与驱动器连接在电缆上的位置相符;驱动器数据电缆是否接错或漏接,规格是否与驱动器的技术规格相符(如支持 DMA66 的驱动器,必须使用 80 芯数据电缆);驱动器数据电缆是否有故障(如露出芯线、有死弯或硬痕等);驱动器是否通过其他板卡连接到系统上,或通过其他板卡(如硬盘保护卡、双网隔离卡等)来控制。

其他部件的安装检查:通过重新插拔部件(包括 CPU、内存),检查故障是否消失(重新插拔前,应该先做除尘和清洁金手指,包括插槽)。如果总是通过重新插拔来解决,应检查部件安装时,是否过松、后挡板尺寸是否不合适、插座太紧,以致插不到位或被挤出;检查 CPU 风扇与 CPU 是否接触良好,最好重新安装一次。

如果以上检查不能确定故障原因,再做 BIOS 设置检查和软件最小系统检查。

BIOS 设置检查:是否是刚更换完不同型号的硬件。如果主板 BIOS 支持 BOOTEasy 功能或 BIOS 防写开关打开,则建议将其关闭,待完成一次完整启动后,再开启;是否添加了新硬件。这时应先去除添加的硬件,看故障是否消失,若是,检查添加的硬件是否有故障,或系统中的设置是否正确（通过对比新硬件的使用手册检查）；检查 BIOS 中的设置，如：启动顺序、启动磁盘的设备参数等，检查是否由于 BIOS 问题（包括设置及功能）引起操作系统不能正常启动或关闭；在某些特殊情况下，应考虑更新 BIOS 来检查。如：对于在第一次开机启动后，某些应用或设备不能工作的情况，除检查设备本身的问题外，就可考虑更新 BIOS 来解决。

软件最小系统检查包括磁盘逻辑检查、操作系统配置检查、硬件部件检查。磁盘逻辑检查是根据启动过程中的错误提示，相应地检查磁盘上的分区是否正确，分区是否激活，是否格式化，是否有启动时所用的启动文件或命令。操作系统配置检查根据显示出现文件错误的提示修复文件；在不能启动的情况下，建议恢复注册表到前期备份的注册表的方法检查故障是否能够消除；如果能启动，则检查系统中有无第三方程序在运行，或系统中有无不当的设置或设备驱动引起启动不正常。在这里特别要注意 Autoexec.bat 和 Config.sys 文件，应屏蔽这两个文件，检查启动故障是否消失；当启动中显示不正常时（如黑屏、花屏等），应按显示类故障的判断方法进行检查，但首先要注意显示设备的驱动程序是否正常，显示设置是否正确。硬件部件检查主要是针对启动的驱动器是通过另外的控制卡连接的情况，要将驱动器直接连接在默认的驱动器接口上（在主板上）；当在软件最小系统下启动正常后，应逐步回复到原始配置状态，来定位引起不能正常启动的部件。

对于不能正常关机的现象，应从下列几个方面检查：在命令提示符下查看 BOOTLOG.TXT 文件（在根目录下）。此文件是开机注册文件，它里面记录了系统工作时失败的记录，保存一份系统正常工作时的记录，与出问题后的记录相比较，找出有问题的驱动程序，或在注册表中找到相关联的对应键值，更改或升级该驱动程序，有可能将问题解决；检查是否有一些系统文件损坏或未安装；应用程序引起的问题，关闭启动组中的应用程序，检查关机时的声音程序是否损坏；检查是否有某个设备引起无法正常关机，比如网卡、声卡，可通过更新驱动或更换硬件来检查等。

实例 7.4 BIOS 开机自检常见提示故障。

计算机在开机自检时出现问题后会有各种各样故障的英文提示，这些英文短句中隐含着非常重要而且明确的提示信息，了解这些信息对于解决一些问题会起到事半功倍的作用，表 7.4 是一些常见的 BIOS 故障分析及处理方案。

表 7.4 常见的 BIOS 故障及解决方案

提示信息	含　义	原因及解决
CMOS Battery Failed	CMOS 电池失效	CMOS 电池没电，需要更换新的电池
CMOS Check Sum Error-Defaults Loaded	CMOS 执行全部检查时发现错误，需要载入出厂值	出现这句话可以先换个电池试试，如果问题还是没有解决，可能 CMOS RAM 有问题，需联系售后维修
Keyboard Error Or No Keyboard Present	当前键盘有错误或者未连接键盘	检查一下键盘的连线是否松动或者损坏
Hard Disk Install Failure	硬盘安装失败	可能是硬盘的电源线或数据线未接好或者硬盘跳线设置不当（一个设为 Master，另一个设为 Slave）

提示信息	含　义	原因及解决
Secondary Slave Hard Fail	检测从盘失败	可能是 CMOS 设置不当,比如根本没有从盘但在 CMOS 里设有从盘,这时可以进入 CMOS 设置选择 IDE HDD auto Detection 进行硬盘自动侦测。也可能是硬盘的电源线、数据线没有连接好或者硬盘跳线设置不当
Floppy Disk（s）Fail 或 Floppy Disk(s) Fail(80)或 Floppy Disk(s) Fail(40)	软盘驱动器无法驱动	检查软驱的电源线和数据线有没有松动或者是接错,或者是把软驱连接到其他计算机上试一试
Hard Disk（s）Diagnosis Fail	执行硬盘诊断时发生错误	这个故障一般就是说硬盘本身出现故障了,可以把硬盘连接到其他计算机上试一试
Memory Test Fail	内存检测失败	出现这种问题一般是因为内存条互相不兼容
Override Enable-defaults Loaded	当前 CMOS 设定无法启动系统,载入 BIOS 中的出厂默认值以便启动系统	一般是在 COMS 内的设定出现错误,只要进入 COMS 设置选择 Load Setup Defaults 载入系统出厂默认值,然后重新启动即可
Hareware Monitor Found an Error, Enter Power Management Setup For Details, Press F1 To Continue, Del To Enter Setup	硬件监视功能发现错误,进入 Power Management Setup 选项察看详细资料,按 F1 键继续开机程序,按 Del 键进入 COMS 设置	当主板具备硬件的监视功能时,可以设定主板与 CPU 的温度监视、电压调整器的电压输出准位监视和对各个风扇转速的监视,当在开机时上述监视功能发现有异常情况,便会出现上述这段话,这时可以进入 COMS 设置选择 Power Management Setup 项进行解决

7.3.3　常见蓝屏、死机故障

蓝屏、死机是比较常见的故障现象,由于一旦计算机出现蓝屏、死机,就无法使用软件或工具对计算机进行检测,维修起来令人头痛。

蓝屏、死机一般表现如下:

（1）加电后主机没有任何反应,电源指示灯不亮,风扇不转;

（2）系统不能正常启动,在启动过程中突然画面停滞;

（3）在启动过程中显示器黑屏或在使用过程中显示器黑屏;

（4）图像"凝固",不进行更新,但键盘灯能够打开和关闭;

（5）键盘锁死没有反应;

（6）鼠标能够正常移动但是主机没有反应;

（7）软件运行非正常中断出现蓝屏;

（8）偶然性地出现蓝屏。

引起这类故障的原因可能是 BIOS 设置不当、硬件或软件的冲突、硬件的品质和故障、计算机系统资源耗尽、系统文件遭到破坏、计算机内部散热不良、用户误操作、病毒或黑客程序的破坏等。

针对以上原因,在日常维护中为防范蓝屏、死机的出现,应正确设置 BIOS 信息,错误的设置可能会导致死机;经常检查计算机配件接触情况,板卡接触不良可能会引起死机;定期清洁机箱,灰尘太多会使板卡间接触不良,可能会引起死机;坚持认真查杀病毒,对来历不明的光盘或软盘,不要轻易使用,对邮件中的附件,要先用杀毒软件杀毒后再打开,避免感染病毒造成蓝屏、死机;正确开关机,在应用软件未正常结束运行前关闭电源,可能会造成系统文件损坏或丢失,引起死机;注意系统资源占用情况,避免多任务同时进行,否则可能会导致系统资源不足,引起系统死机,尤其是在执行磁盘整理或用杀毒软件检查硬盘期间,不要运行其他软件,否则也会造成死机;勿过分求新,刚开发的程序往往不够稳定,可能对整个计算机系统造成损害,引起系统蓝屏、死机;卸载软件时,用自带的反安装程序或 Windows 里面的安装/卸载方式,不要直接删除程序文件夹,否则,可能会造成应用软件无法使用而蓝屏、死机;设置硬件设备时,要检查有无保留中断(IRQ),避免引起中断冲突,造成系统蓝屏、死机;对于系统文件或重要的文件,可以使用隐含属性,这样不至于因误操作而删除这些文件,引起系统蓝屏、死机;CPU、显卡等配件不要设置为超频状态,这些部件长期在非正常频率和温度下工作,轻则自动重启、蓝屏、死机,重则烧毁 CPU、显卡和主板。

蓝屏、死机的故障一般可以通过以下处理方法解决。

(1) 重启,有时只是某个程序或驱动程序一时犯错,重启后会自动纠正错误。

(2) 检查新硬件是否插牢,或者更换一个插槽,以及是否与操作系统相互兼容。

(3) 检查新驱动和新服务,如果新添加了某个驱动程序或服务,或是更新了某个驱动,在重启或使用中出现蓝屏故障,可到安全模式中卸载或禁用它们。

(4) 检查病毒,冲击波和振荡波等病毒有时会导致 Windows 蓝屏死机,某些木马间谍软件也会引发蓝屏。

(5) 检查 BIOS 和硬件兼容性,新装的计算机出现蓝屏问题时,应该检查并升级 BIOS 到最新版本,同时关闭其中的内存相关项。主板 BIOS 无法支持大容量硬盘也会导致蓝屏,同样也应考虑对其进行升级。

(6) 检查系统日志,注意检查"系统日志"和"应用程序日志"中标明"错误"的项。

(7) 查询停机码,停机码用于识别已发生错误的类型,紧随停机码后面的是被括号括起来的四个数字集,表示随机的开发人员定义的参数(这个参数对于普通用户根本无法理解,只有驱动程序编写者或者微软操作系统的开发人员才懂)。蓝屏、死机代码含义可以在微软帮助与支持网站(http://support.microsoft.com)中查询。

(8) 安装最新的操作系统漏洞补丁。

实例 7.5 故障现象:蓝屏停机提示信息 STOP:0x0000008E。

故障分析:0x0000008E 错误表示内核程序遇到了问题,但 Windows 错误处理器无法准确捕获错误类型。这个错误的可能原因较多。如果遇到 0x0000008E 错误,建议检查一下完整的蓝屏故障提示,看看有没有提到引起错误的具体是哪个文件,如果在蓝屏故障提示中看到某应用软件或某硬件设备驱动程序的文件名,问题一般与相应的应用软件或硬件设备有关;如果在蓝屏故障提示中没有显示引起错误的文件名,通常需要综合其他故障信息判断故障原因,建议检查一下 Windows 事件查看器,看看有没有相应的记录。图 7.7 所示的故障是因为显卡兼容性所致。

故障处理:卸载原来的显卡和显卡驱动程序,更换一块新显卡,并重新安装对应的显卡驱动程序即可以解决此蓝屏故障。

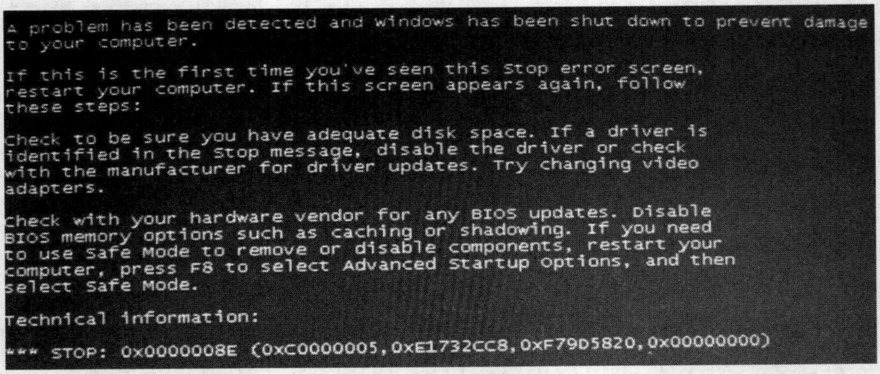

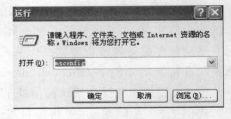

A problem has been detected and windows has been shut down to prevent damage to your computer.
If this is the first time you've seen this Stop error screen, restart your computer. If this screen appears again, follow these steps:
Check to be sure you have adequate disk space. If a driver is identified in the Stop message, disable the driver or check with the manufacturer for driver updates. Try changing video adapters.
Check with your hardware vendor for any BIOS updates. Disable BIOS memory options such as caching or shadowing. If you need to use Safe Mode to remove or disable components, restart your computer, press F8 to select Advanced Startup Options, and then select Safe Mode.
Technical information:
*** STOP: 0x0000008E (0xC0000005,0xE1732CC8,0xF79D5820,0x00000000)

图 7.7　STOP：0x0000008E 蓝屏

7.3.4　其他常见故障处理实例

实例 7.6　系统核心文件进程发生故障。

当 Windows 以正常方式启动时，许多程序会自动启动并在后台运行，这些程序可能包括第三方防病毒程序和系统应用程序，而 Windows 系统的核心文件和进程是固定的，而且明确，很容易被病毒或黑客攻击而造成故障，故障表现形式也多样化，当 Windows 系统的核心文件和进程被病毒或黑客攻击而造成故障时最好的办法就是采用最小系统法(这里是指操作系统的最小系统)。最小系统是指 Windows 在启动时仅加载一组所必需的基本设备和服务来实现 Windows 系统的启动，这样可以最大化消除软件之间的冲突问题。

使用最小系统时必须以管理员的成员身份登录才能实现启动过程，某些计算机网络策略设置也可能导致最小系统法无法完成启动。同时，最小系统法可能会暂时丧失某些功能，但再以正常方式启动计算机时，这些功能又会恢复。最小系统启动配置步骤如下。

第 1 步，选择“开始”|“运行”菜单项，在弹出的“运行”对话框中输入“msconfig”，然后单击“确定”按钮，如图 7.8 所示，启动“系统配置实用程序”对话框。

运行
请键入程序、文件夹、文档或 Internet 资源的名称，Windows 将为您打开它。
打开(O): msconfig
确定
取消
浏览(B)...

图 7.8　“运行”对话框

第 2 步，单击“服务”选项卡，在对话框的最下边，选中“隐藏所有 Microsoft 服务”复选框，单击“全部禁用”，如图 7.9 所示。

第 3 步，单击“启动”选项卡，然后单击“全部禁用”，最后单击“确定”按钮，如图 7.10 所示。

第 4 步，系统提示重新启动计算机，单击“重新启动”，如图 7.11 所示，并重新登录系统。

当 csrss. exe 进程被中断结束后会造成蓝屏故障，如图 7.12 所示，其代码显示为 0x000000F4。

当 winlogon. exe 进程被中断结束后造成的蓝屏故障，如图 7.13 所示，其代码显示为 c000021a。

当系统引导盘中的系统核心文件 ntldr 被删除时，重新启动系统后，将无法进入操作系统，会出现如图 7.14 所示的黑屏界面提示，如果是删除 NTDETECT. COM 核心文件，重新

图 7.9 "服务"选项卡

图 7.10 "启动"选项卡

图 7.11 "系统配置"对话框

启动系统后,系统会从"系统加电"开始到"装载操作系统"结束,反复进行此过程。此时可以使用系统维护工具 Windows PE 把 ntldr 和 NTDETECT.COM 系统核心文件重新复制回系统引导盘中即可解决此故障。

如果关闭 lsass.exe 进程和 services.exe 进程,会弹出如图 7.15 和图 7.16 所示的对话框,此时可以在任务管理器中打开创建新任务对话框,输入"shutdown -a",并单击"确定"按钮即可,如图 7.17 所示。

```
A problem has been detected and windows has been shut down to prevent damage
to your computer.

A process or thread crucial to system operation has unexpectedly exited or been
terminated.

If this is the first time you've seen this stop error screen,
restart your computer. If this screen appears again, follow
these steps:

Check to make sure any new hardware or software is properly installed.
If this is a new installation, ask your hardware or software manufacturer
for any windows updates you might need.

If problems continue, disable or remove any newly installed hardware
or software. Disable BIOS memory options such as caching or shadowing.
If you need to use Safe Mode to remove or disable components, restart
your computer, press F8 to select Advanced Startup Options, and then
select Safe Mode.

Technical information:

*** STOP: 0x000000F4  (0x00000003,0x81F5E810,0x81F5E984,0x806066D6)
```

图 7.12 结束 csrss.exe 进程造成的蓝屏

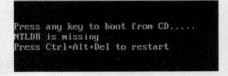

```
STOP: c000021a Unknown Hard Error
Unknown Hard Error
```

图 7.13 结束 winlogon.exe 进程造成的蓝屏

```
Press any key to boot from CD.....
NTLDR is missing
Press Ctrl+Alt+Del to restart
```

图 7.14 删除 ntldr 文件后的黑屏界面

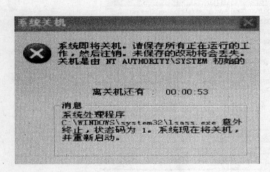

图 7.15 结束 lsass.exe 引起的"系统关机"窗口

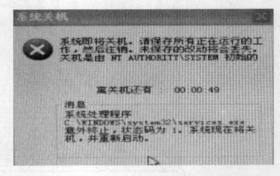

图 7.16 结束 services.exe 引起的"系统关机"窗口

图 7.17 "创建新任务"窗口

实例 7.7 电源故障。

故障现象：开机后，计算机不启动，屏幕无显示，扬声器无响声。

故障分析：电源功率不够、保险丝熔断、电源输出电压不准、主板故障引起的电源保护等。

故障处理：依次处理步骤如下。

（1）关机，静态测量 4 档电源对地的电阻，若小于几欧姆，说明电源有短路现象。

（2）开机测量电源电压是否正常。

（3）接上主板，若仍启动不了，说明电源负载（主板）有问题。

（4）关机，测量主板电源插头＋12V、－12V、－5V、＋5V，对地电阻，如果发现电阻接近于 0，则说明主板有短路现象。

实例 7.8 主板或显卡故障。

故障现象：开机后显示器黑屏，或者无信号。

故障分析：BIOS/CMOS 参数设置、COU 温度过高、主板局部电路或显卡有损、显卡兼容等原因。

故障处理：依次处理步骤如下。

（1）首先要确定电源和显示器没有问题，然后检查 BIOS/CMOS 参数设置是否正确。比如您的计算机装有两个显卡，你在 BIOS/CMOS 里设置的是第一个初始化 PCI 显卡，而你的唯一的显示器接在 AGP 显卡上，显示器当然是不会亮的。

（2）检查 CPU 环境温度是不是过高等，主板内部的各个风扇能否正常工作。

（3）检查显卡安装是否正确、显卡与主板插槽是否接触良好？如果显卡或插槽积压灰尘太多，会造成接触不良，认真查看主板或显卡上的芯片是否有烧焦、开裂的痕迹、电容损坏等。如果确认安装正确，同时也没有接触不良和芯片烧损，则取下显卡用橡皮擦试插脚的金手指或者换一个插槽安装。如果还不行，就要考虑显卡与主板的兼容性。另外，由于其他板卡（如声卡）和设备（如硬盘）的故障，从而导致系统初使化不能完成，也容易造成无显示的故障。

（4）如果显示器在是在加载操作系统的画面后出现黑屏，那这就只是系统软件方面的问题。

实例 7.9 硬盘故障。

故障现象：硬盘有异常声响，噪声较大；BIOS 中不能正确地识别硬盘、硬盘指示灯常亮或不亮、硬盘干扰其他驱动器的工作等；不能分区或格式化、硬盘容量不正确、硬盘有坏道、数据损失等；逻辑驱动器盘符丢失或被更改、访问硬盘时报错等；硬盘数据的保护故障；第三方软件造成硬盘故障；硬盘保护卡引起的故障。

故障分析：硬盘本身设置不当或主板上的磁盘接口、电源、信号线有问题。

故障处理：首先建议在软件最小系统下进行检查，并判断确认故障原因。检查包括硬盘连接是否正确可靠、跳线是否正确、数据线是否接错、供电电压是否在允许范围内、硬盘电路板上的元器件是否有变形、变色，及断裂缺损等现象。

另外，还要查阅当前主板的技术规格是否支持所用硬盘的技术规格，如：对于大于 8GB 硬盘的支持、对高传输速率的支持等，以及对硬盘逻辑结构检查等。注意硬盘参数与设置能否被系统正确识别、识别到的硬盘参数是否正确；BIOS 中对 IDE 通道的传输模式设置是否正确（最好设为"自动"）。显示的硬盘容量是否与实际相符、格式化容量是否与实际相符（注意，一般标称容量是按 1000 为单位标注的，而 BIOS 中及格式化后的容量是按 1024 为单位显示的，二者之间有 3%～5% 的差距。格式化后的容量一般会小于 BIOS 中显示的容量）。硬盘的容量根据系统所提供的功能（如带有一键恢复），应比实际容量小很多。

对于加电后，硬盘声音异常、根本不工作或工作不正常的情况，应检查电源是否有问题、数据线是否有故障、BIOS 设置是否正确等,然后再考虑硬盘本身是否有故障,应使用相应硬盘厂商提供的硬盘检测程序检查硬盘是否有坏道或其他可能的故障。

　　如果在开机自检过程中,遇到屏幕上出现"Disk boot failure, insert system disk and press enter"等类似信息,如图 7.18 所示,自检资源列表上显示主设备连线上没有硬盘,从设备连线上只有一个 DVD 光驱,"Disk boot failure, insert system disk and press enter"提示信息,这说明 BIOS 找不到引导硬盘,从而提示插入系统硬盘,并按 Enter 键进行确认。

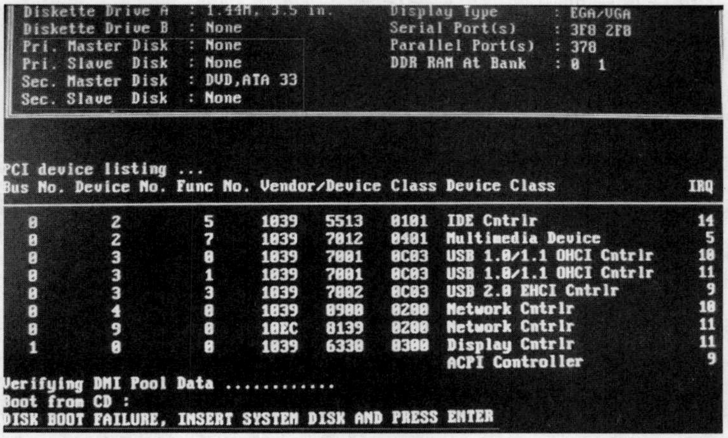

图 7.18　硬盘引起的故障

　　当不能从硬盘启动时,可以用软盘或优盘启动(注意 BIOS 设置中的引导顺序)后,查看能否访问硬盘。如果能够访问硬盘(比如说能列出 C 盘目录),说明很可能只是操作系统被破坏,其他数据应无太大的问题,否则硬盘的主引导区或可引导分区的引导区被破坏。我们可以使用 DEBUG 或 Norton Disk Editor(菜单 Object/ Partition table)等工具软件查看硬盘的主引导区是否正常。

　　如果无法访问主引导记录扇区,首先应排除硬盘的物理故障之后,再查看引导程序和分区表是否正常,可以反汇编查看指令或与正常的主引导扇区对比,当然把硬盘取下来挂在其他正常计算机上进行查看相对更容易操作一些,当然需要借助专业的工具,如 winhex。如果发现引导程序异常则可使用杀毒软件清查病毒或恢复主引导区。在恢复主引导区时,如果你是使用纯净的操作系统盘安装的系统,请仍然使用原来的安装盘,在 BIOS 里设置为从光驱引导,按下计算机的重启按钮,使系统重启,进入光盘引导后,计算机主机会检测一会儿,然后按照提示选择进入控制台恢复,会进入命令行,输入 fixmbr,然后回车换行,再次输入 fixboot,重启后就可以进入系统。如果是 Ghost 版系统,也仍然是使用 Ghost 系统盘进入命令行,输入 fdisk(空格)/mbr,按 Enter 键即可。

　　主引导记录扇区中的出错信息包含有"No active partition"、"Invalid partition table"、"Error loading operating system"和"Missing operating system"等。

　　在恢复主引导区之后,如果仍然不能正常启动操作系统,但已能够访问 C 盘,那么可以备份重要信息、重装操作系统即可。如果 C 盘仍然无法访问,则可以断定 C 盘的引导区(包含磁盘参数表等重要信息)或文件系统(FAT、FDT)已经损坏。这种情况手工修复较为复杂,而且容易产生误操作,可以使用一些专业软件对硬盘进行诊断测试、修复和恢复数据。

在诊断、修复结束后重新启动计算机,若能实现对 C 盘进行访问,应赶紧备份数据、重装操作系统简单地恢复硬盘功能。否则只能尝试手工或通过其他方法恢复。

对于硬盘磁道出现物理损伤的情况(表现为读写硬盘时提示"Sector not found"或"Gener al error in reading drive C"等类似错误信息),首先我们可以利用 Norton Disk Doctor 或 Scandisk 等工具软件对硬盘进行表面扫描测试。当只有少数磁道出现坏扇区时,我们可以使用一些专业软件对硬盘进行修复,修复后仍可以照常使用;当出现大面积的坏区时,或者几乎每道都有坏区时,就有必要考虑舍弃一部分坏扇集中的区域。

对于其他硬盘故障的处理,如文件系统的损坏、文件丢失等,对一般用户来说,最好使用工具软件进行处置,以避免手工误操作的发生。FinalData 是一个优秀的磁盘数据恢复工具软件。FinalData 只有 1.3MB 大小,是免安装类型的软件。

实例 7.10 文件丢失类故障。

第 1 步,双击执行 FinalData 可执行文件后,出现如图 7.19 所示的运行过程。

第 2 步,FinalData 启动后,选择"文件"|"打开"菜单项,如图 7.20 所示,弹出"选择驱动器"对话框。

图 7.19　FinalData 正在启动

第 3 步,在"选择驱动器"对话框中,有两个选项:逻辑驱动器是指按分区来恢复数据,物理驱动器是指按整个磁盘来恢复数据,这里我们选择 G 分区来恢复数据,即"逻辑驱动器"选项,如图 7.21 所示,单击"确定"按钮,弹出"选择要搜索的簇范围"对话框。

图 7.20　FinalData 窗口

图 7.21　"选择驱动器"对话框

第 4 步,在"选择要搜索的簇范围"对话框中,可以自定义要搜索的范围,在这里选择默认,如图 7.22 所示,单击"确定"按钮后,弹出"簇扫描"对话框,如图 7.23 所示。

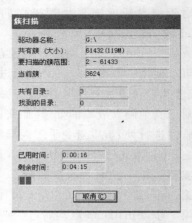

图 7.22 "选择要搜索的簇范围"对话框   图 7.23 "簇扫描"对话框

第 5 步,FinalData 对簇扫描结束后,显示了所扫描到的文件名称、状态、文件大小、文件所在簇的位置、修改日期,文件类型等,如图 7.24 所示。

图 7.24 FinalData 扫描结束后窗口

第 6 步,选中某一个文件,打开"文件"菜单,单击"恢复",如图 7.25 所示,弹出"选择要保存的文件夹"对话框,选择文件要恢复的目标路径,这里选择 C 盘,如图 7.26 所示,单击"保存"按钮,弹出"保存"对话框,如图 7.27 所示。

第 7 步,恢复完毕后,在 C 盘根目录下可以找到所恢复的文件和文件夹,如图 7.28 所示。

图 7.25　选择"恢复"菜单

图 7.26　"选择要保存的文件夹"对话框

图 7.27　"保存"对话框

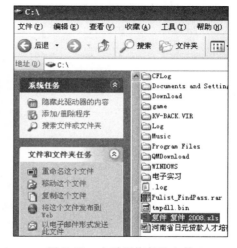

图 7.28　查看所恢复的文件

　　对于关于硬盘保护卡所引起的问题,应从以下几方面考虑:安装硬盘保护卡,应注意将 CMOS 中的病毒警告关闭、将 CMOS 中的映射地址设为不使用(disable)、将 CMOS 中的第一启动设备为设为 LAN。硬盘保护卡不起保护功能,先检查用户是否关闭了硬盘保护功能,或者重新插拔一下硬盘保护卡,并检查其驱动软件是否已安装。

小　　结

　　本章主要介绍了计算机日常维护地方法、原则,以及计算机常见故障的分类方法,计算机使用者应该熟练掌握计算机最基本的维修方法,提高计算机的应用水平,本章还重点介绍了一些常见故障的现象和处理方法。

习 题 7

1. 简述计算机的工作环境。
2. 如何对计算机的软硬件进行维护？
3. Windows 系统的启动过程分几步？
4. 常见的计算机故障分为几类？
5. 举几个例子说明蓝屏、死机的处理方法。

第 8 章　计算机 Internet 接入与故障排除

8.1　Internet 接入技术

　　接入 Internet 的用户分为两种类型：一类作为终端用户，使用 Internet 提供的丰富的信息服务；另一类是出于商业目的而成为 Internet 服务提供商（ISP：Internet Server Provider），即为个人、企业及其他机构提供以 Internet 连接服务为主、兼营其他增值服务的商业机构，向用户提供 Internet 连接服务，从中收取费用。这里主要讨论终端用户的 Internet 接入，下面就 Internet 常用的几种接入方式做简要介绍。

1. 公共电话交换网

　　公共电话交换网（Public Switch Telephone Network，PSTN）提供的是一个模拟的专有通道，通道之间经由若干个电话交换机连接而成。当两个主机或路由器设备需要通过 PSTN 连接时，在两端的网络接入侧（即用户回路侧）必须使用调制解调器（Modem）实现信号的模/数、数/模转换。PSTN 是最容易实现与 Internet 连接的方法，通信费用最低，只要一条可以连接 ISP 的电话线、调制解调器和一个账号就可以，但是缺点是传输速度低和线路可靠性差。适合对可靠性要求不高的办公室、小型企业以及家庭使用。

2. 综合业务数字网

　　综合业务数字网（Integrated Services Digital Network，ISDN）是一个数字电话网络国际标准，它通过普通的铜缆以更高的速率和质量传输语音和数据。目前在国内广泛使用，提供两个信道 128kbps 的速率，可以满足中小型企业浏览以及收发电子邮件的需求，而且还可以通过 ISDN 和 Internet 组建企业 VPN，这种方法的性价比很高。

3. 非对称数字用户环路

　　非对称数字用户环路（Asymmetric Digital Subscriber Line，ADSL）是一种新的数据传输方式，采用频分复用技术把普通的电话线分成了电话、上行和下行三个相对独立的信道，可以避免信道的相互干扰，即边打电话边上网，网速和通话质量均不受影响。接入时，在用户端需要使用一个 ADSL 终端（和传统的 Modem 类似，也被称为"猫"）连接电话线路。ADSL 上行和下行带宽不对称，实际提供上行速率为 512kbps～1Mbps，下行速率为 1～8Mbps，可进行视频会议和影视节目传输，适合中、小企业。ADSL 的致命弱点是用户距离电信的交换机房的线路距离不能超过 6km。

4. 数字数据网

　　数字数据网（Digital Data Network，DDN）也叫做专线上网，是一种以数万、数十万条以上光缆为主体，利用光纤、数字微波或卫星等数字传输通道和数字交叉复用设备构成的一个传输速率高、质量好、网络延时小、全透明、高流量的数字数据传输网，可以为用户提供各种速率的高质量数字专用电路和其他新业务，以满足用户多媒体通信和组建中高速计算机通信网的需要。DDN 既可用于计算机之间的通信，也可用于传送数字化传真、数字话音、数字图像信号或其他数字化信号。DDN 适合对带宽要求比较高的应用，如企业网站。其费用很高,性价比较低,中小企业较少选择。

5. 卫星接入

卫星接入的传输速率最高可达 3Mbps,可以向用户提供 400kbps 的因特网下载速度。接入时需要通过计算机卫星调制解调器、卫星天线和卫星配合便可接入 Internet。目前,国内一些 ISP 开展了卫星接入 Internet 的业务。适合偏远地方又需要较高带宽的用户。

6. 无线接入

无线接入是指从交换结点到用户终端之间,部分或全部采用了无线手段。典型的无线接入系统主要由控制器、操作维护中心、基站、固定用户单元和移动终端等几个部分组成。用户通过高频天线、基站和 ISP 连接,距离在 10km 左右,带宽为 2～11Mbps,费用低廉,但是受地形和距离的限制,适合城市里距离 ISP 不远的用户,性价比较高。

7. 电缆调制解调器接入

电缆调制解调器(Cable Modem)又名线缆调制解调器,主要用于有线电视网进行数据传输。目前,我国有线电视网遍布全国,很多的城市提供 Cable Modem 接入 Internet 方式。Cable Modem 利用现有有线电视网络,传输速率可以达到 10Mbps 以上,但是 Cable Modem 的工作方式是共享带宽,所以有可能在某个时间段出现速率下降的情况。

以上 7 种是目前国内终端用户实现 Internet 接入的常用方式,各有优缺点。ISP 提供的接入方式大致可以分为无线接入技术和有线接入技术两类,有线接入技术又可分为拨号接入和专线接入两类。对于企业级用户是以局域网或广域网规模介入到 Internet,其接入方式多采用专线入网。对于个人用户一般都采用调制解调器拨号上网,还可以使用 PSTN 公共电话网、ISDN 线路、ADSL 技术、Cable Modem 等。终端用户选择 ISP 时,可以从速率、中继线、网络可靠性、费用、漫游服务等几个方面考虑,根据自身所处环境灵活选择。

8.2 典型 Internet 接入及故障排除实例

实例 8.1 ADSL 的 Internet 接入。目前,ISP 提供的 ADSL 接入方式较为普遍,因为这种方式非常低廉方便,在现有的资源条件下,不需大的投入即可实现。

安装:如图 8.1 所示,在已有电话线路上,加装一台 ADSL Modem 和一个话音分离器即可。安装时先将来自电信局端的电话线接入信号分频器的输入端,然后再用准备好的电话线一头连接信号分频器的语音信号输出口,另一端连接你的电话机。用另一根电话线一头接信号分频器的数据信号输出口,另一端连接在 ADSL Modem 的外线接口上。再用一根五类双绞线(交叉线),一头连接 ADSL Modem 的 RJ-45 插孔,另一头连接计算机网卡中的网线插孔。打开计算机和 ADSL Modem 的电源,如果两边连接网线的插孔所对应的 LED 都亮了,表示硬件连接成功。

在进行连接时应注意,滤波分频器和外线之间不能有任何其他的电话设备,因为任何分机、传真机、防盗器等设备的接入都将造成 ADSL 的严重故障,甚至 ADSL 完全不能使用。分机等设备只能连接在分频器分离出的语音端口后面。

登录方式:ADSL 目前登录方式可分为虚拟拨号方式和固定 IP 方式,虚拟拨号方式又可分为 PPPoA(PPP over ATM,基于 ATM 的端对端协议)登录方式和 PPPoE(PPP over Ethernet,基于以太网的端对端协议)登录方式,固定 IP 方式主要是桥接方式,如图 8.2 所示。

图 8.1 ADSL Modem 连接示意图   图 8.2 ADSL 登录方式分类

PPPoA 登录方式和 PPPoE 登录方式通常不提供静态 IP,是动态的给用户分配网络地址,每次上网时需使用专用拨号软件(Win XP 里自带的"新建连接向导"),验证用户账号名和口令,类似于 PSTN 注册拨号业务。桥接是直接提供静态 IP,计算机是"永远在线"的,只要打开计算机和 ADSL Modem 就可以上网,无需输入用户名及口令进行验证,适合于小型企业和网吧用户。PPPoE 方式的费率低于固定 IP 方式,在包括小区组网建设等一系列应用中被广泛采用。目前流行的宽带接入方式 ADSL 就使用了 PPPoE 协议,比较适合个人用户使用。

拨号设置:由于个人用户普遍使用的是 PPPoE,这里仅以在 Windows XP 系统中 PPPoE 的拨号设置为例进行介绍。Windows XP 系统自带了一个通用的 PPPoE 拨号软件,其具体设置步骤如下所下。

第 1 步,选择"开始"|"程序"|"附件"|"通讯"|"新建连接向导"菜单项,不同的 Windows XP 版本顺序可能有所区别,如图 8.3 所示。

图 8.3 运行"新建连接向导"

第 2 步,运行"新建连接向导"以后,出现"使用新建连接向导"对话框,如图 8.4 所示,直接单击"下一步"按钮。

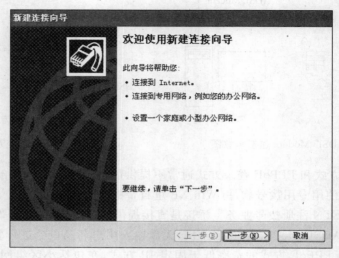

图 8.4 打开"新建连接向导"

第 3 步,选择默认选择"连接到 Internet",如图 8.5 所示,单击"下一步"按钮。

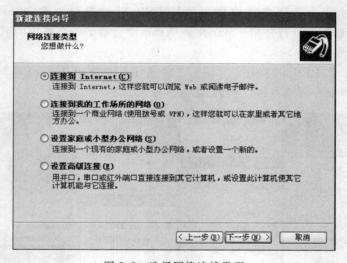

图 8.5 选择网络连接类型

第 4 步,选择"手动设置我的连接",如图 8.6 所示,单击"下一步"按钮。

第 5 步,选择"用要求用户名和密码的宽带连接来连接",如图 8.7 所示,单击"下一步"按钮。

第 6 步,出现提示输入"连接名",这里只是一个连接的名称,可以随便输入,例如"ADSL",如图 8.8 所示,单击"下一步"按钮。

第 7 步,输入自己的用户名和密码(一定要区分用户名和密码的格式和字母的大小写,并牢记),在这里可以选中"任何用户从这台计算机连接到 Internet 时使用此账号和密码"和"把它作为默认的 Internet 连接",如图 8.9 所示,单击"下一步"按钮。

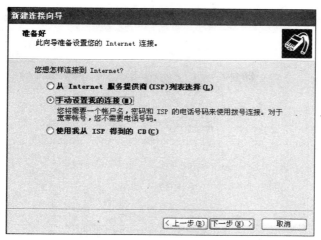

图 8.6　设置 Internet 连接方式

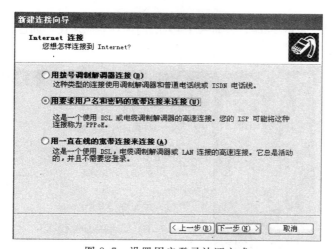

图 8.7　设置用户登录认证方式

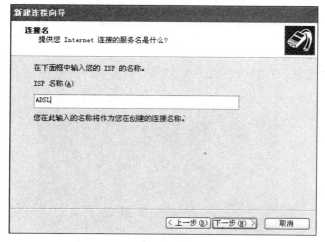

图 8.8　设置连接名

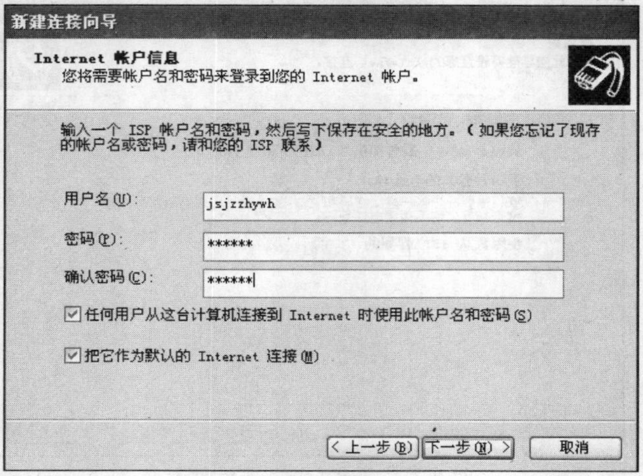

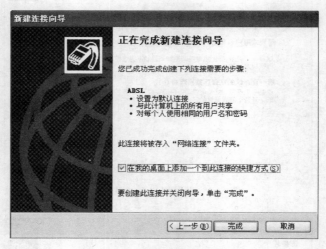

图 8.9　设置用户名和密码

第 8 步,选中"在我的桌面上添加一个到此连接的快捷方式",如图 8.10 所示,至此虚拟拨号设置就完成了。

图 8.10　新建链接设置完成

第 9 步,单击"完成"按钮后,桌面上多了一个名为 ADSL 的图标,如图 8.11 所示。

图 8.11　ADSL 连接图标

第 10 步，右击桌面上的"网上邻居"图标，从弹出的快捷菜单中选择"属性"菜单项，如图 8.12 所示，打开"网络连接"窗口。

第 11 步，打开"网络连接"窗口后，右击"本地连接"图标，从弹出的快捷菜单中选择"属性"菜单项，如图 8.13 所示，打开"本地连接 属性"对话框。

图 8.12　打开"网上邻居"属性

图 8.13　选择本地连接"属性"

第 12 步，打开"本地连接 属性"对话框，打开"常规"选项卡，在"此链接使用下列项目"下拉列表框中找到"Internet 协议（TCP/IP）"选项，如图 8.14 所示。

第 13 步，双击"Internet 协议（TCP/IP）"选项，打开"Internet 协议（TCP/IP）属性"对话框，在"常规"选项卡，选择"自动获得 IP 地址"和"自动获得 DNS 服务器地址"，如图 8.15 所示，单击"确定"按钮，再单击"确定"按钮。

图 8.14　打开"本地连接 属性"对话框

图 8.15　"Internet 协议（TCP/IP）属性"对话框

第 14 步，返回桌面，在桌面上双击 ADSL 图标即可拨号上网，如图 8.16 所示，输入用户名 jsjzzhywh 和密码 123456，单击"连接"按钮，出现如图 8.17 所示。

第 15 步，连接成功后，在屏幕的右下角会出现两部计算机连接的图标，至此就可以上网了。

对于是固定 IP 地址的 Internet 接入方式，只需在图 8.15 中选择"使用下面的 IP 地址"和"使用下面的 DNS 服务器地址"，并输入 Internet 提供商 ISP 提供的 IP 地址、子网掩码、网关和 DNS 服务器地址,其他就都不需设置即可上网,当然这个 IP 地址、子网掩码、网关和 DNS 服务器地址必须由 Internet 提供商 ISP 提供。

图 8.16　拨号上网

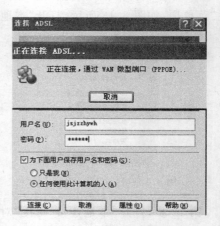

图 8.17　正在建立连接

实例 8.2　判断网络是否正常:ipconfig 和 ping 是两个最基本的用来判断网络是否正常的网络命令。

ipconfig 的功能:ipconfig 可用于显示当前的 TCP/IP 配置的设置值,可以用来检验人工配制的 TCP/IP 设置是否正确。但是,如果计算机和所在的局域网使用了动态主机配置协议(DHCP),所显示的信息会更加实用,这时,可以通过 ipconfig 了解计算机是否成功地获得了一个 IP 地址,以及子网掩码和默认网关。

ipconfig 的使用:当使用不带任何参数选项的 ipconfig 时,它为每个已经配置了的接口显示 IP 地址、子网掩码和默认网关值。更多更详细的使用方法可以查看系统的帮助,下面仅以不带任何参数选项的 ipconfig 命令使用为例,介绍 ipconfig 命令的使用情况。

首先选择“开始”|“运行”菜单项,弹出“运行”对话框,如图 8.18 所示,输入 cmd 后按 Enter 键,如图 8.19 所示,打开 DOS 命令窗口,如图 8.20 所示,在命令行输入 ipconfig 后按 Enter 键,如果网络正常应该是如图 8.21 所示。

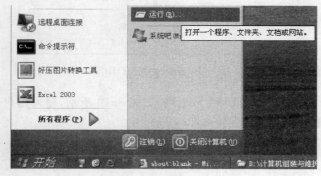

图 8.18　“运行”菜单

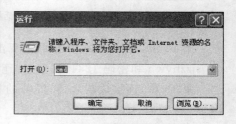

图 8.19　“运行”对话框

图 8.20　DOS 命令窗口

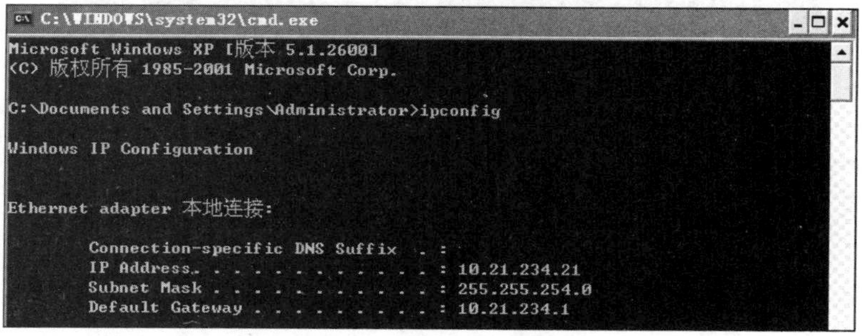

图 8.21　执行 ipconfig 命令

在图 8.21 中，分别列出了本机的 IP 地址、子网掩码和网关的地址。如果网络异常，就无法正常显示本机的 IP 地址、子网掩码和网关的地址，如图 8.22 所示。

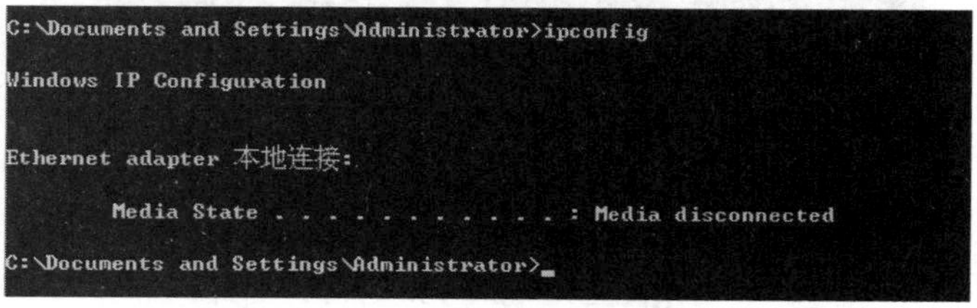

```
C:\Documents and Settings\Administrator>ipconfig

Windows IP Configuration

Ethernet adapter 本地连接:

        Media State . . . . . . . . . . . : Media disconnected

C:\Documents and Settings\Administrator>_
```

图 8.22　网络异常

当使用 all 选项时（输入 ipconfig /all），ipconfig 能为 DNS 和 WINS 服务器显示它已配置且所要使用的附加信息（如 IP 地址等），并且显示内置于本地网卡中的物理地址（MAC 地址）。如果 IP 地址是从 DHCP 服务器获得的，ipconfig 将显示 DHCP 服务器的 IP 地址和获得的地址预计实效的日期，如图 8.23 所示。

ping 命令的功能：ping 命令是个使用频率极高的应用程序，用于确定本地主机是否能与另一台主机交换（发送与接收）数据报。根据返回的信息（"Replay from…"表明有应答；"request timed out"表明无应答），就可以推断 TCP/IP 参数设置的是否正确以及运行是否正常。

ping 命令的使用方法：ping 命令的典型使用包括 ping 127.0.0.1、ping 本机 IP、ping 局域网内其他 IP、ping 网关 IP、ping 本地 DNS、ping 远程 IP、ping 域名（如 ping www.sohu.com）等。

"ping 127.0.0.1"主要用于检测本地计算机的 IP 软件，如图 8.24 所示，如果无应答表示 TCP/IP 的安装或运行存在某些最基本的问题。

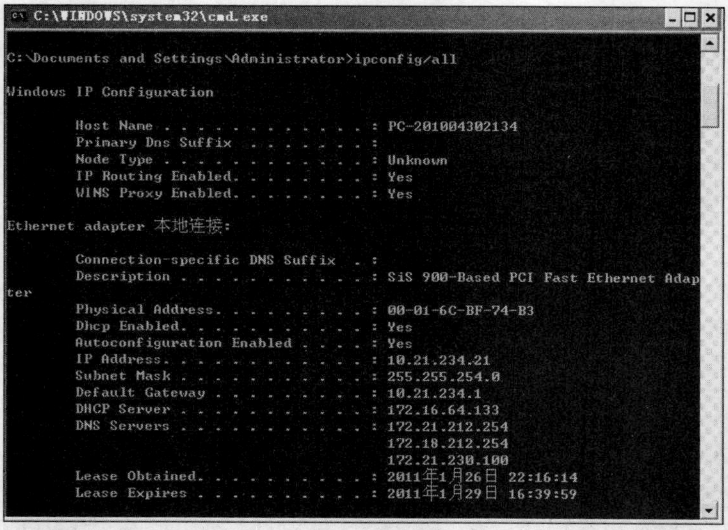

图 8.23 执行 ipconfig/all 命令

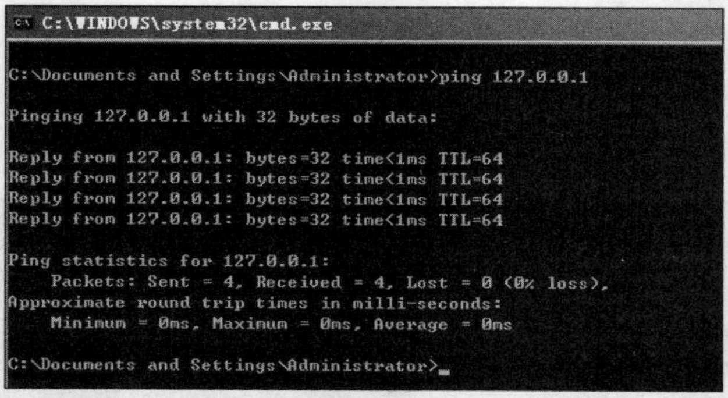

图 8.24 ping 127.0.0.1

"ping 本机 IP"命令会被送到自己计算机所配置的 IP 地址,自己的计算机始终都应该对 ping 命令做出应答,如图 8.25 所示,如果没有应答,则表示本地配置或安装存在问题。出现此问题时,局域网用户请断开网络电缆,然后重新发送该命令。如果网线断开后本命令

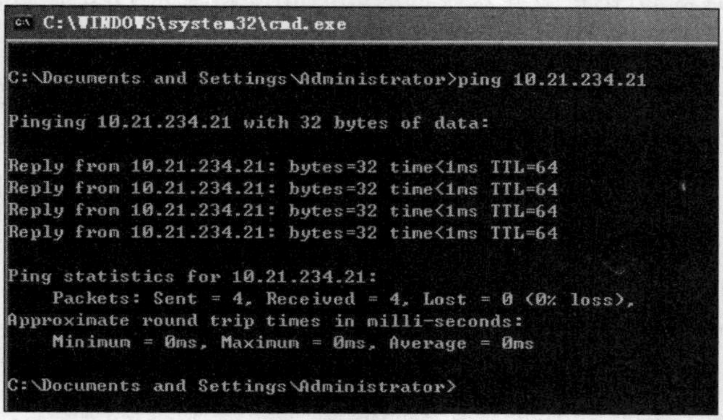

图 8.25 ping 本机 IP 地址

正确,则表示另一台计算机可能配置了相同的 IP 地址。

　　"ping 局域网内其他 IP"命令发送的数据报经过网卡及网络电缆到达其他计算机,然后再返回,收到回送应答表明本地网络中的网卡和载体运行正确,如图 8.26 所示。但如果收到 0 个回送应答,那么表示子网掩码不正确或网卡配置错误或电缆系统有问题。当然,也有可能对方不允许你 ping 它的主机(例如对方主机设置了防火墙,并启用了"阻止传入 ping"这样的规则时)。

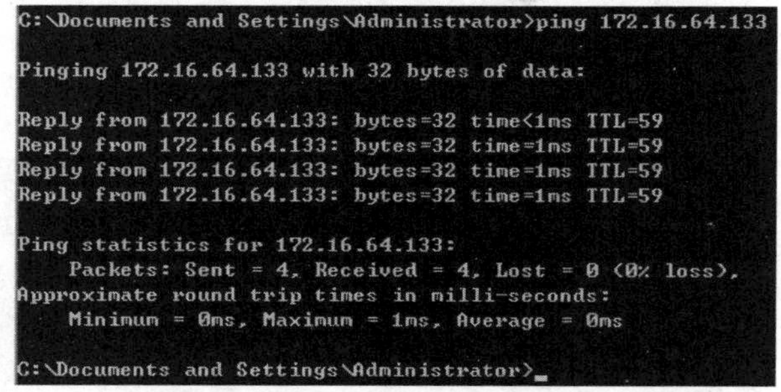

图 8.26　ping DHCP 服务器

　　"ping 网关 IP"命令是检测网络是否畅通的最直接的方式,这个命令如果应答正确,表示局域网中的网关路由器正在正常运行,并且能够做出正确应答,具体如图 8.27 所示。

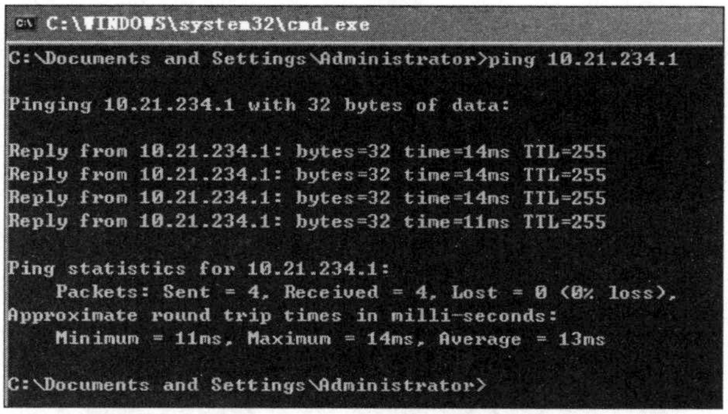

图 8.27　ping 网关

　　"ping 本地 DNS"命令如果应答正确,表示本地 DNS 正在运行并能够进行正常的域名解析,如图 8.28、图 8.29、图 8.30 所示。

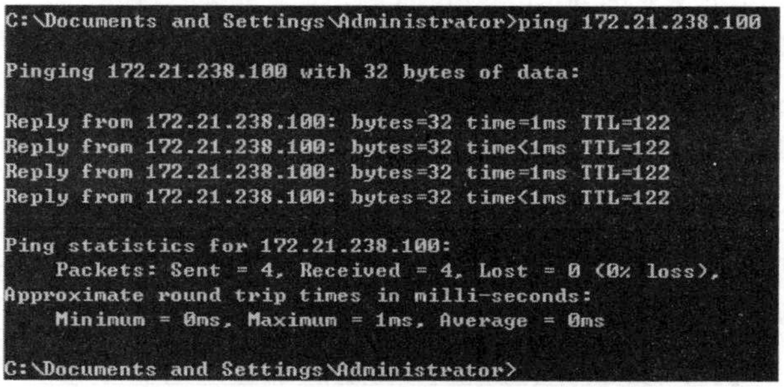

图 8.28　ping DNS 服务器

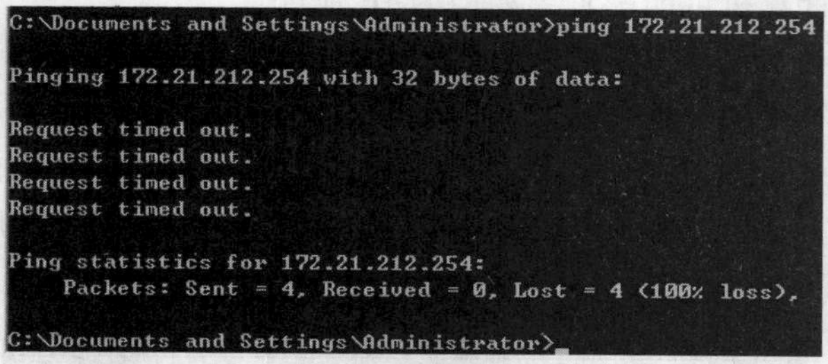

```
C:\Documents and Settings\Administrator>ping 172.21.212.254

Pinging 172.21.212.254 with 32 bytes of data:

Request timed out.
Request timed out.
Request timed out.
Request timed out.

Ping statistics for 172.21.212.254:
    Packets: Sent = 4, Received = 0, Lost = 4 (100% loss),

C:\Documents and Settings\Administrator>
```

图 8.29　ping DNS 服务器

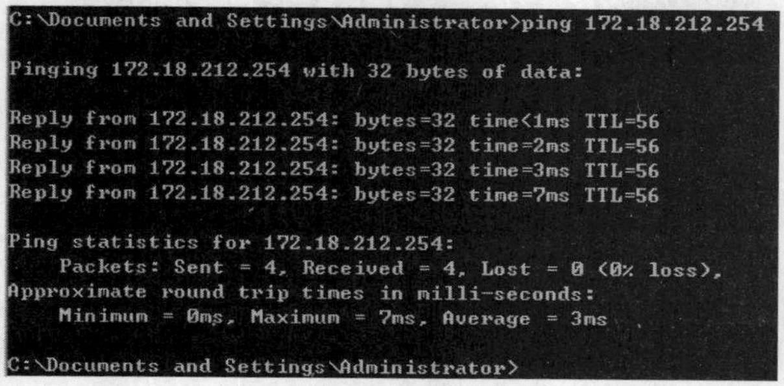

```
C:\Documents and Settings\Administrator>ping 172.18.212.254

Pinging 172.18.212.254 with 32 bytes of data:

Reply from 172.18.212.254: bytes=32 time<1ms TTL=56
Reply from 172.18.212.254: bytes=32 time=2ms TTL=56
Reply from 172.18.212.254: bytes=32 time=3ms TTL=56
Reply from 172.18.212.254: bytes=32 time=7ms TTL=56

Ping statistics for 172.18.212.254:
    Packets: Sent = 4, Received = 4, Lost = 0 (0% loss),
Approximate round trip times in milli-seconds:
    Minimum = 0ms, Maximum = 7ms, Average = 3ms

C:\Documents and Settings\Administrator>
```

图 8.30　ping DNS 服务器

"ping 远程 IP"命令如果收到 4 个应答,表示成功地使用了默认网关。对于拨号上网用户则表示能够成功访问 Internet(但不排除 ISP 的 DNS 会有问题),如图 8.31 所示。

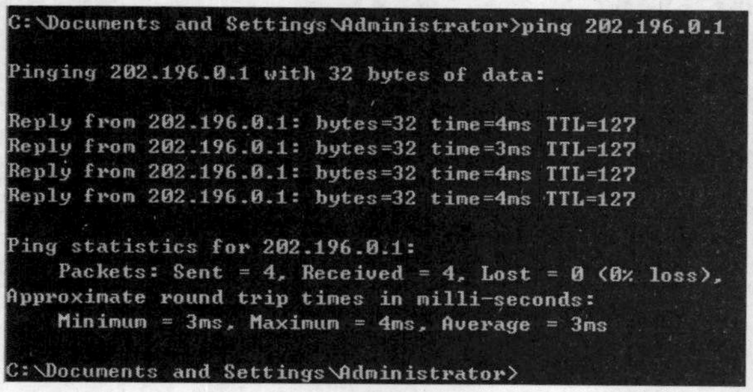

```
C:\Documents and Settings\Administrator>ping 202.196.0.1

Pinging 202.196.0.1 with 32 bytes of data:

Reply from 202.196.0.1: bytes=32 time=4ms TTL=127
Reply from 202.196.0.1: bytes=32 time=3ms TTL=127
Reply from 202.196.0.1: bytes=32 time=4ms TTL=127
Reply from 202.196.0.1: bytes=32 time=4ms TTL=127

Ping statistics for 202.196.0.1:
    Packets: Sent = 4, Received = 4, Lost = 0 (0% loss),
Approximate round trip times in milli-seconds:
    Minimum = 3ms, Maximum = 4ms, Average = 3ms

C:\Documents and Settings\Administrator>
```

图 8.31　Ping 远程 IP

"ping 域名"(以 ping www.sohu.com 为例)命令如果无应答则表示 DNS 服务器的 IP 地址配置不正确或 DNS 服务器有故障(对于拨号上网用户,某些 ISP 已经不需要设置 DNS 服务器了),或表明 www.sohu.com 服务器故障。也可以利用该命令实现域名对 IP 地址的转换功能,当 ping 一个域名地址时,从应答中可以得到该域名对应的 IP 地址,如图 8.32 所示。

如果上面所列出的所有 ping 命令都能正常运行,那么计算机进行本地和远程通信的功能基本上就可以实现了。但是,这些命令的成功并不表示所有的网络配置都没有问题,例如,某些子网掩码错误就可能无法用这些方法检测到。

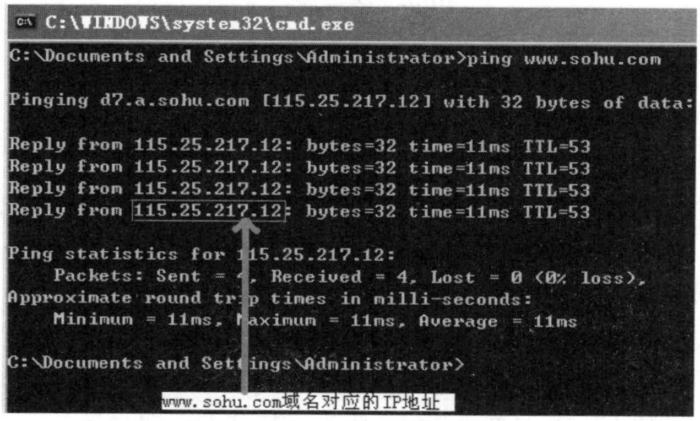

图 8.32 ping www.sohu.com

实例 8.3 ADSL 硬件维护和常见故障处理。

接头松动、网线断损、集线器损坏及计算机系统故障：一般可以通过观察 Modem、集线器或计算机的指示灯帮助定位，对有怀疑的设备采用替换法确认。

Modem 的维护：日常应保持干燥通风、避免水淋、保持清洁。雷雨时，务必将 Modem 电源和所有连线拔下，以免雷击损坏。

Modem 损坏：如果 Modem 指示灯不亮，或只有一个灯亮，更换网线、网卡后 10BaseT 灯仍不亮，则 Modem 已损坏，请与设备提供方联系。

线路质量问题：经常丢失同步、同步困难或惯性速度很慢，通常是线路距离过长、质量差、连线不合理等因素造成的。

实例 8.4 PPPoE 常见错误及处理：采用 PPPoE 虚拟拨号上网经常会遇到一些错误故障，一般会有错误代码提示错误类型，表 8.1 列出了部分 PPPoE 错误代码代表的故障原因及解决办法。如需要了解更详细内容，请查阅 PPPoE 错误代码的资料。由于"Error 678"故障比较复杂，要根据不同的情况做相应处理，这里进行详细介绍。"Error 678"故障是指无法建立连接，具体处理步骤如下。

（1）首先确认 ADSL Modem 拨号正常，可能因为网卡自动获取的 IP 没有被清除，所以再次拨号的时候网卡无法获取新的 IP 地址。处理方法：关闭 ADSL Modem，进入控制面板的网络连接右击本地连接选择禁用，5 秒钟后右击本地连接选择启用，然后打开 ADSL Modem 拨号即可。

（2）如果（1）无效，则在关闭 ADSL Modem 的情况下，仍然禁用本地连接（网卡），重启计算机，然后启用本地连接（网卡），再打开 ADSL Modem 看故障是否消失。

（3）如果上述步骤都无法解决，查看网卡灯是否亮，如果网卡灯不亮，则是网卡或网卡的连接出了问题。

（4）如果网卡灯正常（1）（2）步无法解决，则卸载网卡驱动，重装网卡驱动，如果用户是 xp 系统按照知识编号：9973，如何在 Windows XP 下设置 ADSL 拨号连接方法去创建拨号连接。

（5）如果上述操作仍然不能解决问题，请与 Internet 提供商进行联系。

表 8.1　PPPoE 错误代码及故障原因

错误代码	故障原因及解决办法
606	拨号网络不能连接所需的设备端口,原因:PPPoE 没有完全和正确的安装,连接线故障,ADSL Modem 故障,解决:卸载干净任何 PPPoE 软件,重新安装,检查网线和 ADSL Modem
617	拨号网络连接的设备已经断开,原因:PPPoE 没有完全和正确的安装,ISP 服务器故障,连接线,ADSL Modem 故障,解决:卸载干净任何 PPPoE 软件,重新安装,致电 ISP 询问,检查网线和 ADSL Modem
630	无法拨号,没有合适的网卡和驱动,可能的原因是网卡未安装好、网卡驱动不正常或网卡损坏。检查网卡是否工作正常或更新网卡驱动
633	没有找到拨号连接,这可能是没有正确安装 PPPoE 驱动或者驱动程序已遭损坏,或者 Windows 系统有问题。建议删除已安装的 PPPoE 驱动程序,重新安装 PPPoE 驱动,同时检查网卡是否工作正常。如仍不能解决问题,可能是系统有问题,建议重装系统后再添加 PPPoE 驱动
691	不能通过验证,可能的原因是用户的账户或者密码输入错误,或用户的账户余额不足,用户在使用时未正常退出而造成用户账号驻留,可等待几分钟或重新启动后再拨号
697	网卡禁用,只要在设备管理中重新启用网卡即可
720	不支持 PPPoE 连接,它是 Windows 2000 特有的故障,建议重新启动后再进行连接,如仍不能排除故障,建议重装系统
769	在 Windows XP 系统中网卡被禁用、系统检测不到网卡或者拨号软件故障,重新启用网卡、检查网卡工作是否正常或重装拨号软件即可解决

小　结

本章主要介绍了几种最常用的 Internet 上网接入方法,重点讲解了 ADSL 的接入方式,介绍使用 PPPoE 拨号上网的设置,以及常见的网络故障。这些是 Internet 接入上网的基础,初学的读者需要认真学习掌握,多加实践。

习　题　8

1. 拨号上网的接入方式有哪些?
2. 学习使用 ADSL 拨号接入 Internet。
3. 学习使用 ipconfig 命令和 ping 命令排除网络故障。

附录A 常见专业术语及含义

1. 28VGA

28VGA 中的 28 是指彩色显示器上的黄光网点间距(点距),点距越小的显示器,图像就越细腻、越好,这是因为彩色屏幕上的每个像点都是由一组红、绿、蓝光汇聚而成的,由于在技术上三束光还不能 100% 地汇聚在一点上,因此会产生一种黄光网点的间隔,这种间隔越小,屏幕上显示的图像越清晰。VGA 是 Video Graphics Array(视频图形阵列)的缩写。

2. A-LOPS

A-LOPS(Automatic CPU over-heat prevention system,CPU 自动过热预防系统)是 GIGA(技嘉)为其主板开发的专利技术,A-LOPS 是在 CPU 插座下面安装上一片温度传感器,可随时进行温度监测,一旦发现温度升高超过规定的安全极限或意外情况发生时,保护装置自动启动,在发生报警同时,做相应的应急处理。

3. ActiveX 组件

ActiveX 组件实际上是指一些可执行的代码或一个程序,比如一个. EXE,. DLL 或 . OCX 文件,通过 ActiveX 技术,程序员就能够将这些可复用的软件组装到应用程序或者服务程序中去,嵌入到网页中,随网页传送到客户的浏览器上,并在客户端执行。通过编程,ActiveX 控件可以与 Web 浏览器交互或与客户交互。

4. AC97

AC97(Audio codec97,音频编码/解码器)是 Intel 公司在 1996 年提出的一种为在个人计算机上有效处理音频信号设计结构,它界定了连接在 PC 总线上的数字控制器 (digitallink)和负责处理模拟信号输入输出的外部编码/解码器(analog codec)之间的硬件连接规范,合不同厂家之间的同类产品共有了兼容性,集成了该功能的主板,只需在主板上附加一块模拟信号编码/解码芯片,就能够以较低的成本在个人计算机上实现声音处理功能。

5. ACR

ACR(Advance communication risor,升级通信扩展板)作为一种比较新的通信设备扩充解决方案,它采用 120 引脚翻转 PCI 插槽形式,可以支持包括 Audio riser、modem riser、home PNA 卡、Ethernet(以太网)、集成 USB 接口以及无线接入等多项功能,还有多种方式组合,可以为使用者提供使用的高集成度低成本的解决方案。它与 AMR 界面兼容。

6. ACPI

ACPI(Advanced configuration and power interface,高级设置和电源接口)的作用是管理计算机内部各种部件尽可能做到节省能源,其中 STR(Suspend To RAM)是 ACPI 规范中的最佳实现状态,它能够使计算机休眠时的耗电量降为最低,并可瞬间激活。

7. AGP

AGP(Accelerated Graphics Port,图形加速端口)是显示卡的专用扩展插槽,它是在 PCI 图形接口的基础上发展而来的。AGP 规范是英特尔公司解决计算机处理(主要是显示)3D 图形能力差的问题而出台的。AGP 并不是一种总线,而是一种接口方式。

8. AIMM

AIMM(AGP inline memroy module,AGP 内建存储模块)是一个 40 引脚短插槽,像内存扩展卡一样需要插在 AIMM 槽中,其作用是在 AGP 和系统内存之间插入一级显存。有点像 CPU 中 L2 一样起到一个数据缓冲作用。在 AGP 系统中,当图形显卡上的显存被大纹理用尽后,系统主内存将被划分出一部分来存储纹理。但是,由于必须通过系统总线和北桥芯片进行数据交换,所以利用系统主内存作为纹理缓存的速度将低于显示卡上的显存速度。而插入 AIMM 卡后,当显存被用尽之后,就会直接利用 AIMM 卡上的存储器,当它耗尽后才会调用系统主内存。

9. AMR

AMR(Audio/Modem Riter,声音/调制解调器插卡)是一套开放的工为标准,其定义是可同时支持声音以及 Modem 功能的扩展卡规范。AMR 插槽的长度大约只有 AGP 插槽的一半。

10. BIOS

BIOS(Basic Input Output System 基本输入输出系统),它实际上是被固化在主板上 ROM 芯片中的一组程序,其作用是为计算机提供最低级的硬件控制。它属于主板的一部分,主要存放自诊断程序、系统自举装入程序、系统设置程序和 I/O 设备的 I/O 驱动程序和中断服务程序等。

11. BUS

BUS(总线)发展变化直接反映在主板上的就是扩展插槽,总线也叫信号公用通道,物理上总线只是一些连接导线的集合,它是连接主板控制设备与其他设备的一组连接导线。它负责主板控制设备与其他设备之间的信息传输与通信。

12. CMOS

CMOS 是主板上一块可读写的 RAM 芯片,用于保存当前系统的硬件配置信息和用户设定的某些参数。CMOS RAM 由主板上的电池供电,即使系统掉电信息也不会丢失。对 CMOS 中各项参数的设定和更新需要运行专门的设置程序,开机时通过特定的按键 (AWARD BIOS 一般是 Del 键)就可进入 BIOS 设置程序,对 CMOS 进行设置。

13. CHIP SET

CHIP SET(芯片组)不仅是主板的核心和灵魂,而且决定了主板的性能和档次。

14. CLOCK 发生器

CLOCK 发生器是主板上一块专用 IC 芯片,计算机设备都以"时钟"为基本步调工作的。由于不同的设备是以不同的速度运行,所以所需要的时钟信号自然各不一样。

15. CNR 扩展槽

CNR(Communication Networking Riser 通信网络插卡)的作用主要有两个:其一是通过外配 CNR 接口卡(声卡),让计算机具有 6 声道环绕音功能;其二是通过外配 CNR 接口的网卡或 Modem 卡,让计算机具备简便网络连接功能。

16. COM 端口

COM 为串行端口,主要用于连接鼠标口及通信设备(如外置式 Modem 进行数据通信)等。

17. Cache

高速缓存,CPU 内部、硬盘、显卡、光驱等都带有高速缓存。

18. DDR2

DDR2(Double Data Rate 2)SDRAM 是由 JEDEC(电子设备工程联合委员会)进行开发的新生代内存技术标准,它与上一代 DDR 内存技术标准最大的不同就是,虽然同是采用了在时钟的上升/下降延同时进行数据传输的基本方式,但 DDR2 内存却拥有两倍于上一代 DDR 内存预读取能力(即 4bit 数据读预取)。换句话说,DDR2 内存每个时钟能够以 4 倍外部总线的速度读/写数据,并且能够以内部控制总线 4 倍的速度运行。

19. DDR3

DDR3 显存可以看作是 DDR2 的改进版,二者有很多相同之处,例如采用 1.8V 标准电压、主要采用 144Pin 球形引脚的 FBGA 封装方式。不过 DDR3 核心有所改进:DDR3 显存采用 $0.11\mu m$ 生产工艺,耗电量较 DDR2 明显降低。

20. DMA

DMA(Direct Memory Access,直接存储器存取)是另一种数据存取的方式。在 DMA 传输模式下,系统通过 DMA 控制器与磁盘驱动器(或其他设备)沟通,直接将数据传输到系统内存中,不需要 CPU 的直接控制。

21. FAT

FAT(File Allocation Table 文件分配表)是一个特定的扇区,用以说明硬盘内部文件配置的情形,说明硬盘的存储空间中,哪些部分已经被使用,哪些部分未被使用,一般的操作系统都至少在硬盘上存放了两份 FAT,DOS、Windows 95/98/Me/Windows NT/2000/XP 和 Linux 操作系统都能使用 FAT 文件系统的分区。

22. FAT16

在 Windows 95 操作系统之前的 FAT 是用 16 位二进制数来表示的,称为 FAT16,它的单一分区表最大存储容量为 2GB,每个分区最多只能有 65525 个簇(簇是磁盘空间的配置单位)。随着硬盘或分区容量的增大,每个簇所占的空间将越来越大,从而导致硬盘空间的浪费。

23. FAT32

在 Windows 95 以后的版本中,改用 32 位二进制数来表示 FAT,称为 FAT32。FAT32 是 FAT16 的增强版本,可以支持大到 2TB(2048G 的分区)。FAT32 使用的簇比 FAT16 小,从而有效地节约了硬盘空间。

24. FSB

FSB(Front Side Bus,前端总线),其实"前端总线"就是 CPU 到北桥之间的总线带宽。计算机的前端总线频率是由 CPU 和北桥芯片共同决定的,前端总线是 CPU 和外界交换数据的最主要通道,因此前端总线的数据传输能力对计算机整体性能作用很大,如果没有足够快的前端总线,再强的 CPU 也不能明显提高计算机整体速度。数据传输最大带宽取决于所有同时传输的数据的宽度和传输频率,即数据带宽=(总线频率×数据位宽)/8。前端总线频率越大,代表 CPU 与北桥芯片之间的数据传输能力越大,更能发挥出 CPU 的功能。

25. Hyper Transport 总线

Hyper Transport 总线是由 AMD 所主导的一个高速总线标准,其竞争对象是 Intel 的

3GIO,Hyper Transport 具有高速度和很随意的弹性配置,其总线内部采用双向的点对点传输。其带宽最高可以达到 6Gbps（32bit、800MHz、1600Mbps 或者 16 位、1600MHz、3200Mbps）,通过对频率和位宽的不同配置,可以对 Hyper Transport 进行不同的配置以满足各种需求。其主要用途是连接系统北桥芯片。

26. IEEE 1394

IEEE 1394 也叫火线接口,是一种新型高效串行接口,特点是支持热插拔,传输速度快。

27. IP 地址

尽管互联网上连接了无数的服务器和计算机,但他们并不是处于杂乱无章的无序状态。而是每一个主机都有唯一的地址,作为该主机在互联网上的唯一标志。我们称为 IP 地址（Internet Protocol Address）。它是由一串 4 组由圆点分割的数字组成的,其中每一组数字都在 0～256 之间,如下所示：0～255.0～255.0～255.0～255。如 202.202.96.33 就是一个主机服务器的 IP 地址。

28. DN

DN（Domain Name,域名）表示方法摆脱了数字的单调和难记的缺点,如 www.zzuli.edu.cn 是郑州轻工业学院主机服务器的域名。DNS（Domain Name System）域名服务器系统将形象的文字型域名翻译成对应的数字型 IP 地址。通过上述 IP、域名 DN、域名系统 DNS,就把每一台主机在互联网上给予了唯一的定位。

29. IRDA

IRDA（infrared Date,红外数据）传输方式也称为红外线通信技术,其最大好处是可以省去计算机接口电缆连线,这样可避免由于电缆线和接口部件接触不良所带来的麻烦,同时还对清除干扰也有好处。

30. LAN Wake Up

LAN Wake Up 的意思是网络遥控唤醒开机,要正确使用这个功能,还必须配备有支持这项功能的网卡,同时要安装相应的管理软件。

31. MBR

MBR（Master Boot Record,主引导记录）简单地说,它是由 FDISK 等磁盘分区命令写在硬盘 0 柱面、0 磁头、1 扇区的一段数据,占用 512 个字节,用于硬盘启动时将系统控制权交给用户指定的,并在分区表中登记了的某个操作系统区。它由主引导程序区、硬盘分区表及扇区结束标志区（55AA）这 3 个部分组成,其中主引导程序区又可分为：程序代码区和出错信息数据区。

32. Modem 调制解调器

调制解调器（Modem）是由调制器（Modulator）和解调器（Demodulator）这两个字的字头合并而成的。调制器就是一个波形变换器,它的主要作用就是将数字信号转换为适合于模拟信道传输的模拟信号。解调器就是一个波形识别器,它的作用就是将调制器变换过来的模拟信号恢复成原来的数字信号。由于数据的传输交换是双向的,即一端既要发送数据也要接收数据,故通信线路的两端都应有调制器和解调器,所以一般总称为调制解调器。

33. NTFS

NTFS（New Technology File System,新电子文件系统）微软 Windows NT 内核的系列

操作系统支持的、一个特别为网络和磁盘配额、文件加密等管理安全特性设计的磁盘格式，克服了许多 FAT 文件系统的缺点。NTFS 也是以簇为单位来存储数据文件，但 NTFS 中簇的大小并不依赖于磁盘或分区的大小。簇尺寸的缩小不但降低了磁盘空间的浪费，还减少了产生磁盘碎片的可能。

34. PCI

PCI(Peripheral Component Interconnection，外部设备组件互连标准)一种由英特尔(Intel)公司 1991 年推出的用于定义局部总线的标准。最早提出的 PCI 总线工作在 33MHz 频率之下，传输带宽达到 133Mbps(33MHz×32bps)，基本上满足了当时处理器的发展需要。目前广泛采用的是 32 位、33MHz 的 PCI 总线，64 位的 PCI 插槽更多是应用于服务器产品。从结构上看，PCI 是在 CPU 和原来的系统总线之间插入的一级总线，具体由一个桥接电路实现对这一层的管理，并实现上下之间的接口以协调数据的传送。

35. PCI Express

PCI Express 的接口根据总线位宽不同而有所差异，包括 X1、X4、X8 以及 X16(X2 模式将用于内部接口而非插槽模式)。较短的 PCI Express 卡可以插入较长的 PCI Express 插槽中使用。PCI Express 接口能够支持热拔插，这也是个不小的飞跃。PCI Express 卡支持的三种电压分别为＋3.3V、3.3V$_{aux}$以及＋12V。

36. PS/2 接口

PS/2 是一种鼠标、键盘接口，外形为小圆形结构。

37. RAID

RAID(Redundant Array of Independent Disk)是通过用多个硬盘组成阵列方式提高数据安全性和硬盘读写能力，RAID 按照不同算法可分 RAID0～RAID5 几个级别，外加一个派生的 RAID1＋0，用于 IDE 硬盘的 RAID 主要有 RAID0、RAID1、RAID0＋1 这 3 种模式。

38. RTC

RTC(Real Time Clock Alarm，定时开机)，这个功能可以使用户预先定义好一个时间，时间一到系统便会自动开机。

39. SCR

SCR(Smart Card Reader，智能卡阅读器)，凡是带有 SCR 接口的主板就都可以支持智能卡及手机 SIM 卡读取功能，借助主板内附的管理软件，还可以编辑智能卡及 SIM 的部分功能。

40. Subnet Masks

Subnet Masks 即子网掩码又称 Net Mask，它是一个 32 位的值，具有两个功能：第一，用来区分 IP 地址的网络号与主机号，当 TCP/IP 网络上的主机相互通信时，就可以利用子网掩码得知这些主机是否在相同的网络区段内；第二，用来将网络分割为多个子网。

41. TCP 端口

使用 TCP 的应用需要一个与某特定 TCP/IP 服务相通信的方法。为此目的，使用了端口号。一个端口号只分给一个 TCP/IP 服务。TCP 端口不是物理设备(像串行端口)，而是一个逻辑设备，它只是在操作系统内部有意义。

42. TCP/IP 传输控制协议

传输控制协议/Internet 协议是一组标准,定义了计算机之间的通信是如何进行的。如果 NT 网络与 Internet 相连,或需要进行网络互联则必须安装该协议。此外,NT Server 提供的许多服务(如 DHCP、DNS、WINS 等)都是针对 TCP/IP 而言的。

43. UMA

UMA(Unify Memory Architecture,一体化体系结构技术)是指在集成有图形加速卡的主板中,其显示缓冲存储器可共享系统主内存。

44. USB

USB(Universal Serial Bus,通用串行总线)是计算机系统接插外围设备(如键盘、鼠标、打印机等)的输入输出接口标准,是由 IBM、Intel、NEC 等著名厂商联合制定的一种新型串行总线接口。突出特点是:一个 USB 接口最多可串接 127 个设备。USB 接口不仅带负载能力强,易用性好,该接口具有"即插即用"功能,设备插入后可自动识别,连接非常方便。

45. 柱面

柱面(Cylinder)是指硬盘的每片磁盘的磁道形成一个圆柱体,由上到下每一个磁道所垂直形成的圆柱被称为柱面。

46. 磁头

磁头(Head)是硬盘读取和写入数据的关键部件,它的主要作用就是进行磁信息和电信号的相互转换。目前比较常用的是 GMR(Giant Magneto Resistive,巨磁阻磁头),它使用了磁阻效应更好的材料和多层薄膜结构,这比以前的传统磁头和 MR(Magneto Resistive,磁阻磁头)更为灵敏,从而实现更高的存储密度。

47. 扇区

扇区(Sector)是磁道中间的一段,或者说磁道是由很多扇区所组成的。至于一个扇区的长度大小则是在进行格式化时决定的。以 MS-DOS 的格式化来说,它是以 512 字节(Byte)为 1 个扇区。

48. 平均寻道时间

平均寻道时间(Average Seek Time)是指磁头从磁盘表面上的某一磁道(Track)移动到另一特定磁道所需的平均时间,单位为 ms。

49. 平均潜伏时间

平均潜伏时间(Average Latency Time)是指磁头移动到目标数据所在的磁道后等待主轴电动机带动磁盘片将要存取的扇区移动到磁头所在位置需要的平均时间。

50. 平均存取时间

平均存取时间(Average Access Time)是指磁头找到指定数据的平均时间,通常是硬盘平均寻道时间和平均潜伏时间之和。

51. 最大内部数据传输率

最大内部数据传输率(Maximum Internal Data Transfer Rate)是指磁头和磁盘介质间的最大数据传输速率,单位一般是 Mbps。

52. 外部数据传输率

外部数据传输率(External Data Transfer Rate)是指硬盘接口和硬盘控制器之间通过线缆(Cable)交换数据时的突发数据传输率。

53. 持续数据传输率

持续数据传输率(Sustmned Transfer Rate)是硬盘在一定时间内传输大量数据时的平均数据传输率,它更加能够反映出硬盘的实际工作性能。

54. 簇

簇(Cluster)是操作系统用以说明在存储数据时配置的扇区数目,也就是文件需要占用的最小磁盘空间,又称为配置单元(Allocmion unit)。对于 FAT16 文件系统来说,如果分区(Partition)大小设置在 1024~2048MB,每个文件至少会占用 32KB 的磁盘存储空间,哪怕它只包含 1KB 的数据。

55. 北桥

北桥是主板上离 CPU 最近的一块芯片,负责与 CPU 的联系并控制内存、AGP、PCI 数据在北桥内部传输。

56. 南桥

南桥是主板上的一块芯片,主要负责 I/O 接口及对 IDE 设备的控制等。

附录 B 蓝屏代码及分析

1. 0x0000000A：IRQL_NOT_LESS_OR_EQUAL

错误分析：主要是由问题的驱动程序、有缺陷或不兼容的硬件与软件造成的，从技术角度讲，表明在内核模式中存在以太高的进程内部请求级别（IRQL）访问其没有权限访问的内存地址。

2. 0x0000001A：MEMORY_MANAGEMENT

错误分析：这个内存管理错误往往是由硬件引起的，比如：新安装的硬件、内存本身有问题等。

3. 0x0000001E：KMODE_EXCEPTION_NOT_HANDLED

错误分析：Windows 内核检查到一个非法或者未知的进程指令，这个停机码一般是由问题的内存或是与前面 0x0000000A 相似的原因造成的。

4. 0x00000023：FAT_FILE_SYSTEM

　　0x00000024：NTFS_FILE_SYSTEM

错误分析：0x00000023 通常发生在读写 FAT16 或者 FAT32 文件系统的系统分区时，而 0x00000024 则是由于 NTFS.sys 文件出现错误（这个驱动文件的作用是容许系统读写使用 NTFS 文件系统的磁盘），这两个蓝屏错误很有可能是磁盘本身存在物理损坏，或是中断要求封包（IRP）损坏而导致的，其他原因还包括：硬盘磁盘碎片过多；文件读写操作过于频繁，并且数据量非常大或者是由于一些磁盘镜像软件或杀毒软件引起的。

5. 0x00000027：RDR_FILE_SYSTEM

错误分析：这个错误产生的原因很难判断，不过 Windows 内存管理出了问题很可能会导致这个停机码的出现。

6. 0x0000002E：ATA_BUS_ERROR

错误分析：系统内存存储器奇偶校验产生错误，通常是因为有缺陷的内存（包括物理内存、二级缓存或者显卡显存）时设备驱动程序访问不存在的内存地址等原因引起的，另外，硬盘被病毒或者其他问题所损伤，以出现这个停机码。

7. 0x00000035：NO_MORE_IRP_STACK_LOCATIONS

错误分析：从字面上理解，应该是驱动程序或某些软件出现堆栈问题，其实这个故障的真正原因应该是驱动程序本身存在问题，或是内存有质量问题。

8. 0x0000003F：NO_MORE_SYSTEM_PTES

错误分析：一个与系统内存管理相关的错误，比如：由于执行了大量的输入输出操作，造成内存管理出现问题；有缺陷的驱动程序不正确地使用内存资源；某个应用程序（比如备份软件）被分配了大量的内核内存等。

9. 0x00000044：MULTIPLE_IRP_COMPLIETE_REQUESTS

错误分析：通常是由硬件驱动程序引起的。

10. 0x00000050：PAGE_FAULT_IN_NONPAGED＋AREA

错误分析：有问题的内存（包括物理内存、二级缓存、显存），不兼容的软件（主要是远程控制和杀毒软件），损坏的 NTFS、卷以及有问题的硬件（比如：PCI 插卡本身已损坏）等都会引发这个错误。

11. 0x00000051：REGISTRY_ERROR

错误分析：这个停机码说明注册表或系统配置管理器出现错误，由于硬盘本身有物理损坏或文件系统存在问题，从而造成在读取注册文件时出现输入输出错误。

12. 0x00000058：FTDISK_INTERNAL_ERROR

错误分析：说明在容错集的主驱动发生错误。

13. 0x0000005E：CRITICAL_SERVICE_FAILED

错误分析：某个非常重要的系统服务启动识别造成的。

14. 0x0000006F：SESSION3_INITIALIZATION-FAILED

错误分析：这个错误通常出现在 Windows 启动时，一般是由有问题的驱动程序或损坏的系统文件引起的。

15. 0x00000076：PROCESS_HAS_LOCKED_PAGES

错误分析：通常是因为某个驱动程序在完成了一次输入输出操作后，没有正确释放所占有的内存。

16. 0x00000077：KERNEL_STACK_INPAGE_ERROR

错误分析：说明需要使用的内核数据没有在虚拟内存或物理内存中找到，这个错误常常预示着磁盘有问题，相应数据损坏或受到病毒侵蚀。

17. 0x0000007A：KERNEL_DATA_INPAGE_ERROR

错误分析：这个错误往往是虚拟内存中的内核数据无法读入内存造成的，原因可能是虚拟内存页面文件中存在坏簇、病毒、磁盘控制器出错、内存有问题。

18. 0x0000007B：INACESSIBLE_BOOT_DEVICE

错误分析：Windows 在启动过程中无法访问系统分区或启动卷，一般发生在更换主板后第一次启动时，主要是因为新主板和旧主板的 IDE 控制器使用了不同芯片组造成的，有时也可能是病毒或硬盘损伤所引起的。

19. 0x0000007E：SYSTEM_THREAD_EXCEPTION_NOT_HANDLED

错误分析：系统进程产生错误，但 Windows 错误处理器无法捕获。其产生原因很多，包括：硬件兼容性、有问题的驱动程序或系统服务，或者是某些软件。

20. 0x0000007F：UNEXPECTED_KERNEL_MOED_TRAP

错误分析：一般是由于有问题的硬件（比如内存）或某些软件引起的，有时超频也会产生这个错误。

21. 0x00000080：NMI_HARDWARE_FAILURE

错误分析：通常是由硬件引起的。

22. 0x0000008E：KERNEL_MODE_EXCEPTION_NOT_HANDLED

错误分析：内核级应用程序产生了错误，但 Windows 错误处理器没有捕获，通常是硬件兼容性错误。

23. 0x0000009C：MACHINE_CHECK_EXCEPTION

错误分析：通常是硬件引起的，一般是因为超频或是硬件存在问题（内存、CPU、总线、电源）。

24. 0x0000009F：RIVER_POWER_STATE_FAILURE

错误分析：往往与电源有关系，常常发生在与电源相关的操作，比如关机、待机或休睡。

25. 0x000000A5：ACPI_BIOS_ERROR

错误分析：通常是因为主板 BIOS 不能全面支持 ACPI 规范。

26. 0x000000B4：VIDEO_DRIVER_INIT_FAILURE

错误分析：这个停止信息表示 Windows 因为不能启动显卡驱动，从而无法进入图形界面，通常是显卡的问题，或者是存在与显卡的硬件冲突（比如与并行或串行端口冲突）。

27. 0x000000BE：ATTEMPTED_WRITE_TO_READONLY_MEMORY

错误分析：某个驱动程序试图向只读内存写入数据造成的，通常是在安装了新的驱动程序，系统服务或升级了设备的固件程序后。

28. 0x000000C2：BAD_POOL_CALLER

错误分析：一个内核层的进程或驱动程序错误地试图进入内存操作，通常是驱动程序或存在 BUG 的软件造成的。

29. 0x000000CE：

RIVER_UNLOADED_WITHOUT_CANCELLING_PENDING_OPERATIONS

错误分析：通常是由有问题的驱动程序或系统服务造成的。

30. 0x000000D1：RIVER_IRQL_NOT_LESS_OR_EQUAL

错误分析：通常是由有问题的驱动程序引起的。同时，有缺陷的内存、损坏的虚拟内存文件、某些软件（比如多媒体软件、杀毒软件、备份软件、DVD 播放软件）等也会导致这个错误。

31. 0x000000EA：THREAD_STUCK_IN_DEVICE_DRIVER

错误分析：通常是由显卡或显卡驱动程序引发的。

32. 0x000000ED：UNMOUNTABLE_BOOT_VOLUME

错误分析：一般是由于磁盘存在错误导致的，有时也建议检查硬盘连线是否接触不良，或是没有使用合乎该硬盘传输规格的连接线，例如 ATA-100 仍使用 ATA-33 的连接线，对低速硬盘无所谓，但高速硬盘（支持 ATA-66 以上）的要求较严格，规格不对的连线有时也会引起这类没办法开机的故障，如果在修复后，还是经常出现这个错误，很可能是硬盘损坏的前兆。

33. 0x000000F2：HARDWARE INTERRUPT_STORM

错误分析：内核层检查到系统出现中断风暴，比如：某个设备在完成操作后没有释放所占用的中断，通常这是由缺陷的驱动程序造成的。

34. 0x00000135：UNABLE_TO_LOCATE_DLL

错误分析：通常表示某个文件丢失或已经损坏，或者是注册表出现错误。

35. 0x0000021A：STATUS_SYSTEM_PROCESS_TERMINATED

错误分析：用户模式子系统，例如 Winlogon 或客服服务运行时子系统（CSRSS）已损坏，所以无法再保证安全性，导致系统无法启动，有时,当系统管理员错误地修改了用户账号权限,导致其无法访问系统文件和文件夹。

36. STOP 0xC0000221 or STATUS_IMAGE_CHECKSUM_MISMATCH

错误分析：通常是由于驱动程序或系统 DLL 文件损坏造成的,一般情况下,在蓝屏中会出现文件名称。

参 考 文 献

［1］ 郑阿奇.计算机组装与维护实用教程[M].北京：电子工业出版社[M].2010.

［2］ 李恬.计算机组装与维护技术实训教程[M].北京：清华大学出版社,2009.

［3］ 唐思均,等.微机组装与维护[M].北京：人民邮电出版社,2008.

［4］ 匡松、孙耀邦,等.新编微机组装与维护实用教程[M].北京：人民邮电出版社,2008.

［5］ 匡松、孙耀邦,等.计算机组装维护案例与实践教程[M].北京：高等教育出版社,2010.